阅读之前 没有真相

午 夜 文 库

阿加莎·克里斯蒂

赫尔克里·波洛系列

阿加莎·克里斯蒂
Agatha Christie (1890—1976)

无可争议的侦探小说女王，侦探文学史上最伟大的作家之一。

阿加莎·克里斯蒂原名为阿加莎·玛丽·克拉丽莎·米勒，一八九〇年九月十五日生于英国德文郡托基的阿什菲尔德宅邸。她几乎没有接受过正规的教育，但酷爱阅读，尤其痴迷于歇洛克·福尔摩斯的故事。

第一次世界大战期间，阿加莎·克里斯蒂成了一名志愿者。战争结束后，她创作了自己的第一部侦探小说《斯泰尔斯庄园奇案》。几经周折，作品于一九二〇年正式出版，由此开启了克里斯蒂辉煌的创作生涯。一九二六年，《罗杰疑案》由哈珀柯林斯出版公司出版。这部作品一举奠定了阿加莎·克里斯蒂在侦探文学领域不可撼动的地位。之后，她又陆续出版了《东方快车谋杀案》《ABC 谋杀案》《尼罗河上的惨案》《无人生还》《阳光下的罪恶》等脍炙人口的作品。时至今日，这些作品依然是世界侦探文学宝库里最宝贵的财富。根据她的小说改编而成的舞台剧《捕鼠器》，已经成为世界上公演场次最多的剧目；而在影视改编方面，《东方快车谋杀案》为英格丽·褒曼斩获奥斯卡大奖，《尼罗河上的惨案》更是成为几代人心目中的经典。

阿加莎·克里斯蒂的创作生涯持续了五十余年，总共创作了八十余部侦探小说。她的作品畅销全世界一百多个国家和地区，累计销量已经突破二十亿册。她创造的大侦探波洛和马普尔小姐为读者津津乐道。阿加莎·克里斯蒂是柯南·道尔之后最伟大的侦探小说作家，是侦探文学黄金时代的开创者和集大成者。一九七一年，英国女王授予克里斯蒂爵士称号，以表彰其不朽的贡献。

一九七六年一月十二日，阿加莎·克里斯蒂逝世于英国牛津郡沃灵福德家中，被安葬于牛津郡的圣玛丽教堂墓园，享年八十五岁。

阿加莎·克里斯蒂 侦探作品年表

波洛系列

1920　The Mysterious Affair at Styles《斯泰尔斯庄园奇案》

1923　Murder on the Links《高尔夫球场命案》

1924　Poirot Investigates《首相绑架案》

1926　The Murder of Roger Ackroyd《罗杰疑案》

1927　The Big Four《四魔头》

1928　The Mystery of the Blue Train《蓝色列车之谜》

1932　Peril at End House《悬崖山庄奇案》

1933　Lord Edgware Dies《人性记录》

1934　Murder on the Orient Express《东方快车谋杀案》

1935　Three Act Tragedy《三幕悲剧》

1935　Death in the Clouds《云中命案》

1936　The ABC Murders《ABC 谋杀案》

1936　Murder in Mesopotamia《古墓之谜》

1936　Cards on the Table《底牌》

1937　Dumb Witness《沉默的证人》

1937　Death on the Nile《尼罗河上的惨案》

1937　Murder in the Mews《幽巷谋杀案》

1938　Appointment with Death《死亡约会》

1938　Hercule Poirot´s Christmas《波洛圣诞探案记》

1940　Sad Cypress《H 庄园的午餐》

1940　One, Two, Buckle My Shoe《牙医谋杀案》

1941　Evil Under the Sun《阳光下的罪恶》

1942　Five Little Pigs《五只小猪》

1946　The Hollow《空幻之屋》

1947　The Labours of Hercules《赫尔克里·波洛的丰功伟绩》

1948　Taken at the Flood《顺水推舟》

1952　Mrs. McGinty´s Dead《清洁女工之死》

1953　After the Funeral《葬礼之后》

1955　Hickory Dickory Dock《山核桃大街谋杀案》

1956　Dead Man´s Folly《弄假成真》

1959　Cat Among the Pigeons《鸽群中的猫》

1960　The Adventure of the Christmas Pudding《雪地上的女尸》

1963 The Clocks《怪钟疑案》

1966 Third Girl《第三个女郎》

1969 Hallowe'en Party《万圣节前夜的谋杀》

1972 Elephants Can Remember《大象的证词》

1974 Poirot's Early Cases《蒙面女人》

1975 Curtain: Poirot's Last Case《帷幕》

马普尔小姐系列

1930 The Murder at the Vicarage《寓所谜案》

1932 The Thirteen Problems《死亡草》

1942 The Body in the Library《藏书室女尸之谜》

1943 The Moving Finger《魔手》

1950 A Murder is Announced《谋杀启事》

1952 They Do It with Mirrors《借镜杀人》

1953 A Pocket Full of Rye《黑麦奇案》

1957 4.50 from Paddington《命案目睹记》

1962 The Mirror Crack'd from Side to Side《破镜谋杀案》

1964 A Caribbean Mystery《加勒比海之谜》

1965 At Bertram's Hotel《伯特伦旅馆》

1971 Nemesis《复仇女神》

1976 Sleeping Murder《沉睡谋杀案》

1979 Miss Marple's Final Cases《马普尔小姐最后的案件》

其他系列及非系列

1922 The Secret Adversary《暗藏杀机》

1924 The Man in the Brown Suit《褐衣男子》

1925 The Secret of Chimneys《烟囱别墅之谜》

1929 Partners in Crime《犯罪团伙》

1929 The Seven Dials Mystery《七面钟之谜》

1930 The Mysterious Mr. Quin《神秘的奎因先生》

1931 The Sittaford Mystery《斯塔福特疑案》

1933 The Witness for the Prosecution and Other Stories《控方证人》

1934 Why Didn't They Ask Evans?《悬崖上的谋杀》

阿加莎·克里斯蒂 侦探作品年表

1934 The Listerdale Mystery《金色的机遇》

1934 Parker Pyne Investigates《惊险的浪漫》

1939 Murder is Easy《逆我者亡》

1939 And Then There Were None《无人生还》

1941 N or M?《桑苏西来客》

1944 Towards Zero《零点》

1945 Death Comes as the End《死亡终局》

1945 Sparkling Cyanide《闪光的氰化物》

1949 Crooked House《怪屋》

1950 Three Blind Mice and Other Stories《三只瞎老鼠》

1951 They Came to Baghdad《他们来到巴格达》

1954 Destination Unknown《地狱之旅》

1958 Ordeal by Innocence《奉命谋杀》

1961 The Pale Horse《灰马酒店》

1967 Endless Night《长夜》

1968 By the Pricking of My Thumbs《煦阳岭的疑云》

1970 Passenger to Frankfurt《天涯过客》

1973 Postern of Fate《命运之门》

1997 While the Light Lasts《灯火阑珊》

出版前言

纵观世界侦探文学一百八十余年的历史，如果说有谁已经超脱了这一类型文学的类型化束缚，恐怕我们只能想起两个名字——一个是虚构的人物歇洛克·福尔摩斯，而另一个便是真实的作家阿加莎·克里斯蒂。

阿加莎·克里斯蒂以她个人独特的魅力创造着侦探文学史上无数的传奇：她的创作生涯长达五十余年，一生撰写了八十余部侦探小说；她开创了侦探小说史上最著名的“黄金时代”；她让阅读从贵族走入家庭，渗透到每个人的生活中；她的作品被翻译成一百多种文字，畅销全球一百五十余个国家，作品销量与《圣经》《莎士比亚戏剧集》同列世界畅销书前三名；她的《罗杰疑案》《无人生还》《东方快车谋杀案》《尼罗河上的惨案》都是侦探小说史上的经典；她是侦探小说女王，因在侦探小说领域的独特贡献而被册封为爵士；她是侦探小说的符号和象征。她本身就是传奇。沏一杯红茶，配一张躺椅，在暖暖的阳光下读阿加莎的小说是一种生活方式，是惬意的享受，也是一种态度。

午夜文库成立之初就试图引进阿加莎的作品，但几次都与版权擦肩而过。随着午夜文库的专业化和影响力日益增强，阿加莎·克里斯蒂的版权继承人和哈珀柯林斯出版公司主动要求将版权独家授予新星出版社，并将阿加莎系列侦探小说并入午夜文库。这是对我们长期以来执着于侦探小说出版的褒奖，是对我们的信任与鼓励，更是一种压力和责任。

新版阿加莎·克里斯蒂作品由专业的侦探小说翻译家以最权威的英文版本为底本，全新翻译，并加入双语作品年表和阿加莎·克里斯蒂家族独家授权的照片、手稿等资料，力求全景展现“侦探女王”的风采与魅力。使读者不仅欣赏到作家的巧妙构思、离奇桥段和睿智语言，而且能体味到浓郁的英伦风情。

阿加莎作品的出版是一项系统工程，规模庞大，我们将努力使之臻于完美。或存在疏漏之处，欢迎方家指正。

新星出版社

午夜文库编辑部

Agatha Christie

Over the next few years, we plan to celebrate two very important Agatha Christie anniversaries. In 2015, it is the 125th anniversary of her birth in Torquay, South Devon, England, and in 2020 it will be 100 years after her first book, THE MYSTERIOUS AFFAIR AT STYLES, featuring her famous detective, Hercule Poirot, was published. This is therefore a very appropriate moment to publish a new edition of her works, and I am delighted that HarperCollins has chosen to work with New Star on these new editions. New Star is China's top crime publisher, and has a strong and dedicated editorial staff and a confirmed passion for Agatha Christie, making them the ideal partner. It is the right time to make these classic books available in modern translations and so to bring Agatha Christie's books anew to her many fans in China, giving them a new reason to re-read these much-loved stories, as well as introducing them to a whole new audience. How delighted Agatha Christie would have been that her stories (as she called them) are still giving so much pleasure to so many people all over the world!

I think there are two very remarkable things about Agatha Christie's stories. The first is that they are so adaptable. It doesn't really matter which language they appear in, the stories and the plots still give the same thrill, still provide the same puzzles, and the characters still have the same attraction. Readers in China will I am sure enjoy Hercule Poirot and Miss Marple just as much as we do in England, and readers in China will still be transfixed by the surprises and horrors of AND THEN THERE WERE NONE, one of the great classics of 20th century detective fiction, as we are here.

Agatha Christie

The second is that the stories give a wonderful picture of England, particularly rural England, at the time Agatha Christie lived. She wrote books from 1920 until 1970 but it is sometimes hard to tell which part of her life each book was written in. Her characters and the life they lived were very much the same. The life we all live is changing very quickly these days but "the Agatha Christie world stays the same." Perhaps the Miss Marple stories provide the best example of this, and in some ways THE BODY IN THE LIBRARY and NEMESIS are quite similar, despite the fact that thirty years elapsed between the time they were written.

Perhaps I might end by mentioning three Agatha Christies (other than the ones mentioned above) which I think demonstrate why she is so popular, even in the twenty-first century. The first is MURDER ON THE ORIENT EXPRESS, one of the most famous with one of the most ingenious and human plots. Read this on one of your long train journeys in China! Next is A MURDER IS ANNOUNCED, a Miss Marple which was her 50th book. It has my favourite murderer in it! And last is ENDLESS NIGHT a story about evil and how it affects three young people, written at the time when I knew her best, and understood how deeply she cared and sympathised with young people and the world they lived in.

Whichever are your favourites I hope you enjoy these stories that New Star are introducing to you again. I think it is a great publishing event.

Mathew Prichard

Grandson of Agatha Christie

Chairman of Agatha Christie Ltd

致中国读者

（午夜文库版阿加莎·克里斯蒂作品集序）

在未来的几年中，我们将要筹备两个非常重要的关于阿加莎·克里斯蒂的纪念日。二〇一五年是她的一百二十五岁生日——她于一八九〇年出生于英国的托基市；二〇二〇年则是她的处女作《斯泰尔斯庄园奇案》问世一百周年的日子，她笔下最著名的侦探赫尔克里·波洛就是在这本书中首次登场。因此，新星出版社为中国读者们推出全新版本的克里斯蒂作品正是恰逢其时，而且我很高兴哈珀柯林斯选择了新星来出版这一全新版本。新星出版社是中国最好的侦探小说出版机构，拥有强大而且专业的编辑团队，并且对阿加莎·克里斯蒂的作品极有热情，这使得他们成为我们最理想的合作伙伴。如今正是一个良机，可以将这些经典作品重新翻译为更现代、更权威的版本，带给她的中国书迷，让大家有理由重温这些备受喜爱的故事，同时也可以将它们介绍给新的读者。如果阿加莎·克里斯蒂知道她的小故事们（她这样称呼自己的这些作品）仍然能给世界上这么多人带来如此巨大的阅读享受，该有多么高兴啊！

我认为阿加莎·克里斯蒂的作品有两个非常重要的特征。首先它们是非常易于理解的。无论以哪种语言呈现，故事和情节都同样惊险刺激，呈现给读者的谜团都同样精彩，而书中人物的魅力也丝毫不受影响。我完全可以肯定，中国的读者能够像我们英国人一样充分享受赫尔克里·波洛和马普尔小姐带来的乐趣；中国读者也会和我们一样，读到二十世纪最伟大的侦探经典作品——比如《无人生还》——的时候，被震惊和恐惧牢牢钉在原地。

第二个特征是这些故事给我们展开了一幅英格兰的精彩画卷，特别是阿加莎·克里斯蒂那个年代的英国乡村。她的作品写于二十世纪二十年代至七十年代，不过有时候很难说清楚每一本书是在她人生中的哪一段日子里写下的。她笔下的人物，以及他们的生活，多多少少都有些相似。如今，我们的生活瞬息万变，但“阿加莎·克里斯蒂的世界”依旧永恒。也许马普尔小姐的故事提供了最好的范例：《藏书室女尸之谜》与《复仇女神》看起来颇为相似，但实际上它们的创作年代竟然相差了三十年。

最后，我想提三本书，在我心目中（除了上面提过的几本之外）这几本最能说明克里斯蒂为什么能够一直受到大家的喜爱。首先是《东方快车谋杀案》，最著名，也是最机智巧妙、最有人性的一本。当你在中国乘火车长途旅行时，不妨拿出来读读吧！第二本是《谋杀启事》，一个马普尔小姐系列的故事，也是克里斯蒂的第五十本著作。这本书里的诡计是我个人最喜欢的。最后是《长夜》，一个关于邪恶如何影响三个年轻人生活的故事。这本书的写作时间正是我最了解她的时候。我能体会到她对年轻人以及他们生活的世界关心至深。

现在新星出版社重新将这些故事奉献给了读者。无论你最爱的是哪一本，我都希望你能感受到这份快乐。我相信这是出版界的一件盛事。

阿加莎·克里斯蒂外孙
阿加莎·克里斯蒂有限责任公司董事长
马修·普理查德
二〇一三年二月二十日

阿加莎·克里斯蒂侦探作品集⑪

尼罗河上的惨案

Death on the Nile

[英]阿加莎·克里斯蒂 著
张乐敏 译

新 星 出 版 社　NEW STAR PRESS

献给和我一样喜欢漫游世界的西比尔·伯内特太太[1]

①西比尔·伯内特（Sybil Burnett）和她的丈夫查尔斯·伯内特爵士（Sir Charles Burnett）是阿加莎·克里斯蒂乘坐游轮从意大利的里雅斯特至黎巴嫩的贝鲁斯特时在船上结识的好友。

第一章　英国

1

“琳内特·里奇卫！”

“就是她！”三皇冠旅馆的老板伯纳比说。

他用胳膊肘轻轻碰了同伴一下。两个人圆睁着双眼，嘴巴微张，一副没见过世面的样子。

一辆鲜红的劳斯莱斯汽车停在了地方邮局门口。一个女孩从车里跳出来，没戴帽子，穿着一件看上去（只是看上去）简单轻便的连衣裙，一头金发，流露出坦率而我行我素的神情，这种身材窈窕的女孩在莫尔顿－下沃德一带可不多见。她很有气势地快速走进邮局。

“就是她！”伯纳比先生又说了一遍，敬畏地低声说道，“身家几百万，准备花费数万英镑在这个地方修建游泳池和意式花园、舞厅，将近一半的房屋都要推倒重建……”

“她会给这个镇子带来财富的。”他的朋友说。这人是个神色疲倦的瘦子，声音中满是嫉妒和不情愿。

伯纳比先生表示同意。

“没错，对莫尔顿－下沃德来说是件大事，确实是件大事。”伯纳比先生对此相当得意。

“会让我们所有人都活跃起来的。”他补充道。

“乔治爵士除外。”对方说。

“啊，是赛马让他变成这样的，”伯纳比先生宽厚地说，“他的运气从来没好过。”

“他那块地卖了多少钱？”

“听说整整六万。”

瘦子吹了声口哨。

伯纳比先生得意扬扬地接着说道：“而且，他们说竣工前她还要花上六万英镑。”

“太牛了！”瘦子说，“她从哪儿弄来这么多钱的？”

“听说是美国。她妈妈是个百万富翁的独生女，很像电影里的情节吧？”

女孩走出邮局，钻进车子开走了。瘦子的目光尾随她的背影，嘴里嘟囔着：“我看这不对劲——看她的样子，财富与美貌并存——好过头了！要是一个女孩有钱，那就没权利拥有美丽的相貌，可她却这么漂亮。她什么都有，这太不公平了！”

2

摘自《恶作剧日报》社会专栏：

在“姑妈们”餐厅吃饭的人当中，我注意到了美丽的琳内特·里奇卫，她正跟尊敬的乔安娜·索思伍德小姐、温德尔沙姆勋爵以及托比·布莱斯先生在一起。人人都知道，里奇卫小姐是梅尔休伊什·里奇卫和安娜·哈尔茨的女儿，她从外祖父利奥波德·哈尔茨那里继承了可观的遗产。美丽的琳内特如今名声大噪，而且据传不久她将宣布订婚。当然，温德尔沙姆勋爵看起来非常爱她。

3

乔安娜·索思伍德小姐说：“亲爱的，肯定会美妙绝伦的！”

她正坐在沃德庄园中，琳内特·里奇卫的卧室里。透过窗户望出去，越过花园，是一片林木葱郁的广阔田地。

“这地方很美，是吧？”琳内特说。

她的两只手臂靠在窗台上，一脸的渴望、活跃、热情洋溢。她身旁的乔安娜·索思伍德看起来则有些黯然失色了——身材修长的二十七岁女孩，一张聪明的鹅蛋脸，可眉毛修剪得有些怪。

“这段时间你还做了这么多事！你请了很多建筑师吗？”

“三个。”

“是什么样的人？我一个建筑师都没见过。”

“大都还可以，只是我觉得他们有时候很不切实际。”

“亲爱的，你很快就能把他们给纠正过来的。你可是最讲究实际的人了！”

乔安娜从梳妆台上拿起一串珍珠项链。

“这些珍珠都是真的，对吧，琳内特？”

"当然。"

"我知道对你来说'当然'是真的了，亲爱的，可对大多数人来说却不尽然。有大量的人工养殖产品，甚至是冒牌货。亲爱的，这些珍珠太惊艳了，颗颗都很匀称一致，肯定非常值钱！"

"你不觉得很俗吗？"

"不，一点不俗——真的很美。这串值多少钱？"

"差不多五万镑。"

"这么多钱！你不怕被偷了？"

"不怕，我经常戴，而且也上过保险了。"

"让我戴戴吧，吃晚饭之前还你，好吗亲爱的？能让我激动好一阵子呢。"

琳内特大笑。

"当然可以。"

"你知道，琳内特，我真的很羡慕你。你什么都有了。才二十岁就能自己做主，有财有貌，身体健康，还有个聪明的脑袋！你什么时候满二十一？"

"明年六月。我会在伦敦办一个盛大的成年庆祝会。"

"之后你就要跟查尔斯·温德尔沙姆结婚了吧？那些可怕的八卦记者早就按捺不住了。不过他真的为你付出了很多。"

琳内特耸了耸肩。

"我不知道。我现在谁都不想嫁。"

"亲爱的，你说得对极了！结了婚就完全不一样了，对吧？"

电话响起，琳内特走过去接了起来。

"喂？喂？"

是男管家的声音。

“是德·贝尔福特小姐打来的，需要我接过来吗？”

“贝尔福特？哦，当然，好的，你接过来吧。”

咔嗒一声响，话筒里传来一个热切、温柔而又略带急促的声音：“嘿，是里奇卫小姐吗？琳内特！”

“亲爱的杰姬！我很久很久都没有你的消息了！”

“我知道。真可怕。琳内特，我很想见你。”

“亲爱的，你能过来吗？我想让你看看我的新玩意儿。”

“正合我意呢。”

“那你快点开车或者坐火车过来吧。”

“好的，我会开着一辆可怕的残破的双座汽车过来，它是我花十五英镑买来的，有时候开得还算顺利，可它会闹情绪。要是喝下午茶的时候我还没到，那就是它又在闹情绪了。再见，亲爱的。”

琳内特放下电话，走回乔安娜旁边。

“那是我的一个老朋友，杰奎琳·德·贝尔福特。在巴黎的时候我们一块儿住在修道院里。她的运气真是糟透了。她父亲是个法国伯爵，母亲是美国人——是个南方人。父亲跟某个女人跑了，母亲在那次华尔街金融危机中破产了，杰姬因此被弄得身无分文，我都不知道这两年她是怎么熬过来的。”

乔安娜正在用她朋友鲜红如血的指甲油给自己涂指甲。她向后一靠，头偏向一侧，仔细查看着新涂的指甲。

“亲爱的，”她慢声慢气地说，“这不是很烦吗？要是我的朋友倒霉了，我立马跟她们断交！这话听着很绝情，可是省了很多后续的麻烦！她们总想跟你借钱，或者去做服装生意，那样一来你就得从她们店里买那些可怕的衣服。或者去画灯罩、做蜡染什么的。”

“那么，如果我现在没钱了，你明天就会跟我断交吗？”

“没错，亲爱的，我会这么干的。你可别说我不诚恳，我只喜欢成功人士。而且你会发现几乎人人都是这样——只是大多数人不会承认罢了。他们只是说自己再也受不了玛丽或艾米丽或帕米拉了。‘不幸的遭遇让她变得充满敌意、性情古怪。可怜的人！’”

“你太残忍了，乔安娜！”

“我只是追逐名利，像其他人那样。”

“我不追逐名利！”

“原因是明摆着的。你大可远离这种肮脏的行为，因为那个中年美国托管人每个季度都给你寄一大笔钱来。”

“杰奎琳不是你想的那样，”琳内特说，“她不是那种靠朋友生活的人。我想帮她，可她拒绝了。她像魔鬼那样骄傲。”

“那她为什么急着见你？我打赌她肯定有事求你。你就等着瞧吧！”

“她的声音听起来很激动。”琳内特承认说，“杰姬总是很容易冲动，有一次她还用铅笔刀刺过人。”

“亲爱的，太可怕了！”

“一个男孩在欺负一条小狗，杰姬想让他住手，他不听。她拉住他、摇晃他，可没他力气大，最后她拿出一把小刀刺进他身体里。于是所有人都乱作一团。”

“我能想象。听着太让人不舒服了！”

琳内特的女仆走进房间，轻声说了句道歉的话，从衣橱中拿出一件衣服，又走了出去。

“玛丽怎么了？”乔安娜问道，“她在哭呢。”

“可怜的人。我跟你说过她要嫁给一个在埃及工作的人吧？她不怎么了解那人，所以我认为最好调查一下这人是否可靠，结果发现他已经有老婆了——还有三个孩子。”

“你树立了很多敌人啊，琳内特。”

“敌人？”琳内特一脸吃惊。

乔安娜点点头，点上一支烟。

“敌人，我亲爱的。你太高效了，而且总是善于做正确的事。”

琳内特笑了。

“在这个世界上，我一个敌人也没有。”

4

温德尔沙姆勋爵坐在一棵雪松下，目光停在沃德庄园某处优雅的角落。这座庄园有着无可比拟的古典美，新式建筑和附加的房屋都隐没在拐角后面。在秋日阳光的沐浴下，一切都那么美好而宁静。然而，查尔斯·温德尔沙姆所凝视的似乎不再是沃德庄园了，而是一幢更为壮丽的伊丽莎白式建筑：一大片长长的花园，背景更为荒凉。那是他自己的家园，查尔敦伯利。在画面的前景上站着一个人——一个女孩，一头金发，脸上带着热切和自信的表情……查尔敦伯利的女主人琳内特!

他满怀信心。她并非断然拒绝了他，只是需要再多一点时间而已。嗯，他还能再等一等。

这一切都那么恰到好处。娶个有钱的女人当然是明智之举，可他没有因为这个问题而对自己的感情置之不理。他爱琳内特，就算她身无分文，不再是英国最有钱的姑娘之一，他也会娶她的。只不过，幸运的是，她就是英国最有钱的姑娘之一……

他满脑子都是对未来的各种憧憬。也许他可以掌管洛克斯戴尔，修一修西面的房屋，也不需要出租苏格兰狩猎场……

查尔斯·温德尔沙姆做着白日梦。

5

下午四点，那辆破旧的双座小汽车嘎吱嘎吱地碾过碎石路，停了下来。一个女孩从里面跳出来——小巧玲珑，一头黑发。她跑上台阶，猛按门铃。几分钟后，她被领进一个富丽堂皇的长形客厅里，拥有牧师气质的男管家用哀伤的语调喊道："贝尔福特小姐到了！"

"琳内特！"

"杰姬！"

温德尔沙姆站在一侧，深有感触地看着这个热情的小姑娘张开双臂投进琳内特的怀抱。

"这是温德尔沙姆勋爵，这是贝尔福特小姐，我最好的朋友。"

是个漂亮的小姑娘，他想——并不惊艳，但是很有吸引力。又黑又亮的鬈发和大大的眼睛。他轻声寒暄了几句，便谦虚有礼地离开了，好让这两个朋友单独在一起。

杰奎琳扑了过来——在琳内特的记忆中这是她特有的动作。

"温德尔沙姆？温德尔沙姆？就是报纸上老说你要嫁的那个男人？是吗，琳内特，是吗？"

琳内特嘟囔道："也许吧。"

"亲爱的，我真开心！他看起来不错啊。"

"哦，先别下结论，我还没想好呢。"

"当然了！女王选择丈夫总是要深思熟虑的！"

"别闹了，杰姬。"

"可你就是女王啊，琳内特！一直都是。琳内特女王，金发的琳内特。[①] 而我，我是女王的知己！忠心的女仆。”

“别胡说了，亲爱的杰姬！这么长时间你都在哪儿呢？你就那么消失了，也不写信来。”

“我讨厌写信。我在哪儿？哦，我快要被淹没了，亲爱的。各种工作，你知道。可怕的工作和可怕的女人。”

“亲爱的，我希望你能——”

“接受女王的赏赐？好啦，坦白说，亲爱的，我正是为了这个来的。不，不是借钱，还不到这一步！不过，我是来请你帮我一个大忙的！”

“接着说。”

“要是你打算嫁给这个温德尔沙姆，也许就会明白的。”

琳内特迷惑了片刻，接着，脸上的疑云消失了。

“杰姬，你是说——”

“是的，亲爱的，我订婚了！”

“原来如此！我说你怎么看上去这么有活力。当然，你向来是这样，可今天更加兴奋。”

“我就是这个感觉。”

“告诉我他所有的事。”

“他叫西蒙·多伊尔，高大魁梧，非常单纯，孩子气，但绝对很可爱！他很穷，没钱。是那种所谓的‘郡中世家’的小儿子——只是非常穷困潦倒。他们家是德文郡人，他喜爱乡村里的事物和生活，但五年来一直在市里一家沉闷的公司工作。而现在他们正在裁员，他失业了。琳内特，要是不能嫁给他，我就会死的！我会死！我会死！我会

①原文为法语。

死的。”

“别傻了，杰姬。”

“我告诉你，我会死的！我爱他爱得发疯，他也疯狂地爱着我。如果没有对方我们就活不下去了。”

“亲爱的，太糟了。”

“我知道这很糟糕，不是吗？一旦被爱情找上门，你就毫无招架之力了。”

她顿了顿，睁大眼睛，忽然露出悲伤的表情，身体微微一颤。

“爱情有时候甚至让人恐惧。西蒙和我都为彼此而生，我不可能爱上别人了。你得帮帮我们，琳内特。听说你买下了这片地，于是我有了个想法。听我说，你需要有一个地产经纪人——也许是两个。我想让你把这份工作给西蒙。”

“哦！”琳内特吃了一惊。

杰奎琳急忙接着说道：“他对这种事情了如指掌，和土地有关的事，他完全在行——他就是在同样的地方长大的，而且还接受过职业培训。哦，琳内特，为了我，你会给他个工作的，对吗？要是他做不好，你就解雇他。可他会做好的。这样我们就能住在一所小房子里，我就能经常见到你，庄园也会变得非常非常美妙。”

她站起身。

“说你同意了，琳内特。说你答应了，美丽的琳内特！金发的琳内特！我的与众不同的琳内特！说你同意了！”

“杰姬——”

“你同意了？”

琳内特放声大笑。

“傻杰姬！把你的小伙子带过来让我看看，我们谈一谈。”

杰姬扑向她，热情洋溢地亲吻她。

“亲爱的琳内特——你是真正的朋友！我早就知道你是。你不会让我失望的，永远不会。你是全世界最可爱的人。再见！”

“但是，杰姬，你留下来吧。”

“我？不，我不待了，我要回伦敦，明天把西蒙带过来，解决所有的问题。你会喜欢他的，他真的非常可爱。”

“可你不能多待一会儿，喝杯茶吗？”

“不啦，琳内特，我等不及了，我太兴奋了。我必须回去告诉西蒙。我知道我疯了，亲爱的，可我情不自禁。真希望婚姻能治愈我，似乎它能对人们起到一种醒脑的作用。”

走到门口，她转过身，站了片刻，然后像只张开翅膀的小鸟一样拥抱了琳内特。

“亲爱的琳内特，没人能像你这样。”

6

加斯顿·布隆丁先生——“姑妈们”这家时髦小饭馆的老板——并不是一个喜欢取悦顾客的人。富人、美女、名人或者贵人，想让他对他们有所表示或者大加款待，简直是白费心机。只有在极少数的情况下，布隆丁先生才会屈尊去礼貌地欢迎一位客人，陪他到特别的座位上去，跟他说上几句得体的话。

在这个特别的夜晚，布隆丁先生行了三次隆重的大礼——一次是接待一位公爵夫人，一次是一位有名的赛马迷贵族，一次是一个样子滑稽、留着一大把黑胡子的小个子。旁人要是不细心，肯定会认为此人这副尊容不会在“姑妈们”餐厅受到什么好招待。

然而布隆丁先生却殷勤得过头了。虽然半个小时之前顾客们就被告知已经没有空位子了，可现在却神秘地出现了一张空桌子，而且位置极佳。

布隆丁先生热情周到地把客人带到桌前。

“那是当然，永远为您留着空位子，波洛先生！希望您能经常光临本店。”

赫尔克里·波洛微笑着，回想起一件往事：一具尸体、一名侍者、布隆丁先生，还有一位很可爱的女士。

“您太客气了，布隆丁先生。”他说。

“就您一个人吗，波洛先生？”

“是的，就我自己。”

“哦，好的，朱尔斯会为您准备一桌诗一般的饭菜——优美的诗歌！再迷人的女人也会有个缺点：分散你对食物的注意力！但我向您保证，这顿饭一定包您满意。至于酒——”

随后就是酒水和烹饪层面的谈话，领班朱尔斯也帮忙提建议。

离开之前，布隆丁先生逗留了片刻，秘密地压低声音说道：“您手头有大案子吗？”

波洛摇了摇头。“唉，我是个闲人，”他遗憾地说，“在工作中赚了一些钱，现在总算可以过几天悠闲的日子了。”

“真羡慕您。”

“不不，你要是这么想就不明智了。我可以向你保证，这可没听起来那么开心。”他叹了一口气，“为了避免思考，人类不得不发明了工作这件事。这话说得真对啊。”

布隆丁先生两手一举。

“但是还有很多事情可以做！可以去旅行！”

“对，去旅行。这方面我做得还不错。今年冬天我想去埃及，都说那里的气候很棒，可以远离灰蒙蒙的大雾，以及下个没完的无聊的雨。”

“啊，埃及！”布隆丁先生深吸一口气。

“我认为现在搭乘火车就可以去，除了海峡这一段，其他路程都不用经过大海。”

“哦，大海。你不习惯海上旅行吧？”

赫尔克里·波洛摇摇头，微微一颤。

“我也是，”布隆丁先生感同身受地说，“让胃不舒服。”

“但只是针对特定的胃！有些人完全不在意船只的摇晃，实际上还很享受！”

“这就是上帝不公平的一个地方。”布隆丁先生说。

他伤心地摇摇头，思忖着刚才那些不敬的想法，走开了。

脚步轻盈、动作娴熟的侍者把饭菜摆上桌：梅尔巴吐司、黄油、放香槟的冰桶，都是一顿一流晚餐的附属品。

黑人乐队突然奏出奇怪而不和谐的音乐，伦敦城也随之翩翩起舞。

赫尔克里·波洛静静地看着，把这些景象深深印进他那整洁而有序的脑袋里。

这些脸孔可真是乏味无聊啊！有几个胖男人，自己倒是乐在其中……可他们的舞伴却流露出不得不忍受的表情。那个穿紫色衣服的胖女人看上去容光焕发……不用说，胖子在生活中也会得到某种补偿，那种热情与兴致是时髦的苗条人士所难以拥有的。

零零散散的几个年轻人，有的茫然，有的无聊，还有的不开心。青春是人生最欢乐的时光，这种说法真可笑。青春，是生命中最脆弱的阶段啊！

一对特别的年轻人映入眼帘，波洛的目光变得柔和起来。很般配的一对儿：高大宽肩的男子，纤细曼妙的女子。两人的身体伴随着美妙的节奏幸福地移动着，享受着此时此刻，以及彼此的陪伴。

舞曲骤停。响起一阵掌声，然后音乐再起。跳完第二支舞，这对年轻人回到他们的座位，就在波洛邻座。女孩脸色绯红，开心地笑着，然后坐下来，仰面对着同伴，因此波洛得以仔细观察她的面孔。在她的眼中，除了笑意，还有其他一些东西。

赫尔克里·波洛疑惑地摇了摇头。

“她爱得太深了，这个小姑娘，”他自言自语道，“这不安全，不，这可不安全。”

接着，他听见一个词：埃及。

他们的说话声清晰地传进他耳朵里：女孩的声音年轻、清脆、高傲、温柔，略微带些外国卷舌口音；男孩则操着一口悦耳、低沉、有教养的英国腔。

“我没有高兴过头，西蒙，我跟你说过，琳内特不会让我们失望的！”

“我可能会让她失望的。”

“胡说——这份工作正适合你。”

“其实，我也是这么想的……我一点也不怀疑自己的能力。而且我也准备努力工作——为了你！”

女孩温柔地笑了，笑声中幸福满满。

“我们等三个月——确保你不会被解雇——然后——”

“然后我会把一切财产都给你，这就是要领，对吧？”

“然后，就像我说的，我们去埃及度蜜月，管他贵不贵呢！我一生中就想去埃及，尼罗河、金字塔、沙滩……”

他的声音中有些不确定。“我们会一起去参观，杰姬……我们一起。是不是很棒？”

“我不知道。你会像我一样感兴趣吗？你真的在乎——像我这样在乎吗？”

忽然，她的声音尖锐起来，双眼圆睁，表情近乎恐惧。

男人立即快速有力地说道：“别乱想了，杰姬。”

可女孩嘴里重复着：“我不知道……”

接着，她耸了耸肩。

“我们跳舞去吧。”

赫尔克里·波洛对自己咕哝着说：“‘总有一个在爱，而另一个被爱。’[①] 是啊，我也不知道。”

7

乔安娜·索思伍德说：“那如果他是一个可怕的恶棍呢？”

琳内特摇了摇头。“哦，不会的。我相信杰奎琳的眼光。”

乔安娜嘀咕着：“啊，可人一旦恋爱了就会改变的。”

琳内特不耐烦地摇着头，换了个话题。“我得去跟皮尔斯先生研究一下那些计划了。”

“计划？”

“是啊，几座脏得要命的老房子。我要拆掉它们，把住在那儿的人迁走。”

“亲爱的，你可真是既爱整洁又热爱公益啊！”

①原文为法语。

“无论如何他们都要搬走。从那些房子里往下看，能看到我的新游泳池！”

“住在那儿的人愿意搬吗？”

“大部分都还挺高兴的，只有一两个脑筋不开化——太烦人了。他们好像根本就不知道自己的居住环境会有多大的改善！”

“不过我猜在这件事上你的态度会很强硬的。”

“亲爱的乔安娜，这对他们真的有好处。”

“是的，亲爱的，我相信这一点。强制受益。”

琳内特皱了皱眉。乔安娜大笑起来。

“得了，承认了吧，你就是个暴君。仁慈的暴君，如果你喜欢这个说法。”

“我一点都不像暴君。”

“但你喜欢我行我素。”

“这没什么。”

“琳内特·里奇卫，你能当面告诉我，有哪一次是你没有完全按照自己的想法去做的？”

“很多次。”

“哦，没错，‘很多次’——就像这样——可没有具体的实例。你一个都想不出来，亲爱的，不管你怎么使劲去想。琳内特·里奇卫一直坐在她金色的汽车里胜利前行。”

琳内特尖厉地说：“你觉得我自私？”

“不——只是无法抗拒。有了金钱和魅力的共同影响，一切事物都会臣服在你脚下。金钱买不到的，你用微笑就可以买到。我们已经看到了结果：琳内特·里奇卫，要风得风，要雨得雨。”

“别乱说了，乔安娜！”

“那么，你是不是一切都得偿所愿呢？”

“我想是的……不知怎么，这听起来很讨厌。”

“当然让人讨厌了，亲爱的！渐渐地，你会觉得很无聊，很厌烦，尽管与此同时，你也很享受坐在金色汽车里品尝胜利的滋味。不过我想知道——我真的很想知道，如果你想上街，路上却有一块‘此处禁行’的牌子，那会发生什么。”

“别傻了，乔安娜。”这时，温德尔沙姆勋爵向她们走了过来，琳内特转向他说，“乔安娜正数落我呢。”

“算了吧，亲爱的，算啦。”乔安娜闪烁其词地说着，从座位上站起身来，没有说再见就走了。她看到温德尔沙姆眼中微光一闪。

他沉默片刻，然后开门见山地说：“你决定了吗，琳内特？”

琳内特缓缓说道：“我很残忍吗？我在想，如果我不确定，应该说‘不’——”

他打断了她的话。

“别这么说，你有的是时间——你想多久就多久。但是我认为，你知道，我们在一起会幸福的。”

“你知道，”琳内特抱歉地说道，甚至带有一点孩子气，“我过得很好——特别是有了这一切。”她挥了挥手，“我要把沃德庄园打造成我心中理想的乡间住宅，而且我确实认为自己做得不错，你觉得呢？”

“非常好。你计划得很棒。一切都尽善尽美。你很聪明，琳内特。”

他顿了顿，继续说道：“你也喜欢查尔敦伯利庄园，对吗？当然，它需要更加现代化一些，做些改造什么的——你很擅长做这种事，你会喜欢的。”

“哦，当然，查尔敦伯利很美。”

表面上说得很热情，可是内心深处却有种不寒而栗的感觉。一个异样的声音响起，破坏了她对生活的心满意足。当时她并未详加分析这种感觉，然而温德尔沙姆离开房间之后，她开始努力探寻内心深处的想法。查尔敦伯利——对，就是这个原因——她憎恨别人提起查尔敦伯利。可是为什么呢？查尔敦伯利太有名气了。从伊丽莎白时代起，温德尔沙姆的祖先就拥有这座庄园。查尔敦伯利的历代女主人在社会上都享有崇高的地位。温德尔沙姆是英国最理想的夫婿人选之一。

自然，他不会看重沃德庄园的——无论如何它都无法跟查尔敦伯利媲美。

啊，可是沃德是属于她的！她看中了它，买了下来，重建、改造，投入了大笔金钱。这是她自己的财产——她的王国。

但是，如果她嫁给了温德尔沙姆，它就没有意义了。他们为什么要两座乡村别墅？在两者之中，沃德庄园肯定是被抛弃的那一个。

她，琳内特·里奇卫，也将不复存在。她会成为温德尔沙姆勋爵夫人，给查尔敦伯利和它的男主人带去丰盛的嫁妆。她将会成为一个皇后，而不再是女王。

"我真是可笑。"琳内特自言自语道。

奇怪的是，她居然如此厌恶这种遗弃沃德庄园的念头……

还有别的什么在她脑海中盘旋不去？

杰姬那种令人费解的模糊的声音在她耳边响起："要是不能嫁给他，我就会死的！我会死的！我会死的……"

如此确定，如此恳切。她，琳内特，对温德尔沙姆也有这样的感觉吗？

无疑，没有。也许她永远也不会对任何人有这种感觉。这种感觉肯定……非常美妙……

汽车引擎的声音从敞着的窗户里传了进来。

琳内特不耐烦地抖了抖身子。肯定是杰姬和她的男朋友。她得出去见他们。

她站在大门口，杰奎琳和西蒙 · 多伊尔从车上下来。

“琳内特！”杰姬跑向她，“这是西蒙。西蒙，这是琳内特。她是全世界最可爱的人。”

琳内特看到一个肩膀宽阔的高个子年轻人，深蓝色的眼睛，卷曲的棕色头发，方下巴，以及单纯而孩子气的微笑……

她伸出一只手。握住她的那只手有力而温暖……她喜欢他看她的样子，那是一种纯粹而真诚的钦慕。

杰姬跟他说过她很美，现在他真切地觉得她确实很美……

一种温暖、甜蜜，令人陶醉的感觉流遍她全身。

“这不是很好吗？”她说，“进来吧，西蒙，欢迎我的新地产经纪人。”

她转过身在前面带路，心想：“我真是太……太开心了。我喜欢杰姬的男朋友——我真的很喜欢他……”

接着，她忽然感到一阵痛苦。“幸运的杰姬。”

8

蒂姆 · 阿勒顿靠在柳条椅子上，眺望大海，打着哈欠，飞快地瞥了母亲一眼。

阿勒顿夫人五十岁了，一头白发，但风韵犹存。每当注视儿子的时候，她都会装出严肃的表情，紧抿双唇，以此来掩饰自己对儿子深沉的爱。即便是素不相识的人也不会被骗到，蒂姆更是心如明镜。

他说：“妈，你真的喜欢马略卡岛吗？”

“呃，”阿勒顿夫人想了想，“比较便宜。”

“而且还比较寒冷。”蒂姆说着，微微哆嗦了一下。

他是个又高又瘦的年轻人，黑头发，窄胸，嘴唇长得很讨巧，眼神忧伤，下巴则显得优柔寡断，双手修长而秀美。

几年前他患了一场肺病，身体耗损比较大。人们认为他在“写作”，但他的朋友们都知道，他不愿意别人问起他出版了什么文学作品。

“你在想什么，蒂姆？”阿勒顿夫人警觉了起来，明亮的深棕色眼睛现出怀疑的神情。蒂姆·阿勒顿冲她咧嘴一笑。

“我正在想埃及。”

“埃及？”

阿勒顿夫人疑惑地问道。

“温暖的气候，亲爱的妈妈，让人感觉慵懒的金色沙漠，尼罗河。我想去看看尼罗河，你呢？”

“哦，我也想。”她干巴巴地说道，“可是去埃及很贵，亲爱的，对那些不得不精打细算的人来说真是去不起。”

蒂姆笑了。他站起来，伸了个懒腰，忽然变得活跃而热切，语气中透着一股激动。

“我来负担费用。是的，亲爱的妈妈。证券交易所的一个小波动，产生了绝对令人满意的结果。今天早上我听到了一些消息。”

“今天早上？”阿勒顿夫人尖声说道，“你只收到了一封信，而那封信——”她忽然打住了，咬住嘴唇。

一时之间蒂姆不知道应该感到好笑还是生气。最后好笑占了上风。

“是乔安娜写来的。”他冷静地接过话茬，“你猜得对极了，妈妈。你已经成了侦探女王了！有你在，著名的赫尔克里·波洛可得看紧他的桂冠啊。”

阿勒顿夫人一脸愠怒。

“我只是碰巧看到了笔迹——”

“所以知道不是股票经纪人写来的？非常正确。实际上我是昨天从他们那里听到消息的。可怜的乔安娜的字迹太容易辨认了——就像是一只烂醉如泥的蜘蛛在信纸上到处乱爬。”

“乔安娜说什么了？有什么新闻吗？”

阿勒顿夫人尽量说得漫不经心、平平淡淡。儿子和他的远房表妹乔安娜·索思伍德的关系一直让她大为恼火。没有，她对自己说，他们之间没什么。她很确定这一点。蒂姆从未对乔安娜表白过，乔安娜也是。他们之间的相互关注不过是建立在八卦新闻和共同的朋友熟人的基础上。两人都喜欢交际，以及谈论别人。乔安娜嘴巴尖刻，倒也能引人发笑。

阿勒顿夫人并不担心蒂姆会爱上乔安娜。然而当乔安娜在场，或者听到她的来信时，阿勒顿夫人的态度就会变得僵硬起来，这是出于其他某些很难说清楚的感觉——也许是嫉妒蒂姆和乔安娜在一起时那种由衷的喜悦。她不愿承认这种妒忌。蒂姆和母亲相处得很好，一看见他被别的女人吸引或对其产生兴趣，阿勒顿夫人总是有些吃惊。她也想过，自己在那些场合出现会不会对两个年轻人造成障碍。有好多次，他们原本在热烈地聊着某个话题，一看到她，他们的谈话就变得犹豫起来，仿佛是出于某种责任，不得不请她加入似的。显然，阿勒顿夫人不喜欢乔安娜·索思伍德，觉得她虚伪、做作、肤浅。她发现提到乔安娜时，自己很难不用那些过分的言辞。

为了回答她的问题，蒂姆从口袋里掏出信，浏览了一下。他母亲注意到那是一封很长的信。

“没说太多。德凡尼夫妇离婚了。老蒙蒂被指控酒后驾车。温德尔沙姆去了加拿大，似乎是因为被琳内特·里奇卫拒绝了而万分伤心。她明确表示要跟她的地产经纪人结婚了。”

“太不正常了！他很厉害吗？”

“不，不，一点也不厉害。他是德文郡多伊尔家的人。当然，没钱——而且实际上他和琳内特一个最好的朋友订过婚。这就很过分了。”

“我觉得这太不好了。”阿勒顿夫人说道，脸色绯红。

蒂姆迅速瞥了她一眼，目光深沉。

“我明白，亲爱的妈妈，你不赞成抢别人的丈夫这种事。”

“在我们那个年代，我们有自己的标准。”阿勒顿夫人说，“这也是一件很好的事情。现如今年轻人好像觉得他们可以为所欲为了。”

蒂姆笑了笑。

“他们不光是这么想的，也这么做了。看看琳内特·里奇卫！”

“哦，我觉得真恐怖。”

蒂姆冲她眨眨眼。

“别不高兴了，你这个老顽固！也许我赞同你的看法。不管怎样，我还没去抢过别人的太太或者未婚妻呢！”

“我确信你永远不会做出这种事来的。”阿勒顿夫人说，又得意地补充了一句，“我把你教得很好。”

“所以功劳是你的，不是我的。”他打趣般地朝她笑笑，又把信折好放进口袋里。

阿勒顿夫人的脑海中忽然闪过一个念头：大部分信他都让我看，乔安娜写的信他却只给我念些零星的话。

但是她驱走了这些没有意义的想法，决定像平时那样做个有教养的女人。

“乔安娜过得还好吗？”她问。

“还可以吧。她说她想在伦敦的上流住宅区开一家熟食店。”

“她总说自己手头紧，”阿勒顿夫人略带恶意地说，“可她又到处旅游，花很多钱在衣服上，总是打扮得很漂亮。”

“啊，是啊，”蒂姆说，“她可能没花钱去买衣服。不，妈妈，我的意思不是你那个时代的老脑筋想的那样。我说的是，她没有去支付她的账单。”

阿勒顿夫人叹了口气。

“我永远都搞不懂他们是怎么做到的。”

“这是一种特殊的本领，”蒂姆说，“只要你的品位足够奢侈，而且完全不具备金钱观念，人们就会让你大量地赊欠。”

“是的，可是最终你还得进入破产法庭，就像可怜的乔治·伍德爵士那样。”

“你倒是偏爱那个老马贩子——可能是因为在一八七九年的舞会上，他夸赞你是‘玫瑰花骨朵’吧。”

“一八七九年我还没生出来呢。”阿勒顿夫人毫不客气地反诘道，“乔治爵士风度翩翩，我不允许你叫他老马贩子。”

“我从知情人士那里听到了他不少好玩的事。”

“你和乔安娜谈论起别人来都口无遮拦的，什么都聊，只要够八卦。”

蒂姆抬了抬眉毛。

“亲爱的妈妈，你太激动了。我不知道你这么喜欢老伍德。”

“你不知道卖掉伍德庄园对他来说有多么痛心。他非常在意那个地方。”

蒂姆可以很容易地反驳她，但他还是忍住了。毕竟，他有什么权利评判别人呢？于是，他若有所思地说："我觉得你说得没错。琳内特请他去看看她将那个地方改建得如何，可他粗鲁地拒绝了。"

"当然了。她本来就应该明白，邀请他是不合适的。"

"而且我知道他对她肯定不怀好意。每次见到她，他嘴里都要小声嘟囔几句。他不会原谅她，因为她用最高的价钱买了他那些过时陈旧的家族产业。"

"难道你不明白吗？"阿勒顿夫人尖声问道。

"坦白说，"蒂姆平静地说，"我不明白。为什么要活在过去？为什么抓着过去的事情不放？"

"那你要用什么事情来代替？"

他耸耸肩。"刺激的事吧，也许。新事物。享受未知的每一天。不去继承一块毫无用处的土地，而是享受自己赚钱的乐趣——通过自己的脑力和体力。"

"在证券交易所赚上一大笔钱！"

他大笑。"为什么不呢？"

"同样地，要是在交易所失败了怎么办？"

"这个，亲爱的妈妈，这话说得不怎么得体，尤其是在今天。你觉得去埃及这个计划如何？"

"这个嘛——"

他打断了她的话，微笑地看着她。"就这么决定了。咱们一直想去看看埃及的。"

"你觉得什么时候去好？"

"哦，下个月。那里一月的风光最好。我们还可以在这家旅馆里跟别人愉快地相处几个星期。"

“蒂姆，”阿勒顿夫人语带责备，然后又内疚地补充道，“我答应了利奇太太让你陪她去警察局。她不会说西班牙语。”

蒂姆做了个鬼脸。

“关于她的戒指的事？那只母蚂蟥的红宝石戒指？她还坚持认为是被人偷走的？你想让我去的话，我会去的，但这就是在浪费时间，只会让可怜的房间女服务员惹上麻烦。那天她去海里游泳的时候我明明看见她戴在手上的。戒指掉进水里了，可她没注意。”

“她说她确定自己是摘下来放在梳妆台上了。”

“哼，她没有。我亲眼看见了。这女人是个傻瓜。在十二月的天气中，活蹦乱跳地跑进海里，假装海水很温暖的女人都是傻瓜，因为只不过是那时候的阳光比较强烈而已。应该禁止胖女人游泳，她们穿泳衣的样子真叫人恶心。”

阿勒顿夫人咕哝着说：“我真觉得我应该放弃游泳了。”

蒂姆放声大笑起来。

“你？你的身材胜过大多数年轻女孩。”

阿勒顿夫人叹口气，说道：“我希望你在这儿能多跟年轻女孩接触一下。”

蒂姆·阿勒顿断然地摇摇头。

“我不会。没有别人打扰，我们相处得很融洽。”

“要是乔安娜在这儿，你就开心了。”

他的语气出奇的坚决。“你完全搞错了。乔安娜会把我逗乐，可我并不喜欢她，要是她整天在我身边，我会受不了的。谢天谢地，她不在这儿。就算永远见不到她，我也无所谓。”

他压低了声音，又补充说：“世界上让我真正尊重和赞赏的女人只有一个，而且，我认为，阿勒顿夫人，你肯定知道是谁。”

他母亲的脸红了，神色慌乱。

蒂姆一本正经地说："在这个世界上真正的好女人不多，你刚好是其中之一。"

9

纽约，一间可以俯瞰中央公园的公寓里，罗布森夫人大声说道："太棒了！你真的是最幸运的姑娘，科妮丽亚！"

科妮丽亚·罗布森的脸一下子红了。她是个身材粗壮、外表有些木讷的女孩，长着一双诚实的棕色眼睛。

"哦，肯定很好！"她喘了口气说。

看到穷亲戚对此事的反应，老小姐范·斯凯勒满意地歪着头。

"我一直梦想着去欧洲旅游，"科妮丽亚叹了口气，"但又总觉得自己不可能去。"

"当然，鲍尔斯小姐照例跟我一起去，"范·斯凯勒小姐说，"但是，作为一个社交伙伴，我发现她缺乏见识——非常缺乏。有许多琐事科妮丽亚可以帮我做。"

"我很愿意，玛丽表姐。"科妮丽亚连忙说道。

"好啦，好啦，那就这么定了。"范·斯凯勒小姐说，"去把鲍尔斯小姐找过来吧，亲爱的，该喝蛋酒了。"

科妮丽亚离开了。她母亲说道："亲爱的玛丽，我真的非常感激你！我想你也知道，科妮丽亚因为自己不会交际而苦恼，觉得这是一种耻辱。如果我有钱让她去旅游——但是你也知道，奈德去世之后这是不可能的。"

"我很愿意带着她，"范·斯凯勒小姐说，"科妮丽亚是个手巧的好女孩，愿意跑腿，不像如今有些年轻人那样自私。”

罗布森夫人站起来，亲吻富亲戚的那张皱巴巴的、有点泛黄的脸。

“太感激你了。”她说。

在楼梯上，她遇见了一个外表干练的女人，手里拿着一个玻璃杯，里面盛着带泡沫的黄色液体。

“哦，鲍尔斯小姐，你也要去欧洲吗？”

“是啊，罗布森夫人。”

“多美好的旅行啊！”

“是啊，我觉得肯定会很有趣的。”

“你以前出过国吗？”

“哦，是的，罗布森夫人。去年秋天我跟范·斯凯勒小姐去了一次巴黎，不过我从来没去过埃及。”

罗布森夫人迟疑着。

“我真的希望——别出什么事情。”

她压低了声音。然而鲍尔斯小姐依然用她一贯的腔调回答道：“哦，不会的，罗布森太太，我会照顾妥当的。我一向都很警惕。”

但是，罗布森夫人慢步走下楼梯时，脸上似乎仍然笼罩着一片阴云。

10

在市中心的办公室里，安德鲁·彭宁顿先生正在拆阅私人信件，忽然，他握紧拳头，砰的一声砸在办公桌上。他的脸涨得通红，额头上突起两根青筋。他按了按桌上的蜂鸣器，一个漂亮的速记员应声而到。

“请罗克福德先生来一下。”

“好的，彭宁顿先生。”

没多久，斯坦达尔——彭宁顿的合伙人——走进了办公室。这两个人长得有点像——都是又高又瘦、头发开始变白，胡子刮得很干净，一脸的精明。

“怎么了，彭宁顿？”

彭宁顿正在读第二遍信，这时他抬起头来，说：“琳内特结婚了。”

“什么？”

“你没听见我说吗！琳内特·里奇卫结婚了！”

“怎么会？什么时候？我们怎么没听说？”

彭宁顿扫了一眼桌上的日历。

“写这封信的时候她还没结婚，但是现在她结婚了。四号上午，就是今天。”

罗克福德跌倒在一张椅子里。

“啊！没有通知？什么都没说？那个男的是谁？”

彭宁顿又看了看那封信。

“多伊尔。西蒙·多伊尔。”

“这是个什么人？你听说过吗？”

“没有。她没说太多……”他瞥了一眼信上清晰工整的笔迹，“我觉得这有点偷偷摸摸的……不过不重要了，问题在于，她结婚了。”

两人对视了一下。罗克福德点点头。

“要好好琢磨一下这件事。”他轻轻地说。

“我们该怎么办？”

“我正要问你呢。”

两个人默不作声地坐着。接着，罗克福德问道：“想出办法了吗？”

彭宁顿缓缓说道：“诺曼底号今天开船，我们中的一个还能赶得上。”

“你疯了！这算哪门子的好办法！”

彭宁顿开始说道：“那些英国律师——”他打住了。

“他们怎么了？你该不是要去对付他们吧？你疯了吧！”

“我并不是在建议你或者我去英国。”

“那你有什么妙计？”

彭宁顿把桌上的信摊平。

“琳内特要去埃及度蜜月，计划待一个多月……”

“埃及——嗯？”

罗克福德思量着，之后他抬起头，遇上了对方的目光。

“埃及，”他说，“这就是你的主意！”

“是的，旅途中的一次偶然相遇。琳内特和她丈夫——蜜月的气氛。也许能办成。”

罗克福德迟疑地说：“她很敏锐，琳内特是……可是——”

彭宁顿温和地接着说道：“我想这是可行的。”

他们又对视了一下。罗克福德点点头。

“好吧，老大。”

彭宁顿看了看钟。

“我们得快点儿了——不管谁去。”

“你去吧，”罗克福德赶紧说，“你跟她一向相处得不错。‘安德鲁叔叔’，就是这样！”

彭宁顿表情严峻起来，说道：“希望我能搞定。”

“你能办成的，”他的合伙人说道，“事态紧急……”

11

威廉·卡迈克尔对开门询问的一个高高瘦瘦的年轻人说道："去请吉姆先生过来。"

吉姆·范索普走进房间，不解地看着他的叔叔。老人抬头看了看他，点点头，嘟囔了一句："嗯，你来了。"

"您找我？"

"来看看这个。"

年轻人坐了下来，打开老人递来的一沓文件。年长者看着他。

"怎么样？"

对方很快就回答："我觉得很可疑，先生。"

格兰特与卡迈克尔公司的资深合伙人又发出了他特有的嘟囔声。吉姆·范索普又读了一遍这封从埃及寄来的航空邮件：

> 在这样的日子里写商业信件似乎不太好。我们在米纳度假屋住了一个星期，还去了法尤姆[①]探险。后天，我们会坐船经尼罗河去卢克索[②]和阿斯旺[③]，也许还会去喀土穆[④]。你猜我们今天早上去库克订票的时候碰见的第一个人是谁？我的美国财产托管人，安德鲁·彭宁顿。我记得两年前他来的时候你见过他。没想到他也在埃及，而他也不知道我要来这儿！更加不知道我结婚了！他肯定没收到我写给他说我结婚了的信。他会跟我们同坐

①埃及城市，法尤姆省首府。东北距开罗八十八公里。
②埃及古城，位于南部尼罗河东岸。
③埃及南部古城，位于尼罗河东岸。
④苏丹共和国首都。

一条船去尼罗河，是不是很巧？感谢你在这么繁忙的日子里为我所做的一切。我……

年轻人正要翻页，卡迈克尔先生把信拿了过去。

“就这些，”他说，“下面的无关紧要。那么，你怎么想？”

他的侄子考虑了一会儿，然后说道：“呃，我认为，不是巧合。”

对方赞同地点点头。“想去埃及旅行吗？”他大声问。

“你认为这样合适吗？”

“我认为不能再浪费时间了。”

“可为何让我去？”

“动动脑子，孩子，动一动你的脑子。琳内特 · 里奇卫从来没见过你，彭宁顿也没见过你。如果坐飞机，你能及时赶到。”

“我……我不喜欢这个工作，先生。我要做什么？”

“用你的眼睛，用你的耳朵，用你的脑子——如果你有的话。而且，如果有必要，就行动。”

“我……我不喜欢。”

“也许你不喜欢，但你必须去做。”

“有这个必要吗？”

“我认为，”卡迈克尔先生说，“绝对必要。”

12

奥特本夫人整理了一下头上本地产的头巾，焦躁地说：“真不明白我们为什么不去埃及，我讨厌耶路撒冷。”

见女儿没有回答，她又说：“我跟你说话的时候你怎么也得回应一声啊。”

罗莎莉·奥特本正在看着报纸上的一张照片，照片下面印着：

西蒙·多伊尔夫人，婚前是社交名媛琳内特·里奇卫小姐。多伊尔夫妇正在埃及度假。

罗莎莉说：“你想转去埃及吗，妈妈？”

“没错，我想去，”奥特本夫人飞快地尖声说道，“我认为他们对我们太傲慢了。我们住在这里就是给他们做广告——他们应该在住宿费上给我们特别的折扣。我暗示他们的时候，我觉得他们太——太没礼貌了。我把我的想法明确地告诉了他们。”

女孩叹了口气，说：“哪里都一样，希望我们马上就能走。”

“而且，今天早上，”奥特本夫人继续说着，“那个经理居然告诉我所有的房间都预订一空，让我们两天之内退房。”

“所以我们得到别处去。”

“没门儿。我要为我的权利而战斗。”

罗莎莉喃喃地说：“我认为我们可以去埃及，都一样的。”

“当然了，这不是一个生死攸关的问题。”奥特本夫人同意了。

但这次她可是全错了——因为，这正是一个生死攸关的问题。

第二章　埃及

1

“那就是赫尔克里 · 波洛，那个侦探。”阿勒顿夫人说。

她和儿子正坐在阿斯旺瀑布旅馆外面鲜红色的柳条椅子上，注视着离去的两个身影——穿白色丝绸套装的矮个子男人和苗条的高个子女孩。蒂姆 · 阿勒顿异常警觉地坐直了身子。

“那个滑稽的小个子？”他满腹狐疑地问道。

“就是那个滑稽的小个子！”

“他来这儿干什么？”蒂姆问。

他母亲大笑。“亲爱的，你好像很激动啊。怎么人们都对犯罪这么有兴趣？我讨厌侦探故事，而且从来不看，但是我觉得波洛先生此行并非另有目的。他赚了很多钱，我猜他是出来享受生活的。”

“他似乎很懂得鉴赏我们这里最美丽的姑娘。”

阿勒顿夫人微微侧过头，看着波洛先生和女伴远去的背影。

波洛身边的女孩差不多比他高三英寸。她走路的姿势很优美，灵动而有活力。

"我觉得她挺漂亮的。"阿勒顿夫人说。

她斜睨了蒂姆一眼。鱼儿立刻上钩了，她觉得有些好笑。

"她相当漂亮，可惜脾气不怎么好，面带愠色。"

"也许那只是表象，亲爱的。"

"是个让人不愉快的小鬼，不过长得确实漂亮。"

他们谈论的对象此时正缓缓走在波洛身边。罗莎莉·奥特本手里旋转着一把没撑开的阳伞，表情正如蒂姆说的那样，面露不快，心情似乎也不好。她愁眉紧蹙，猩红色的嘴唇向下撇着。

他们走出旅馆大门，向左拐去，来到公园的树荫下。

赫尔克里·波洛温和地和她闲聊着，表情亲切、幽默。他穿着一套熨烫得很仔细的白丝绸衣服，戴着一顶巴拿马草帽，拿着一根手柄上装饰着假琥珀的拂尘。

"可真让人着迷，"他说，"大象岛的黑色岩石、阳光、河里的小船。啊，活着真好。"他顿了顿，又补充道，"你不这么觉得吗，小姐？"

罗莎莉·奥特本简短地说："还不错。我觉得阿斯旺是个阴沉的地方，旅馆有一半的房间是空的，人人都跟一百岁——"

她打住了，咬着嘴唇。

赫尔克里·波洛眨了眨眼睛。"没错，我一只脚已经踏进棺材里了。"

"我……我不是说你，"女孩说，"对不起，那样说很不礼貌。"

"没关系，你当然希望有年纪相仿的同伴。啊，其实，至少有一个年轻人。"

“那个一天到晚跟母亲坐在一起的人？我喜欢他母亲，不过我觉得他看起来很讨厌——很自负！”

波洛微微一笑。“那么我——也是很自负吗？”

“哦，不是的。”

显然她对这个话题没什么兴趣，不过波洛好像并不生气。他只是平静而满足地说：“我最好的朋友说我非常自负。”

“哦，”罗莎莉含糊地说，“我想你有值得骄傲的地方。可惜我对犯罪一点兴趣也没有。”

波洛严肃地说：“你没有什么罪恶的秘密可隐藏，这一点让我很高兴。”

她疑惑地扫了波洛一眼，就在这一瞬间，她不快的脸色起了变化。波洛似乎并没注意到，只是继续说：“小姐，你母亲今天没吃午饭。不是哪里不舒服吧？”

“她不适应这个地方，”罗莎莉简单地说，“我就盼着早点离开。”

“我们是旅伴，对吧？我们会一起坐船去瓦迪·哈勒法[①] 和第二大瀑布吧？”

“是的。”

他们走出公园的树荫，走到尘土飞扬的环河路上。五个警觉的卖念珠的小贩、两个兜售明信片的、三个卖石膏护身符的、两个出租驴的男孩，以及零星几个心存希望的乞丐朝他们拥了过来。

“要念珠吗，先生？质量很好，很便宜的。”

“小姐，要护身符吗？看——伟大的女王——非常幸运。”

“你看，先生，真正的宝石，非常好，非常便宜……”

①苏丹北部边境城市，在尼罗河右岸。

“你想骑驴吗，先生？非常棒的驴子，‘威士忌苏打’驴子，先生……”

“你想去采石场吗，先生？这是一头好驴子，其他驴都很差，骑上去会摔倒的……”

“买明信片吗——很好很便宜——”

“你瞧，小姐，只要十皮阿斯特①，很便宜……还有象牙——”

“这是很好的拂尘——这个——全都是琥珀。”

“你要坐船吗，先生？我有很好的船，先生……”

“想骑着驴子回旅馆吗，小姐？这是一等一的驴。”

赫尔克里·波洛胡乱地挥着手，似乎是在驱赶像苍蝇一样簇拥在身边的这些人。罗莎莉则梦游般地穿过人群。

“最好是装聋作哑。”她说。

小乞丐们跟在他们旁边跑，悲切地小声说着：“施舍点？施舍点？乌拉万岁！行行好——行行好……”他们那破烂而花哨的破衣服在地上拖着，苍蝇成群地落在他们的眼皮上。它们才是最顽固的。他们退了回去，向下一拨游客展开新的攻势。

波洛和罗莎莉在两排商店中间走着，殷勤讨好的劝诱声此起彼伏。

“今天来我店里看看吗，先生？”

“想要象牙做成的鳄鱼吗，先生？”

“你还没来过我的店里吧，先生？给你看看精美的东西。”

他们走进第五家店铺，罗莎莉递出几卷底片——这是他们散步的目的。

然后，他们走了出来，向河边走去。

---

①埃及辅币名。

尼罗河上一艘轮船刚刚停靠在岸边，波洛和罗莎莉饶有兴致地看着那些游客。

“人很多，是吧？”罗莎莉说。

蒂姆朝他们走近，她回头看看他。他有些气喘吁吁的，可能是走得太快了。

他们在那儿站了一会儿，蒂姆说话了。

“和平时一样，乱哄哄的。”他轻蔑地指着从船里出来的人说。

“是很可怕。”罗莎莉表示同意。

作为先到的三个人，他们都有那种打量后来者的优越感。

“嘿！”蒂姆忽然兴奋地大喊道，“我敢说那就是琳内特·里奇卫！”

波洛对这个消息无动于衷，不过罗莎莉来了兴趣。她向前探着身子，脸也不再紧绷着了，问道：“在哪儿？穿白衣服的那个吗？”

“没错。和一个高个子男人。他们上岸了，我猜那就是她的新婚丈夫，一时忘了他叫什么了。”

“多伊尔。”罗莎莉说，“西蒙·多伊尔。所有报纸都报道过。她很有钱，不是吗？”

“全英国最富有的女人。”蒂姆兴致勃勃地回答。

三个人默默地注视着上岸的旅客。

波洛颇感兴趣地盯着他的同伴所谈论的对象，咕哝着说：“她很漂亮。”

“有的人什么都拥有了。”罗莎莉恨恨地说。当那女孩登上跳板的时候，罗莎莉的脸上浮现出一种莫名的耿耿于怀的表情。

琳内特·多伊尔的外表完美无缺，就像轻歌舞剧舞台上的女主角，也像著名的女演员那样自信满满。她习惯了人们的欣赏和羡慕，习惯了走到哪儿都是人群的焦点。

她能感觉到他们投来的热切目光，但同时她又表现得毫不知情。人们的夸赞就是她生活的一部分。

虽然是无意识的，但一上岸，她就不自觉地扮演起了一个角色：闻名于社交界、富有而美丽、正在欢度蜜月的新娘。她转过身，微微笑着，轻声对身边的高个男人说了几句话。他回答了，不过他的声音倒是引起了赫尔克里·波洛的兴趣。他眼睛一亮，眉毛一皱。

这对夫妇从身边走过时，他听见西蒙·多伊尔说："我们尽量找时间，亲爱的。如果你喜欢这儿，我们完全可以待上一两个星期。"

他转向她，满脸的热情、爱慕，还有些恭顺。

波洛若有所思地端详着他——宽阔的肩膀，古铜色的脸庞，深蓝色的眼睛以及孩子般纯真的笑容。

"幸运的家伙！"他们走过去之后蒂姆说道，"居然找到了一个没有腺状肿和平底足的女继承人！"

"看上去他们挺幸福的。"罗莎莉语带妒意地说，"这不公平。"她忽然加上后面这句，声音很小，蒂姆没有听见，不过波洛却听到了。方才还疑惑地皱眉的波洛，快速地扫了她一眼。

蒂姆说："现在我得给我妈妈买些东西去了。"

他抬了抬帽子，便离开了。波洛和罗莎莉缓缓地朝旅馆的方向往回走着，挥着手打发走新一拨蜂拥而至的驴贩。"不公平是吗，小姐？"波洛温和地问道。

女孩气得脸色发红。

"我不明白你的意思。"

"我只是在重复你刚刚说过的话。哦，是的，你是说过。"

罗莎莉·奥特本耸了耸肩。

“对一个人来说这太过分了。金钱、美貌、窈窕的身材，还有——”

她停住了。波洛说：“那爱情呢？呃？爱情？不过你并不知道——也许他是为了钱才娶她的！”

“你没看到他看她时的神态吗？”

“哦，我看到了，小姐。我什么都看到了——而且我还看到了一些你没看到的东西。”

“是什么？”

波洛缓缓地说：“小姐，我看到了一个女人的黑眼圈；我看到了那双紧握阳伞、握得指关节都发白了的手……”

罗莎莉吃惊地瞪着他。

“你这话什么意思？”

“我是说，并不是事事都像金子那样发光；我是说，虽然那位夫人富有美丽、备受宠爱，可仍然有些事情不太对。而且我还知道些别的。”

“什么？”

“我知道，”波洛皱着眉头说，“我以前在某个时间、某个地方听到过那个声音——多伊尔先生的声音——希望我能记得是在哪儿。”

不过罗莎莉没在听。她停下脚步，用阳伞的伞尖在松软的沙滩上来回画着。

忽然，她尖声喊了出来：“我太可怕了，太讨厌了！我就是个彻头彻尾的禽兽。我想撕破她的衣服，踩在她那张可爱、傲慢、自信的脸上。我是一只妒火中烧的猫——但我就是这么感觉的。她那么成功、沉稳、自信！”

对于这种突然的情绪爆发，赫尔克里·波洛微微有些吃惊，他友好地摇摇她的胳膊。

“说吧——说出来会好过一些！”

“我就是恨她！我从来没有这么恨过一个初次见面的人。”

“很好！”

罗莎莉困惑地看着他，然后动了动嘴唇，笑了。

“非常好。”波洛说着，也笑了。

接着，他们愉快地走回旅馆。

“我要去找我妈妈。”走进凉爽、昏暗的门厅后，罗莎莉说。

波洛从另外一侧出去，到了可以俯瞰尼罗河的阳台上。那儿摆有喝下午茶的小桌子，不过现在时间还早。他站在那儿，眺望了一会儿尼罗河，然后漫步走到下面的花园中。

有几个人正在炙热的阳光下打网球。他停下来观看了片刻，接着走到陡峭的小路上。他看到了在“姑妈们”餐厅见过的那个女孩。此时她正坐在一张长凳上，凝望着尼罗河。他立刻认出了她。她的容貌和那天晚上波洛看到的一样，深深地烙印在他的脑海中。但现在，这张脸上的表情变得大为不同，她更加苍白消瘦，脸上的皱纹表露出极度的疲倦和痛苦。他退后了一些。她并没有看到他，于是他观察了她好一阵子，而她完全没有意识到还有别人在场。她那双小小的脚不耐烦地踢踏着地面，怒火冉冉的黑眼睛里闪烁着痛苦和胜利交织的光芒。她远望着尼罗河，河面上有白色的帆船在滑行。

这张脸，还有那个声音，他全记起来了。这女孩的脸和他刚才听到的那个声音，新郎的声音……

就在他站在那儿思索这个没有觉察到他的女孩时，戏剧性的一幕上演了。

有声音从上面传过来，座位上的女孩跳了起来。琳内特·多伊尔和她丈夫出现在小路上。琳内特的声音充满幸福和自信，不安和紧绷的神色都消失了。琳内特是快乐的。

站在旁边的女孩向前走了一两步，另外两个人都呆住了。

“你好，琳内特。”杰奎琳·德·贝尔福特说，“你也在这儿！我们好像走到哪儿都会见面。嘿，西蒙，你好吗？”

琳内特·多伊尔轻轻地叫了一声，退缩着靠在一块岩石上。西蒙·多伊尔那张帅气的脸忽然显得怒气冲天，他向前走过去，好像要攻击这个纤细的女孩似的。

女孩像只机灵的小鸟一样把头快速一扭，示意自己发现有陌生人在场。西蒙转过头，发现了波洛。他尴尬地说：“你好，杰奎琳，没想到在这里遇见你。”

语气很假。

女孩冲他们露齿一笑。

“很惊讶吧？”然后，她微微一点头，走上小路。波洛也很合时宜地朝相反的方向走去，他听见琳内特·多伊尔说：“西蒙，看在上帝的分上，西蒙，我们该怎么办？”

2

晚饭后，柔和的灯光照着瀑布旅馆外面的阳台，大部分客人都还待在小桌子边。

西蒙和琳内特·多伊尔走出来，旁边跟着一个相貌突出的高个子男人。此人头发灰白，样子精明，胡子刮得很干净。

他们在门外停顿了一下，旁边的蒂姆·阿勒顿站起身走上前。

“你肯定不记得我了，”他彬彬有礼地对琳内特说，“我是乔安娜·索思伍德的表哥。”

“当然，我太笨了！你就是蒂姆·阿勒顿。这是我丈夫——”声音隐约有些颤抖——骄傲抑或害羞？“这是我在美国的财产托管人，彭宁顿先生。”

蒂姆说：“请允许我介绍我母亲。”

几分钟之后他们都坐在了一起——琳内特在角落里，蒂姆和彭宁顿坐在她两侧，都在跟她说话，以赢得她的注意。阿勒顿夫人在跟西蒙·多伊尔说话。

旋转门推开了。笔直地坐在两个男人中间的美丽女人忽然变得很紧张。看见走进阳台的是个小个子男人之后，她随即放松下来。

阿勒顿夫人说道：“你不是这里唯一的知名人士，亲爱的。那个滑稽的小个子是赫尔克里·波洛。”

她柔声说着，只是为了打破这种尴尬的沉默。可是听到这个消息后，琳内特似乎有所触动。

“赫尔克里·波洛？当然，我听说他……”

她好像陷入了沉思，身边的两个男人一时之间有些不知所措。

波洛溜达到阳台边缘处，但是马上就有人注意到了他。

“请坐，波洛先生，多美好的夜晚啊！”

他附和着说：“是的，夫人，的确很美。”

他礼貌地对奥特本夫人微笑着。她那身黑色薄绸衣服和头巾真是太可笑了！奥特本夫人继续高亢地抱怨道：“这儿有很多名人，不是吗？我觉得很快我们就能在报纸上看到照片了。社交名媛、著名作家——”她顿了顿，假装谦虚地笑着。

波洛感觉到他对面那个绷着脸、皱着眉头的女孩有些畏缩，嘴唇抿得更紧了。

“您正在写小说吗，夫人？”他问道。

奥特本夫人很有自知之明地笑了。

“我很懒，其实必须动手开始写了。我的读者等得都烦死了——还有我的出版商，可怜的家伙！天天写信催我！甚至还打电报呢！”波洛又一次感觉到那女孩在阴暗中扭动着身子。

“不怕告诉你，波洛先生，我来这儿是为了采风。《沙漠上的白雪》——这是我新书的名字。感染力强，并且具有暗示性。白雪——在沙漠上——融化在第一次被燃烧的热情之中。”

罗莎莉站起来，嘟囔了几句，便跑进下面黑暗的花园里去了。

“必须强有力，”奥特本夫人继续说着，晃晃头巾以示强调，“深奥——我的书说的就是这个——这个最重要了。图书馆严禁我的书入内——无所谓！我说的是事实。性！啊，波洛先生，为什么每个人都这么惧怕性？它是宇宙的核心！你读过我的书吗？”

“啊，夫人，你知道，我不怎么看小说，我的职业是……”

奥特本夫人坚持地说：“我必须送你一本《无花果树下》。你会觉得这本书很有象征意义，直言不讳，但非常真实！”

“谢谢你，夫人，我愿意读一读。”

奥特本夫人沉默了片刻，把玩着脖子上绕了两圈的珍珠项链，飞快地环视了一下周围。“要不，我现在就上楼拿给你。”

“哦，不，夫人，别麻烦了，稍后——”

“哦，不，不麻烦，”她站起来，“我想让你看看——”

“怎么了，妈妈？”

罗莎莉忽然在她身边出现了。

“没事，亲爱的，我只是想上楼给波洛先生拿本书。”

“《无花果树下》吗？我去拿。”

“你不知道放在哪儿了，亲爱的，我去吧。”

“我知道。”

女孩飞快地穿过阳台走进旅馆。

“祝贺你，夫人，你有这么一个漂亮的女儿。”波洛说着，微微一鞠躬。

“罗莎莉？是的，是的，她很漂亮。但是她心肠很硬，波洛先生，对病人没有同情心。她总是认为自己什么都懂，认为她比我还要了解我的身体状况——”

波洛对经过的侍者做了个手势。

“喝点酒吗，夫人？荨麻酒？薄荷乳酒？”

奥特本夫人用力摇着头。

“不，不，我是个禁酒主义者。也许你已经注意到，我除了水，其他什么都不喝——也许还有柠檬水。我受不了酒精的味道。”

“那我帮你要一杯柠檬水，夫人？”

他点了饮料——一杯柠檬苏打，一杯法国甜露酒。

旋转门开了，罗莎莉拿着一本书朝他们走了过来。

“给你。”她面无表情，声调冷淡。

“波洛先生给我点了一杯柠檬汁。”她母亲说。

“你呢，小姐，想喝点什么？”

“不喝。”她忽然意识到自己太没礼貌了，又补充道，“我不喝，谢谢。”

波洛接过奥特本夫人递过来的书。书的外封还在，色彩艳丽，上面画着一个女子，梳着短发、涂着红指甲、穿着传统服饰，坐在一张虎皮上。在她头顶上方有一棵橡树，挂满了颜色画得很假的大苹果。

书名是《无花果树下》，作者“莎乐美·奥特本”。内文有出版商写的推荐，鼓吹这本书真实地描写了现代女性的爱情生活，还使用了“大胆的”、“不落俗套”、“现实主义”之类的形容词。

波洛鞠了一躬。“我很荣幸，夫人。”

他抬起头，正好跟作家的女儿四目相对。他不由得微微一颤。女孩眼中流露出的痛苦让他讶异而伤感。

这时候饮料送了过来，适时地改变了了气氛。波洛殷勤地举起杯子。

“夫人，小姐，干杯。”

奥特本夫人啜饮着柠檬水，喃喃地说：“真新鲜可口啊！”

三个人都没有说话，他们俯瞰着尼罗河中闪闪发亮的黑色岩石。在月光下，它们显得很古怪，就像巨大无朋的史前怪兽那样半躺在水中。忽然吹来一阵微风，又悄然停止了。空气中似乎有种宁静的感觉——一种期待。

波洛的目光转到阳台上其他客人的身上。是他的错觉吗，还是那里也有一种不寻常的期待？就像人们期待舞台女主角出场的那一刻。就在这时，旋转门又被推开了，这一次，仿佛是重要的时刻到来了，所有人都停止了谈话，望向门口。

一个肤色较深、身材苗条的女孩穿着酒红色的晚礼服走了进来。她停了停，故意绕过阳台来到一张空桌子旁边坐下。她的行为举止并无招摇之处，然而不知怎么却有一种主角登场的效果。

“哦，”奥特本夫人说着，抬起她那裹着头巾的脑袋，“看看，那女孩好像以为自己是个大人物呢！”

波洛没有接茬。他在观察。女孩坐下的位子恰好让她可以仔细看到琳内特·多伊尔。波洛注意到琳内特立刻探身向前，低声说了几句，然后站起身换了一个朝向相反的位子。

波洛若有所思地点点头。

过了五分钟，那个女孩换到了阳台对面的一个位子上。她坐在那儿抽着烟，安静地微笑着，悠然自得。然而，有意无意地，她那沉思的目光总是落在西蒙·多伊尔的妻子身上。

一刻钟后，琳内特·多伊尔忽然站起身，走进旅馆。她丈夫立即紧随其后。

杰奎琳·德·贝尔福特微笑着转过椅子，点起一支烟，遥望着尼罗河，仍然是一副微笑的模样。

第三章

“波洛先生。”

波洛连忙站起来。别人都离开了阳台，就剩他还坐在那里，失神地盯着光滑闪亮的黑岩石，听见有人叫自己的名字，这才回过神来。那是一个很有教养的、自信而迷人的声音，虽然有那么一点傲慢。

赫尔克里·波洛迅速站起来，看着琳内特·多伊尔那居高临下的眼神。她披着一块华贵的紫色丝绒披肩，里面是雪白的绸缎长袍，其美丽和庄严的程度远超波洛的想象。

“你是赫尔克里·波洛先生？”琳内特说。

这不算是个问题。

“是的，请指教，夫人。”

“也许你知道我是谁？”

“是的，夫人，我听过你的尊姓大名，知道你是谁。”琳内特点点头。这正是她期待的答案。她用她那迷人而独断专行的方式继续问道：“可否请你随我到棋牌室去，波洛先生？我很想跟你谈一谈。”

“好的，夫人。”

她走在前面，进了旅馆。波洛跟在后面。她把他带进空无一人的棋牌室里，示意他关上门，然后在桌子旁边的一把椅子上坐下来，波洛则坐在她对面。她开门见山地直奔主题。

“我听过很多关于你的事，波洛先生，而且我知道你非常聪明。刚好我急需别人的帮助——我想也许你就是那个能帮我的人。”

波洛歪了歪脑袋。“你太客气了，夫人。可你知道，我正在度假，而我度假的时候是不办理案件的。”

“这是可以安排的。”

这句话说得并不会让人感觉被冒犯——只是表现出了一个事事都能处理妥当的年轻女人的冷静和自信。

琳内特接着说道：“我就是迫害的目标，波洛先生，一种不堪忍受的迫害。必须阻止它！本来我想去警察局，可我的——我的丈夫好像觉得警察对此也爱莫能助。”

“也许——你愿意进一步解释一下？”波洛礼貌地轻声说道。

“哦，好的，我会的，事情非常简单。”

仍旧毫不犹豫，也没有含糊其辞——琳内特·多伊尔思路清晰、务实。她只是停顿了一分钟，思考着如何把事情简要地说明白。

“我丈夫在遇到我之前，已经跟一位姓德·贝尔福特的小姐订婚了。她之前也是我的朋友。后来我丈夫解除了和她的婚约——他们完全不相配。很遗憾，她对此事耿耿于怀……我——对此也非常抱歉，可这于事无补。她——呃，威胁过我们。我根本没在意，可以说，她的威胁并不可能付诸实际行动。可是她却采取了一种怪异的方式——我们走到哪里她就跟到哪里。”

波洛抬了抬眉毛。“啊，确实不寻常——呃，这种报复方式。”

“很不寻常，而且很荒唐！但也让人气恼。”

她咬了咬嘴唇。

波洛点点头。“是的，我能想象得到。你们是在度蜜月吧？”

“是的。跟踪——第一次是在威尼斯。她在那儿——在丹尼利旅馆。我觉得这只不过是个尴尬的巧合——仅此而已。然后，我们在布林迪西[①] 登船时，发现她也在船上。我们知道她要去巴勒斯坦，所以上了岸，以为她会留在船上。可我们到达米纳旅馆时，她已经在那儿了——正等着我们。”

波洛点点头。“现在呢？”

“我们在尼罗河上坐船，我……我原以为会在船上看见她。她没在那儿，我以为她停止了这么……这么幼稚的行为。可是我们到了这里——她……她就在这儿——等着。”

波洛敏锐地盯着她看了一会儿。她仍然是那么镇定自若，但是抓着桌角的手指关节却因为用力而发白。

他说：“那么，你是担心这种事情会继续下去？”

“是的，”她顿了顿，“当然，这整件事都太愚蠢了！杰奎琳把自己搞得可笑至极。我没想到她竟然如此不顾尊严。”

波洛微微做了个手势。

“夫人，有时候自尊心已经被丢弃了，让位于其他更为强烈的情感。”

“是的，有可能。”琳内特烦躁地说，“可是她到底想要得到什么呢？”

“这不是个‘得到’的问题，夫人。”

①意大利东南部港市。

他语气中的某些东西让琳内特不赞同。她的脸红了，飞快地说道："你说得没错，现在不是在讨论动机。关键在于，她必须停止。"

"那么你说该怎么办呢？"波洛问。

"哦——自然，我丈夫和我不能再继续忍受这种苦恼，必须对她加以法律的制裁。"她不耐烦地说。

波洛若有所思地看着她，然后问道："她有没有在公共场合说过什么威胁你的话？用侮辱性的字眼？或者试图伤害你的身体？"

"没有。"

"那么，坦白说，夫人，我看不出来你能做什么。如果一位年轻的女士喜欢去某些地方旅游，而那些地方正好跟你和丈夫旅游的地点相同，好吧，这有什么关系？每个人都可以自由地呼吸空气！她不需要为了你们的隐私而强行改变自己。这种巧合总是有的。"

"你是说，对此我什么也做不了？"琳内特表示怀疑。

波洛平静地说："就我所知是这样的。德·贝尔福特小姐有自己的权利。"

"但是——这太疯狂了！我受不了了！"

波洛冷淡地说："我很同情你，夫人——尤其是想到你没怎么受过委屈。"

琳内特皱着眉头。

"肯定有办法阻止的。"她嘟囔道。

波洛耸耸肩。

"你们随时可以离开，去别的地方。"他建议道。

"那她也会跟着！"

"很有可能，没错。"

"太荒谬了！"

"确实。"

"不管怎么说，为什么——我们得逃跑？好像……好像……"她没再往下说。

"确实如此，夫人，好像——这就是原因，对吗？"

琳内特抬起头瞪着波洛。

"你是什么意思？"

波洛语调一转，身子前倾，诚恳地说："你为什么这么介意，夫人？"

"为什么？因为太让人生气了！气愤至极！我告诉过你原因了！"

波洛摇摇头。"你没有全说出来。"

"你是什么意思？"琳内特再次问道。

波洛往后一靠，两只手臂环抱在胸前，用一种淡然的、不带个人感情色彩的语调说道："请听我说，夫人，我想给你讲一段小插曲。有一天，大约是在一两个月以前，我在伦敦一家餐厅吃饭。我邻座的桌旁坐着两个年轻人，一男一女，看上去非常愉快，好像正在热恋之中。他们满怀信心地谈论着未来。我并不是故意偷听的，而是他们完全不在乎别人是否会听见。他们背对我坐着，可是我能看到那女孩的脸，一张热情的脸。她坠入了爱河——她的心、灵魂还有肉体完全沉浸其中。她不是那种轻佻而见异思迁的女孩。显然，对她来说，爱情是关乎生死的事情。我猜这两个年轻人订了婚，正在讨论去什么地方度蜜月。他们打算来埃及。"

他停了下来，琳内特尖锐地问："后来呢？"

波洛接着说："这件事发生在一两个月前，但是那女孩的脸——我并没有忘记。我知道如果再见到她，我就能认出来。而且我还记得那个男人的声音。我想你已经猜出来了，夫人，我什么时候又看到了那张脸，听到了那个声音。就在这儿，在埃及。那个男人正在度蜜月，却是跟另一个女人。”

琳内特敏锐地说：“那怎么了？我刚才说过了。”

“没错。”

“那么？”

波洛缓缓地说：“那个女孩提到了一个朋友——一个她坚信永远也不会让她失望的朋友。我想，那个朋友就是你，夫人。”

琳内特脸红了。

“是的，我跟你说过我们曾经是朋友。”

“而且她信任你，对吗？”

“是的。”

她迟疑了片刻，烦躁地咬着嘴唇。当波洛不打算再多说的时候，她忽然说道：“当然，整件事很让人遗憾，但这种事情难免发生，波洛先生。”

“啊！难免发生，夫人。”波洛顿了顿，“你是英国教会的吧？”

“是的。”琳内特有些不解。

“那你肯定在教堂里听过那些大声朗读的《圣经》章节，也肯定听过大卫王的一个故事，一个拥有很多羊群的富人和一个只有一只羊羔的穷人——富人是如何抢走了那个穷人唯一的羊羔。这就是事情的经过。这种事情难免发生，夫人。”

琳内特站起来，两眼冒着怒火。

“我完全明白你的用意了，波洛先生！说白了，你认为我抢走了朋友的恋人。感情用事——我想是你们这代人常有的行为方式——也许这是对的。但真实情况并不是这样。我不否认杰姬深爱着西蒙，可是我想也许你没有考虑到他爱得不像她那么深。他确实喜欢她，但我认为他在认识我之前就已经意识到自己犯了个错误。请看清这一点，波洛先生。西蒙发现他爱的是我，而非杰姬。他该怎么办？英勇而高尚地娶一个不爱的女人，并且因此毁掉三个人的生活？在这种情形之下，他能否给杰姬幸福？如果他遇到我的时候已经跟杰姬结婚了，那么我同意他有义务对杰姬忠诚——虽然我对此并不确定。其中一人不幸福，那么婚姻中的另一人也不会幸福。而且订婚不具备真正的约束力，如果犯了错，那么亡羊补牢为时未晚。我承认这让杰姬很难过，我真的万分抱歉，但事情已然这样，不可避免地发生了。"

"我有所怀疑。"

她瞪着他。"你这话什么意思？"

"你说的话都非常理智，非常有逻辑，除了一件事。"

"什么？"

"你自己的态度，夫人。你瞧，这种追踪，可以令人产生两种感觉。可能让你恼怒，也可能让你产生同情——你的朋友全然不顾自己的尊严，是因为受到了很深的伤害。可你的反应却不是这样。没错，对你而言，这种伤害不堪忍受，为什么？只有一个原因，那就是你心有愧疚。"

琳内特猛地站起来。

"你怎么敢这么说？波洛先生，你太过分了。"

"但我就是得这么说，夫人。我要坦白地跟你说，虽然你努力掩盖事实，但确实是精心设计之后才把你丈夫从别人手中抢过来的。我知道一开始你就被他强烈地吸引住了，但是我猜有那么一刻你也犹豫过，意识到必须做个选择——你可以放手或者继续。我觉得主动权在你，而非多伊尔先生。你很美丽，夫人，也很富有。你聪明、有才智，也很有魅力。你可以运用这种魅力，也可以藏起来。夫人，你应有尽有，可你的朋友却只有一个人可以相依为命。你知道这一点，就算曾经犹豫过，可是没有住手。你伸出魔掌，就像《圣经》里的那个富人，夺走了那个可怜的穷人的唯一羔羊。”

一阵沉默。琳内特极力控制住自己，冷冷地说：“这些都离题太远了！”

“不，并没有。我只是向你解释为什么杰奎琳小姐的意外出现让你如此烦躁。她的所作所为或许不淑女，且有失体面，但你内心深处却相信她做得没错。”

“不是这样的！”

波洛耸耸肩。“你拒绝对自己坦诚。”

“根本不是。”

波洛温和地说：“我想说，夫人，你生活得很幸福，也一向都慷慨大方、待人亲切。”

“我试过。”琳内特说，那种烦躁的怒气已然从她脸上退去。她语气直白，几乎令人怜悯。

“所以，当你有意伤害一个人的时候，会非常不安，而且不愿承认这一事实。恕我冒昧，心理因素才是整件事的核心。”

琳内特缓缓地说：“就算你说得对——记住，我并不承认这一点——那现在我们该怎么办呢？一个人不能改变过去，必须正视现实。”

波洛点了点头。

“你思路清晰。没错，一个人不能回到过去，必须接受现实。而且，夫人，有时候——就要接受自己的所作所为产生的结果。”

“你是说，”琳内特狐疑地问，“我什么也做不了？”

“你必须鼓起勇气，夫人，我觉得只有这样了。”

琳内特缓缓地说："你能不能……跟杰姬——跟贝尔福特小姐谈一谈？跟她说说清楚？"

"好的，如果你希望我那么做，我可以试试。但是别抱太大希望。我认为贝尔福特小姐头脑中有一个固执的念头，没人能扭转过来。"

"但我们肯定能做点什么来摆脱困境吧？"

"当然可以。你可以回英国，在自己的家园生活。"

"我猜就算那样，杰奎琳也会住到村子里来，我一出门就能看到她。"

"是这样的。"

"而且，"琳内特慢声慢气地说，"我认为西蒙也不会同意我逃跑的。"

"他对这件事是什么态度？"

"他很愤怒——简直气坏了。"

波洛若有所思地点点头。

琳内特哀求道："你会——跟她谈的吧？"

"是的，我会。不过我觉得没什么用。"

琳内特激动地说："杰姬这个人很怪异！没人知道她会干出什么来！"

"你刚刚说她威胁过你们，可否告诉我都是什么威胁吗？"

琳内特耸耸肩。

"她威胁要——呃——把我们两个都杀死。杰姬有时候很……拉丁化。"

"我明白了。"波洛语气严峻。

琳内特恳求地转向他。"你能帮我处理这件事吗？"

"不，夫人，"波洛语气坚决，"我不接受你的委托。我只会站在人性的立场上去做，那样是可以的。确实，现在的状况很困难，也很危险，我会尽力去弄清这件事。但是对于成功的几率，我不太乐观。”

琳内特·多伊尔缓缓地说：“你不愿意为我办事？”

“是的，夫人。”赫尔克里·波洛说。

第四章

赫尔克里·波洛相当肯定杰奎琳·德·贝尔福特还没有回去休息，肯定就在旅馆的某个地方。他找到了她，看到她正坐在岩石上眺望尼罗河。她两手托腮坐在那儿，听到波洛走近的脚步声却没有回头。

“是贝尔福特小姐吗？”波洛问道，“可否跟你聊一会儿？”

“当然，”她说，“你是赫尔克里·波洛先生吧？让我猜一猜，你是给多伊尔夫人办事的，如果你完成任务，她会给你一大笔钱。”

波洛在她旁边的一张长凳上坐下来。

“你的猜测部分正确，”他微笑着说，“我刚从多伊尔夫人那里过来，但没接受她的任何报酬，而且严格来说，我不是为她办事的。”

“哦！”

杰奎琳仔细地端详着他。

“那么你来这儿干什么？”她忽然问道。

赫尔克里·波洛却转而提出了问题。

“你以前见过我吗，小姐？”

她摇摇头。“没有。”

“不过我见过你。有一次在‘姑妈们’餐厅，我就坐在你邻桌，你跟西蒙·多伊尔先生在一起。”

女孩的脸上浮现出一种奇怪的表情，她说：“我记得那天晚上……”

“从那以后，”波洛说，“发生了很多事。”

“就像你说的，发生了很多事。”

她的声音艰涩，隐含着一种绝望的痛苦。

“小姐，我以一个朋友的立场跟你说，忘却那些痛苦吧！”

她看起来有些惊讶。

“你是什么意思？”

“忘记过去！面向未来！木已成舟，再痛苦也无法挽回了。”

“我相信这样对亲爱的琳内特来说是再好不过的了。”

波洛摆摆手。“我这一刻说的不是她，而是你。你受了伤害——是的——可是你现在的行为只会加深伤害。”

她摇了摇头。“你错了，有时候我挺开心的。”

“小姐，这就是最糟糕的地方。”

她飞快地抬起头。

“你可不傻，”她说，然后又缓缓地补充说，“我相信你是一番好心。”

“回家吧，小姐。你还年轻，也很有智慧，面前正是崭新的世界。”

杰奎琳慢慢地摇摇头。“你不明白，也不会明白。西蒙就是我的整个世界。”

“爱情并不等于一切，小姐。”波洛温和地说，“我们年轻时才会那么想。”

但女孩还是摇摇头。

"你不明白，"她快速扫了他一眼，"整件事你都知道？琳内特跟你说过了吧？而且那天晚上你也在旅馆。西蒙和我爱着彼此。"

"我知道你爱他。"

她立刻听出了波洛的话外音，于是加强语气重复道："我们爱着彼此。我也爱琳内特……我信任她。她是我最好的朋友。她这一生想要什么就有什么，从来没有失望过。当她看到西蒙，想要得到他，于是就把他抢走了。"

"于是，他就允许自己被——买走了？"

杰奎琳慢慢地摇动着一头长发。

"不，事实不是这样的，不然我就不会在这儿了……你是在暗示西蒙不值得被爱……如果他是为了钱而娶了琳内特，那倒是真不值得我爱。但他不是为了钱。事情要复杂得多。有一种东西叫做魔力，波洛先生，而金钱会助长它的气焰。你知道，琳内特有一种气场，她就像一个王国的女王——或者年轻的公主——生活极尽奢华。这就像一出舞台剧，她把整个世界都踩在脚下，英国最富有、最炙手可热的一位青年才俊热烈地追求她，想要跟她结婚，她却下嫁给了无名小辈西蒙·多伊尔……你不觉得他被冲昏了头吗？"她忽然做了个手势，"看看头上的月亮，能看得很清楚，对吗？月亮是真实的，可如果太阳出来了，你就完全看不到月亮了。我们的事就好比这样。我是月亮……太阳一出来，西蒙就看不到我了……他眼花缭乱，什么都看不到，除了太阳——琳内特。"

她顿了顿，又说："所以你看，这就是——魔力。她让他昏了头。还有她的那种绝对的自信、习惯式的发号施令。她太自信，也能让别人相信她。也许西蒙有些软弱，但他是个很简单的人，如果不是琳内特一手把他抢进金马车里去，他仍然会爱着我，并且只爱我一个。我明白，而且我完全明白，如果不是她的追求，西蒙是不会爱上她的。”

“这是你的想法。”

“我知道，他爱过我，他会永远爱我。”

波洛说：“即使现在也爱？”

她的嘴唇动了动，本想脱口而出，可是又把话咽了回去。她看着波洛，双颊涨得通红，然后扭过脸，低下头，压低声音说：“是的，我知道，现在他恨我。没错，恨我……他最好小心一点！”

她飞快地把手伸进长凳上的一个真丝小包里，然后掏出一把小手枪。枪柄上镶嵌着珍珠，就像一把精致的玩具枪。

“不错的小东西，对吧？”她说，“看着很好玩，不像真的，可它的确是一把真枪！一颗子弹就能杀死一个男人或女人。而且我的枪法很好，”她微笑着，沉浸在回忆中，“我小的时候跟母亲回南卡罗来纳州的家乡，外祖父教我射击。他属于用枪解决问题的那一代人，尤其是在涉及荣誉的时候。我父亲年轻时也跟别人决斗过，他是一个优秀的击剑手，曾经杀过一个人，为了一个女人。所以，波洛先生，”她看着波洛说，“我是个热血的人！事情刚刚发生那会儿我就买了这把枪，打算打死他们中的一个——问题在于我无法决定是哪一个。把两个人都杀了并不能让我满意。我想过让琳内特恐惧，但是她一点儿也不害怕身体上的危险，她可以奋起反抗。然后我觉得自己可以……等待！这个想法越来越吸引我。毕竟，我什么时候行动都可以。等待和想象，让我觉得更加好玩。于是，我有了个想法：跟踪他们。无论何时，无论他们到了多远的地方，正开心之际，我就会出现！结果这奏效了！这让琳内特大为光火，再也没有比这个更有效的了！她感到毛骨悚然，我也开始享受这一切……而且她毫无办法！我总是那么愉快、礼貌，他们根本抓不到我的错。他们的一切都被破坏了——一切的一切。”

她忽然放声大笑，声音清脆响亮。

波洛抓住她的胳膊。“安静点儿，安静。”

杰奎琳看着他。

“怎么了？”她挑衅般笑着问道。

“小姐，我请求你，不要这么做了。”

“不要骚扰亲爱的琳内特？”

“不仅仅是这样。别让邪恶进入你的内心。”

她微张着嘴巴，眼睛中流露出困惑。

波洛继续严肃地说：“因为，如果你这么做，邪恶就会进入……是的，绝对会侵蚀你……如果它驻扎在你心里，那么没多久，你赶也赶不走它了。”

杰奎琳瞪着他，目光游移，闪烁着迟疑不定的光。她说：“我——不知道——”然后她语气坚决地大声说，“你阻止不了我！”

“是的，”赫尔克里·波洛说，“我没法阻止你。”声音有些悲哀。

“就算我要——杀了她，你也阻止不了我。”

“没错，如果你愿意为此付出代价。”

杰奎琳·德·贝尔福特笑了。

“噢，我不怕死！我活着究竟是为了什么？我猜你认为杀死一个伤害过你的人是不对的——就算他抢走了你全部的世界，对吧？”

波洛断然说道：“是的，小姐，我认为杀人是不可饶恕的。”

杰奎琳再次大笑。

“那么你应该同意我现在的报复行为，你知道，只要这个方法起作用，我就不用枪了……但是我担心——是的，有时候会担心——会有流血事件——我想去伤害她……把刀子刺进她身体里，用我心爱的小手枪抵着她的脑袋，只需要动一动手指——哦！”叫声吓了波洛一跳。

“怎么了，小姐？”

她扭过头，盯着花园的树荫处。

“有人——站在那儿。现在走了。”

赫尔克里·波洛敏锐地看看四周。

如沙漠般寂静。

“这儿除了我们俩似乎没别人了，小姐。”他站起身，“不管怎么说，我讲了我该讲的。晚安。”

杰奎琳也站起来，用近乎哀求的声音说：“你明白吗——你要求的我做不到。”

波洛摇摇头。

“不，你肯定能做到，总有那么一个时刻！你的朋友琳内特也有那么一刻，有机会住手……但是她错过了。如果一个人错过了机会，就会一错再错，而机会是没有第二次的。”

“没有第二次机会……”杰奎琳喃喃地重复着。她站在那儿思索了一会儿，然后挑战般地抬起头。“晚安，波洛先生。”

他失望地摇了摇头，跟在她身后走上了通往旅馆的小路。

第五章

第二天早上，赫尔克里·波洛离开旅馆去镇上，西蒙·多伊尔走了过来。

“早上好，波洛先生。”

“早上好，多伊尔先生。”

“你要到镇子里去吗？我可否跟你一起？”

“当然，我很乐意。”

两个人并肩走着，出了大门，转进公园凉爽的树荫下。西蒙把嘴里的烟斗拿了出来。“波洛先生，我太太昨天晚上跟你说过话？”

“是这样。”

西蒙·多伊尔眉头微皱。他是那种敏于行而讷于言的男人，有问题也不知道怎么才能解释清楚。

“有件事我很高兴，”他说，“你让她意识到我们对此事无能为力。”

“显然不能采取法律手段。”波洛表示同意。

“没错。琳内特就是不明白这一点。”他淡淡一笑，“她从小到大一直认为任何麻烦都可以让警察局去处理。”

“要是这样就好了。”波洛说。

西蒙沉默片刻，忽然脸涨得通红。“这样……这样伤害她，太无耻了！她什么也没做！如果有人说我下流，那随便去说！我承认我所做的一切。但我不愿意把琳内特牵扯进来，她跟这件事没有任何关系！”

波洛严肃地点点头，没说话。

“你——呃，你有没有跟杰奎琳·德·贝尔福特小姐谈过话？”

“嗯，我跟她谈过了。”

“你跟她说明白了吗？”

“恐怕没有。”

忽然，西蒙激动地说：“难道她不明白这么做只能让自己难堪？难道她不明白任何正派的女孩都不会像她这么做？难道就不顾面子、没有自尊了吗？”

波洛耸耸肩。“应该说，她只感觉到了——伤害。”他回答。

“没错。但是该死，正派女孩不会这么做的！我承认整件事全怪我，我彻底背叛了她。我非常理解她受够了我，永远也不想见我。可这样到哪儿都跟着我——这，这太可耻了！她出尽了洋相！她究竟想得到什么？”

“也许是——报复。”

“荒谬！也许她做些更加夸张的事我反而能接受，比如拿猎枪射击我。”

“你觉得这更像她的做法，是吗？”

“坦白说，我是这么觉得。她很刚烈，控制不住自己的脾气。她勃然大怒时做什么事我都不觉得奇怪。可这种跟踪——”他摇摇头。

“这么做很奏效——是的，很聪明！”

多伊尔瞪着他。“你不明白，这让琳内特很紧张。”

“那么你呢？”

西蒙看着波洛，一时之间很惊讶。

“我？我要拗断这个小恶魔的脖子。”

“一点也没有——你对她一点旧情也不念？”

“亲爱的波洛先生，我该怎么说呢？就像太阳出来以后的月亮，你完全看不到它的存在了。我一遇见琳内特，杰姬就不复存在了。”

“啊哈，有意思。”波洛低声说道。

“抱歉，你说什么？”

“只是觉得你的比喻很有意思。”

西蒙又红了脸，说：“我猜杰姬跟你说我是为了钱才跟她结婚的，对吗？这全都是该死的谎话！我不会为了钱而娶任何女人。杰姬不明白，她那种爱人的方式，让男人很难接受。”

“哦？”波洛猛地抬起头。

西蒙结巴着说：“这……这听起来也许很卑鄙，但是，杰姬也太喜欢我了！”

“总有一个在爱，而另一个被爱。”[①] 波洛咕哝着说。

“嗯？你说什么？你知道，男人不愿意女人的爱多过他自己的。”他越发激昂地继续说着，“他不想感到被占有——身体和灵魂。这种占有的态度太可怕了！‘这个男人是我的——他属于我！’这就是我无法接受的事情——没有男人能忍受！他想逃离——想获得自由；他想占有自己的女人，但是不想被女人占有。”

他停住口，有点哆嗦地点燃了一支香烟。

①原文为法语。

波洛说："之前你对杰姬小姐的感觉就是这样吧？"

"嗯？"西蒙瞪大了眼睛，承认道，"呃……是的，实际上是这样的。当然她并不能理解，而且我也不可能告诉她。可那时候我很焦躁不安。后来，我遇到了琳内特，她让我神魂颠倒！我从未见过如此美丽的女人！真是太奇怪了，每个男人都拜倒在她石榴裙之下，可她却选中了我这个穷光蛋。"他的语气中有孩子般的敬畏和惊讶。

"我明白了，"波洛说着，若有所思地点点头，"哦，我明白了。"

"为什么杰姬不能像个男人那样接受这件事？"西蒙愤愤地说。波洛的上嘴唇隐隐现出一丝微笑。

"哦，你要知道，多伊尔先生，她不是男人。"

"没错，她不是。输了就该像个运动员那样接受它。就是说，既然发生了，就要把这苦果吞下去。这都是我的错，我承认，但事情就是这样了！如果不爱这个女孩，却还要跟她结婚，这才是发疯！现在我总算认清杰姬这个人了，也知道她会做出什么事来。我觉得能从她身边逃脱真值得庆幸。"

"她会做出什么事来？"波洛深思着重复道，"多伊尔先生，你觉得是什么事？"

西蒙皱着眉，然后摇摇头。

"不，但至少……你是什么意思？"

"你知道她随身带着一把手枪。"

西蒙吃惊地看着他。

"我不认为她会用，不是现在。早些时候她可能会用。但是我觉得都已经过去了，她只是故意让我们烦恼，报复我们两个。"

波洛耸耸肩表示怀疑。"也许吧。"

"我实在担心琳内特。"西蒙这话说得有些不必要。

“我完全明白。”波洛说。

“我并不是真的担心杰姬会拿着枪搞出什么轰动的场面来，但这种窥视和跟踪让琳内特很生气。我想告诉你我的计划，也许你能给我点建议。首先，我宣布我们会在这里待上十天。但是明天卡纳克号游船将从谢拉尔开往瓦迪·哈勒法，我准备用假名订票。明天我们会去菲莱岛旅行，琳内特的女仆可以负责行李。到达谢拉尔之后我们就登上卡纳克号。等杰姬发现我们没有回来的时候已经晚了——我们早就已经在路上了。她会以为我们甩掉她去开罗了，而我可以贿赂门房让他这么说。就算去旅行社查询也没用，因为我们的名字不会出现在那儿。你觉得这个计划怎么样？”

“想得真不错。但是，如果她一直待在这儿直到你们回来呢？”

“我们可能就不会回来了。接下来我们会去喀土穆，也许会坐飞机去肯尼亚。她不可能跟着我们绕地球一圈。”

“是的，经济状况不允许的时候，跟踪就停止了。我知道她没钱。”

西蒙佩服地看着波洛。

“你太聪明了。我根本没想到这一点。杰姬非常穷。”

“可她还能跟踪你们走了这么远？”

西蒙迟疑地说：“当然她有一点收入。我猜一年不到二百英镑。她肯定是倾其所有来跟踪我们。”

“所以她早晚都会身无分文，是吗？”

“没错。”

西蒙不安地晃动着身体，这个想法似乎让他很不舒服。波洛仔细地端详着他。“不，”他说，“这个想法不怎么好……”

西蒙气愤地说：“我受不了了！”接着又说，“你认为我的计划如何？”

“我觉得会有效果。不过，当然了，这是在逃避。”

西蒙的脸红了。

“你是说，我们在逃跑？是的，是这样的……可是琳内特——”

波洛观察着他，点了一下头。

“正如你所说，这是最好的方式。可是别忘了，贝尔福特小姐是个聪明人。”

西蒙郁闷地说：“我觉得有一天我们将面对面一决胜负。她的态度是很不理性的。”

“天哪，理性！”波洛大声说道。

“为什么女人不能理性一点？”西蒙呆呆地说。

波洛淡淡地说：“她们常常太理性了，这一点才让人烦恼！”他又补充道，“我也打算去坐卡纳克号，这是我的度假候选路线之一。”

“哦，”西蒙犹豫了一下，有些窘迫地选择着自己的措辞，“这不是……不是……呃……是因为我们吧？我是说，我不想——”

波洛立刻打消了他的疑虑。

“当然不是。在离开伦敦之前我就安排好了。我一向都提前订好计划。”

“你不是想去哪儿就去哪儿？这样岂不是更好玩吗？”

“可能吧。可是要想成功，就得妥当安排每个细节。”

西蒙笑了，说：“我想那些熟练的杀人凶手也是这样。”

“没错。虽然我不得不承认，手法高明而难以侦破的案子，都是出于凶手的一时冲动。”

西蒙幼稚地说：“在卡纳克号船上，你可以给我们讲讲你破过的案子。”

“不不，那就成了——你们怎么说这种事来的——三句不离本行。”

“是啊，但是你这一行太刺激了。阿勒顿夫人就是这么认为的，她一直盼着能有机会向你问询。”

“阿勒顿夫人？那个灰色头发、儿子很听话的女士？”

“是的，她也会坐卡纳克号。”

“那她知道你——”

“当然不知道，”西蒙强调说，“没人知道。我的原则就是不能相信任何人。”

“这种观点令人佩服，我也一直是这么想的。顺便问一下，你们那群人里的第三个人，那个灰头发的高个子男人——”

“彭宁顿？”

“是的，他和你们一起旅游吗？”

西蒙冷冷地说：“你不觉得这样度蜜月很不寻常吗？彭宁顿是琳内特美国的财产托管人，我们是在开罗偶然遇见他的。”

“啊，真的吗？我能不能问个问题？你太太到法定继承年龄了吧？”

西蒙感到很好笑。

“实际上她还不到二十一岁——但是她无须经过任何人的同意就可以跟我结婚。这让彭宁顿十分生气。琳内特的信到达两天之前，他就坐卡玛尼克号离开纽约了，所以他并不知道我们结婚了。”

“卡玛尼克号——”波洛喃喃地说。

“我们在开罗牧羊人旅馆遇见他的时候，他吃惊极了。”

“的确很巧。”

“是的，并且我们发现他也是来游览尼罗河的——所以很自然，我们就聚在一起了。这是最合适的安排了。而且，呃，在某种程度上，也能起到缓解作用，”他又露出窘迫的表情来，“你知道，琳内特非常紧张，她总是担心杰姬会随时随地出现。只要我们俩单独在一起，就会说这个话题。安德鲁·彭宁顿在这个问题上帮了忙，我们会聊点别的事情。”

“你太太对彭宁顿先生吐露过这件事吗？”

“没有，”西蒙一副咄咄逼人的架势，“这事儿跟任何人都没有关系。而且我们来尼罗河旅游的时候，以为一切都结束了。”

波洛摇了摇头。“这事儿还没完。不，并没有结束。我非常确定。”

“我得说，波洛先生，你这话真让人失望。”

波洛有些恼怒地看着西蒙，心里想：“典型的盎格鲁撒克逊人！他什么都不当回事，就知道玩！根本没长大。”

琳内特·多伊尔，杰奎琳·德·贝尔福特——两个人对这件事都非常严肃认真。可他在西蒙身上只看到了男人的焦躁和烦恼。他说：“我可否问一下，在埃及度蜜月是你提出来的吗？”

西蒙的脸红了。

“不，当然不是。事实上我宁愿去别的地方，可琳内特就是坚持要来，所以——”

他没把话说完。

“自然。”波洛严肃地说道。

他知道这是事实，如果琳内特决定做某件事，就一定会做到。

他心中暗想：“我已经听到了三种关于这件事的说法——琳内特·多伊尔的、杰奎琳·德·贝尔福特的、西蒙·多伊尔的。哪一个最接近事实呢？”

第六章

第二天上午十一点左右，西蒙 · 多伊尔和琳内特 · 多伊尔出发去菲莱岛旅行。杰奎琳 · 德 · 贝尔福特坐在旅馆的阳台上，注视着漂亮帆船上的两个人。不过她没注意到的是，从旅馆前门开出了一辆汽车——里面有行李，还有一个神色严肃的女仆。汽车右转，驶向谢拉尔。

赫尔克里 · 波洛打算对旅馆对面的大象岛上去，打发一下吃午饭之前的两个钟头。他来到码头。旅馆配置的小船里坐着两个男人，波洛也上了船，跟他们坐在一起。显然这两个男人互不认识。年轻一点的那位是前天坐火车过来的，高个子、黑头发、瘦脸，还有好斗的下巴。他穿着一条脏兮兮的灰色法兰绒裤子和一件高领马球衫，完全不是这个季节应该穿的衣服。另外一个是个矮矮胖胖的中年人，总是喜欢不失时机地用蹩脚的英语跟波洛聊天。年轻人没有加入他们的谈话，只是不高兴地故意背对他们坐着，看着灵活的努比亚[1] 船夫们，一边

①埃及尼罗河第一瀑布阿斯旺与苏丹第四瀑布库赖迈之间的地区。

用脚指头掌舵，一边用双手操纵船帆。

河面上风平浪静，一大片光滑的黑色岩石从身边闪过，微风吹拂着他们的脸庞。没多久就到大象岛了。一上船，波洛就跟他那个喋喋不休的同伴去了博物馆。这时，这位中年男人掏出一张名片递给波洛，鞠了一躬。名片上印着：吉多 · 理查蒂先生，考古学家。

波洛也鞠躬回礼，并递上了自己的名片。两人一起进了博物馆。这个意大利人开始滔滔不绝地大谈特谈自己丰富的考古知识，两人还用了法语交谈。

穿法兰绒裤子的年轻人懒散地在博物馆里溜达着，不停地打呵欠，后来径自跑到外面去了。

之后，波洛和理查蒂先生也出来了。意大利人饶有兴致地打算去参观当地的遗迹，但是波洛猛然看到河边的岩石上放着一把熟悉的绿边太阳伞，于是他丢下理查蒂先生，朝着那个方向溜走了。

阿勒顿夫人坐在一块大岩石上，身边摆着一个素描本，膝盖上放着一本书。

波洛礼貌地脱了脱帽子，阿勒顿夫人马上跟他交谈起来。

“早上好，”她说，“我觉得赶走这些讨厌的小孩，简直是不可能的。”

一群皮肤黝黑的小孩子围着她，每个人都龇牙咧嘴地做着鬼脸，每隔一会儿就满怀希望地伸着乞求的双手，嘴里发出“小费小费”的声音。

“我还以为他们会厌烦呢。”阿勒顿夫人垂头丧气地说，“他们已经看了我两个多小时了，渐渐地向我围过来，我就大喊着‘滚’，还挥动我的太阳伞，他们才会散开一会儿。接着又围拢过来，一直盯着我。他们的眼神可真讨厌，鼻子也很丑。我觉得自己不喜欢小孩——除非他们洗干净，懂得基本的礼貌。”

她苦笑了一声。

波洛勇敢地想替她赶走那些孩子，但是没成功。他们走了又回来，一点一点靠近。

“如果这里能安静一些，我会更加喜欢埃及。”阿勒顿夫人说，“走到哪儿都不得安宁，总有人纠缠着你跟你要钱，让你租驴子、买珍珠，去本地的村子里探险，或者去打野鸭之类的。”

“这确实是个大缺点。”波洛表示同意。

他仔细地把手绢铺在岩石上，然后小心翼翼地坐了上去。

“今天上午你儿子没跟你在一起吗？”他接着问。

“没有，蒂姆得在我们走之前寄几封信。你知道，我们要去第二大瀑布玩。”

“我也去。”

“这太好了。真的，我很高兴能认识你。我们在马略卡岛的时候，那里有一位利奇夫人，她对我们讲了很多你的精彩事迹。有一次她游泳的时候把红宝石戒指弄丢了，还很伤心地说要是你在，肯定能找到戒指。”

“啊！哎呀，可我不是会潜水的海狮啊！”

两个人都大笑起来。

阿勒顿夫人继续说道：“今天早上我从窗口看到你和西蒙·多伊尔在旅馆的车道上一起走着。能告诉我你对他的看法吗？大家都对他很感兴趣。”

“啊！真的吗？”

“是的。你知道，他跟琳内特·里奇卫结婚的事儿可太让人吃惊了。人们都以为她会嫁给温德尔沙姆勋爵，可她却突然嫁给了这个无名之辈！”

“你跟她很熟吗，夫人？”

“不熟，但是我的外甥女乔安娜·索思伍德跟她是非常要好的朋友。”

“啊，是的，我在报纸上看到过她的名字。”他沉默片刻，接着说道，“新闻非常多的年轻女孩，乔安娜·索思伍德小姐。”

“哦，她的确知道怎么给自己做宣传。”阿勒顿夫人尖锐地说。

“你不喜欢她吗，夫人？”

“我刚才说得有些过分。”阿勒顿夫人一脸后悔，“你知道我是个老派的人，我是不怎么喜欢她，可蒂姆跟她是最好的朋友。”

“我明白了。”波洛说。

阿勒顿夫人扫了他一眼，换了个话题。

“来这儿的年轻人可真少啊！那边那个跟她那可怕的母亲一起的、棕色头发的漂亮女孩，差不多是这儿唯一的年轻女孩了。我留意到你经常跟她说话。我对那孩子挺感兴趣的。”

“为什么，夫人？”

“我为她感到难过。当你还年轻并且敏感的时候，总是很容易受伤。我觉得她现在很痛苦。”

“对，她不开心，可怜的孩子。”

“蒂姆和我把她叫做‘绷着脸的女孩’。有那么一两次，我试着跟她聊天，可每次都碰壁。不过，我觉得她也会去尼罗河。希望我们多少能相处得融洽一点，对吗？”

“也许吧，夫人。”

“其实我很容易相处，我对各种类型的人都感兴趣。”她顿了顿，又说，“蒂姆告诉我，那个深肤色的女孩——姓贝尔福特——跟西蒙·多伊尔订过婚。以这样的方式见面，对他们来说肯定很尴尬。”

“是挺尴尬的，没错。”波洛表示赞同。

阿勒顿夫人飞快地扫了他一眼。

“你知道，这听起来也许很傻，但是她差点吓到我了。她看上去相当——激动。”

波洛缓缓地点点头。“你说得对，夫人。强烈的情绪总是很吓人的。”

“你对普通人也感兴趣吗，波洛先生？还是只对嫌疑人感兴趣？”

“夫人，很少有人不在‘嫌疑人’的范围内呢！”

阿勒顿夫人看起来有些吃惊。“你真的这么认为？”

“我是说，有特殊动机的时候。”波洛补充道。

“就会有所不同？”

“自然。”

阿勒顿夫人犹豫了一会儿，嘴边浮现出一些微笑。“甚至我也有可能？”

“夫人，当孩子身处危险之中时，做母亲的总会不顾一切的。”

她严肃地说：“我想是这样的——你说得很对。”她沉默片刻，然后微笑着说，“我试着给旅馆里的每个人都设想一个对应的犯罪动机，这很有意思。比如，西蒙·多伊尔？”

波洛微笑着说：“那会是很简单的犯罪——直截了当达到目的，没有阴谋诡计。”

“因此很容易被发现？”

“是的，他并不是个聪明的人。”

“那琳内特呢？”

“她就像《爱丽丝梦游仙境》里面的女王——‘砍掉她的脑袋！’。”

“当然，君主制的神圣权力！就像拿伯[①]的葡萄园那样叫人羡慕。那么那个危险的女孩——杰奎琳·德·贝尔福特——会杀人吗？”

波洛迟疑了一两分钟，然后犹豫地说：“是的，我想她会的。”

“但你并不确定？”

“是的，这个女孩让我很困惑。”

“我觉得彭宁顿先生不会杀人，你说呢？他一副干巴巴的样子，还很忧郁——脸上都没有血色。”

“但他有强烈的自我保护意识。”

“是的，我也是这么认为的。那么那位可怜的戴头巾的奥特本夫人呢？”

“虚荣心总会是一个理由。”

“这也是杀人动机吗？”阿勒顿夫人疑惑地问。

“有时候谋杀只是因为一点琐事，夫人。”

“最常见的谋杀动机是什么，波洛先生？”

“最常见的是金钱。也就是说，为了各种各样的利益。然后就是报复——还有爱情、恐惧、纯粹的恨，甚至善行——”

“波洛先生！”

“哦，是的，夫人。我曾经遇到过。A 被 B 杀死，只是为了让 C 受益。政治谋杀案就属于这一类。某个人被认为有害于社会，就会被人杀掉。这些凶手忘记了，只有仁慈的上帝才能主宰生和死。”他严肃地说。

阿勒顿夫人平静地说：“很高兴听你这么说。尽管这样，上帝还是会选择工具的。”

---

①《圣经》中的葡萄园主，其葡萄园被亚哈国王垂涎而夺去。

“这么想是很危险的，夫人。”

她的语气缓和了一些。“经过这次谈话，波洛先生，我怀疑还有没有人能活下来！”她站起身来，“我们得回去了。吃过午饭就得马上出发。”

他们回到码头的时候，穿马球衫的年轻人已经坐在船上了，那个意大利人正在等他们。努比亚船夫开船之后，波洛礼貌地向那个陌生人说：“在埃及可以看到很多珍贵奇异的东西，是吗？”

那个年轻人正在抽一根怪异的烟斗。他把烟斗从嘴里拿开，简短地强调说：“它们让我恶心。”他的口音出人意料地纯正。

阿勒顿夫人戴上夹鼻眼镜，饶有兴致地打量着他。

“真的吗？为什么这么说？”波洛问。

“比如金字塔，巨大而无用的砖块建筑物，就为了满足专制君主膨胀的利己主义。想想那些流着血和汗的老百姓，为了建塔而劳作，最后死在那里。一想到金字塔代表的苦难和折磨，我就觉得很恶心。”

阿勒顿夫人兴致勃勃地说：“你宁愿不要金字塔，不要帕台农神庙，不要壮丽的陵墓和庙宇，只要人们三餐温饱，并且寿终正寝，就满足了。”

年轻人对着阿勒顿夫人怒目而视。

“我认为人比石头重要。”

“可他们没那么长久。”赫尔克里·波洛说。

“我宁愿看到一个丰衣足食的工人，也不愿意欣赏任何所谓的艺术品。最重要的是未来，而非过去。”

理查蒂先生听了这番话，立刻发表了一通慷慨激昂但难以听懂的演说。年轻人则用自己对资本主义的看法来反驳他，说得极为尖刻。

他们抵达旅馆的码头时，这场激烈的辩论才宣布结束。

阿勒顿夫人兴高采烈地嘟囔道："好啦，好啦。"然后上了岸。年轻人恶狠狠地扫了一眼她的背影。

在旅馆的大厅，波洛遇到了杰奎琳·德·贝尔福特。她穿着骑马装，冲波洛冷淡地点点头。"我打算去骑驴子，你觉得原始村落有意思吗，波洛先生？"

"今天是你的游览日对吗，小姐？好啊，那里真是风景如画——但是别在纪念品上花太多钱。"

"那些东西都是从欧洲运来的吧？不，我没那么容易被骗。"她微微一点头，走进外面灿烂的阳光中。

波洛收拾好了行李。这轻而易举，因为他的东西一向都井然有序。然后他提前去餐厅吃了午饭。

吃过饭后，旅馆的巴士把去第二大瀑布的游客送到火车站。从那里他们再乘坐每天从开罗开往谢拉尔的快车，十分钟就能到。

阿勒顿母子二人、波洛、穿脏法兰绒裤子的年轻人，加上意大利人，他们坐的就是这一班车。奥特本夫人和她女儿先去参观水坝和菲莱岛，然后在谢拉尔上船。

从埃及和卢克索开过来的火车晚了大约二十分钟。最后，火车总算进站了，嘈杂混乱的场景再度上演。当地的搬运工有的把行李从火车上往下搬，有的把行李箱往火车上运，大家相互冲撞不停。

最终，波洛气喘吁吁地到了车厢的一个小间，发现自己的行李跟阿勒顿家的，还有其他不知是谁的放在了一起，蒂姆和他母亲则在另外一个堆满行李的房间里。

波洛看到自己的座位被一个老太太给占了。她满脸皱纹，拄着一根坚硬的白色拐杖，戴着很多钻石首饰，一副蔑视全人类的表情。

她挑剔地瞥了波洛一眼，接着捧起一本美国杂志遮住了脸。她对面坐着一个年轻女人，不到三十岁，高个子，有些笨拙，头发蓬松，褐色的眼睛就像小狗一样奉承地看着别人。老太太会时不时地抬起头冲她下达命令。“科妮丽亚，收起毛毯来。”“到站时，看好我的梳妆盒，别让别人碰。”“别忘了我的裁纸刀。”

火车的行车时间很短，十分钟后他们就来到了轮船码头，稍作停顿，卡纳克号正在那儿等着他们。奥特本家已经上了船。卡纳克号比纸莎草号和莲花号要小，因为船身大了就无法通过阿斯旺水坝的闸门。游客上船之后被领到各自的房间去。由于轮船人员不满，大部分游客都被安排在顶层的甲板。甲板的前半部分是观景舱，四面都是玻璃，游客可以坐在那儿观赏河面风景。下面一层甲板有一间吸烟室和一个小小的客厅，再往下一层就是餐厅。

见自己的行李放进小舱之后，波洛又来到甲板上观看轮船起航的情景。罗莎莉·奥特本靠在船舷的栏杆上，波洛走到她身边。

“现在我们要去努比亚了，你开心了吧，小姐？”

女孩深深地吸了口气。

“是的，我觉得终于能摆脱一切了。”她指着他们面前的荒凉景色，巨大的岩石从岸边隐没进水里，那些建造堤坝之后被废弃的小屋子随处可见。整个景色都相当凄凉，好像有种不祥之兆。

“远离人群。”罗莎莉·奥特本说。

“我们这群人不在内吧，小姐？”

她耸了耸肩，说道：“这个国家里有些东西让我感觉……邪恶。它们把内心翻滚的事物都表面化了。每件事都如此不公……不公平。”

“我表示怀疑。你不能用表象来判断。”

罗莎莉喃喃地说：“看看——看看别人的母亲，再看看我的母亲。心中没有上帝，只有性，莎乐美·奥特本就是性的先知。”她顿了顿，

“我不应该这么说。”

波洛双手做了个手势。

“对我，你有什么不能说的呢？我听过很多事。如果像你所说的，你的内心正在翻腾——就像做果酱——那么，让那些渣滓浮到表面上来，然后用汤匙撇走，就是这样。”他做了个把东西扔进尼罗河的手势，“瞧，都消失了。”

“你真是一个不寻常的人！”罗莎莉说，阴沉的脸上露出一丝微笑。忽然，她紧张地大喊：“啊，多伊尔夫人和她丈夫来了！我不知道他们也来这儿旅游了！”

琳内特正从甲板下面的一间舱房里出来，西蒙跟在后面。看到她，波洛几乎吃了一惊——她容光焕发、自信满满，因为幸福而显得目中无人。西蒙·多伊尔好像也变了个人，咧嘴笑着，就像个快乐的小学生。

“太好了，”他说着，也倚靠在栏杆上，“我真的很期待这次旅行，你呢，琳内特？不知怎么，这好像不是在游览——好像我们进入了埃及的心脏。”

他妻子迅速回答道：“我知道，这地方看上去很原始。”

她把手伸进西蒙的臂弯，西蒙紧紧地挽着她。“我们出发了，琳内特。”他轻声说道。

轮船缓缓地驶离码头，第二大瀑布七日游开始了。

他们身后传来了银铃般的笑声，琳内特立刻转过身去。

杰奎琳·德·贝尔福特站在那里，好像很愉快。

“你好，琳内特！没想到在这儿看到你了。我以为你们会在阿斯旺待十天。真意外啊！”

“你……你不是……”琳内特结巴起来，她勉强露出笑容，

“我……我也没想到在这儿遇见你。”

“是吗？”

杰奎琳走到了船的另一边。琳内特用力抓住丈夫的胳膊。

“西蒙，西蒙——”

西蒙的好兴致一下就没了，一脸的愤怒。尽管他极力控制自己，但两只拳头还是紧紧地攥了起来。

两人走开了一点。波洛没有扭头，只听到一些零星断续的话：“掉头……不可能……我们可以……”然后是多伊尔绝望而冷酷的声音：“我们不能永远逃下去，琳内特，现在必须做个了断……”

过了几个小时，夜幕降临，波洛站在玻璃舱里看着前方。卡纳克号正在穿过一处峡谷，尼罗河两边的悬崖峭壁气势恢宏，湍急的河水汹涌澎湃地从中穿过。游客们已经进入努比亚了。

这时波洛听到了走动声，琳内特来到他旁边，绞着手指。他从来没见过她这副表情，就像一个困惑而不知所措的孩子。她说：“波洛先生，我很害怕——害怕所有的事。以前我从来没有这种感觉。这些可怕的岩石，还有阴森荒凉的环境。我们要去哪儿？会发生什么事？我告诉你，我很害怕。每个人都恨我，我以前从未有过这种感受。我对人友善——为他们做了很多——可他们恨我——很多人都恨我。除了西蒙，我周围全都是敌人……这种感觉很可怕——那么多人恨你……”

“你怎么了，夫人？”

她摇摇头。

“我想是紧张……我只是觉得——我周围很不安全。”她紧张地向后扫了一眼，忽然说道，“这一切怎么才能结束？我们被逮住了，困住了！我……我不知道自己在哪儿。”

她滑坐进椅子。波洛严肃地看着她，眼神充满了怜悯。

“她怎么知道我们上了这条船？”她说，“她是怎么知道的？”

波洛摇了摇头，回答说：“你得明白，她可是个聪明的人。”

“我觉得永远都逃不出她的掌心。”

波洛说：“你们原本可以实行另外一个计划。实际上我很奇怪你们怎么没有想到。毕竟，对你而言，夫人，钱不是问题。你们为什么不单独租一条私人船只呢？”

琳内特无助地摇摇头。

“如果我们知道所有这些事——可你知道我们做不到。这很困难……”忽然她目光一闪，急躁地说，“哦，你完全不了解我的难处。我必须考虑到西蒙……他……他太敏感了——对金钱，对我有这么多钱相当敏感！他让我跟他到西班牙的一个小地方去，他……他想要独自承担我们蜜月的费用，好像这很重要似的！男人都是愚蠢的！他必须去习惯……习惯安逸舒服的生活。单独租船这个提议让他很生气——认为这是一种不必要的花费。我想我得慢慢引导他。”

她抬起头，着急地咬着自己的嘴唇，好像觉得这么谈论自己的困难太轻率了。

她站起来。

“我得去换衣服了，抱歉，波洛先生，我想我说了太多愚蠢的废话。”

第七章

阿勒顿夫人穿着一件简便的黑色蕾丝晚礼服，显得稳重高雅。她走下两层甲板，来到餐厅。在门口，她的儿子追上了她。

“抱歉，亲爱的妈妈，我以为我来晚了。”

“不知道我们坐在哪儿。”餐厅里摆放着许多小桌子，阿勒顿夫人停住脚步，等着正在安排客人就座的侍者过来招呼他们。

“顺便说一下，”她补充道，“我邀请了赫尔克里·波洛跟我们坐一起。”

“妈妈，你邀请了他！”蒂姆既吃惊又生气。

他母亲惊讶地瞪着他。平时蒂姆是非常随和的。“亲爱的，你很介意吗？”

“哦，我介意。他是个十足的小人！”

“哦，不，蒂姆，我可不同意你说的。”

“不管怎么说，我们为什么要跟一个外人待在一起？我们都被关在小船上，这么做很烦人，他会整天缠着我们。”

“抱歉，亲爱的，”阿勒顿夫人一脸失望，“我还以为你会觉得有意思。可他毕竟是个见识广阔的人，而且你也喜欢侦探故事。”

蒂姆嘀咕了一句。

“妈妈，我希望你以后别老出这种主意，我想，现在已经没法摆脱他了吧？”

“是的，蒂姆，只能这样了。”

“那好吧，也只能忍忍了。”

这时侍者过来领他们入座，阿勒顿夫人一脸困惑地跟在后面。蒂姆平时很随和，性格也好，今天突然大发脾气很不寻常。而且这不像英国人对外国人普遍具有的厌恶和不信任，蒂姆一向主张天下一家。哦，算了吧，她叹了口气。男人都是无法理解的！即便是自己最亲近的人，也会有出人意料的反应和情绪。

他们刚坐下，赫尔克里·波洛就悄悄地快速走进餐厅。他停下来，把手放在第三张椅子的椅背上。

“夫人，您真的欢迎我加入吗？”

“当然。请坐，波洛先生。”

“谢谢，你真和蔼。”

阿勒顿夫人不安地感觉到，波洛坐下来的时候扫了蒂姆一眼，而蒂姆也毫不掩饰自己的不快。

阿勒顿夫人想活跃一下气氛。喝汤的时候，她拿起了自己盘子旁边的旅客名单。“我们来认识认识旅客把。”她愉快地说，“我总觉得这很有意思。”

她开始念道：“阿勒顿夫人、蒂姆·阿勒顿先生。真简单！德·贝尔福特小姐，我看到他们把她跟奥特本一家安排在一起了，不知道她跟罗莎莉怎么相处。下一个是谁？贝斯纳医生。谁是贝斯纳医生？谁认得贝斯纳医生？”

她看了看那张坐了四个男人的桌子。

“我想一定是那个把头发和胡子都修理得很干净的胖子，我猜是个德国人，看起来他很喜欢喝汤。”一阵啧啧的喝汤声传了过来，那人显然喝得津津有味。

阿勒顿夫人继续念道：“鲍尔斯小姐？我们猜猜哪个是鲍尔斯小姐。这儿有三四位女士——算了，先放在一边。多伊尔先生和多伊尔夫人，没错，是的，他们是这次旅行的主角。她真的很漂亮，穿的晚礼服也很漂亮。”

蒂姆转过身。琳内特和她丈夫，还有安德鲁·彭宁顿坐在餐厅的角落里。琳内特身着一袭白色礼服，戴着珍珠项链。

“那衣服很普通，”蒂姆说，“只是一块布中间系了根带子。”

“是的，亲爱的，”他母亲说，“你说的是一件价值八十几尼[①] 的衣服。”

“我不明白女人为什么在衣服上花费这么多钱，”蒂姆说，“太荒唐了。”

阿勒顿夫人继续着她对旅客们的研究。

“范索普先生肯定是那四个男人中的一个，想必是那个很安静的年轻人，从来不说话，长得倒还英俊，谨慎又聪明。”

波洛表示同意。

“他很聪明，是的。他不怎么说话，不过听得很用心，也注意观察。嗯，他知道善用自己的眼睛。看上去不像个游山玩水的闲散人，不知道他为什么来这儿。”

---

①英国的旧金币，值一镑一先令。

“弗格森先生，”阿勒顿夫人念道，“我感觉弗格森先生一定是我们的那位反资本主义朋友。奥特本夫人、奥特本小姐，我们很熟悉她们。彭宁顿先生？又叫安德鲁叔叔，他是个很英俊的男人，我觉得——”

“哦，妈。”蒂姆说。

“我承认他英俊，不过有些冷冰冰的，”阿勒顿夫人说，“特别是那个无情的下巴。大概就是我们经常在报纸上看到的那种人，在华尔街工作——或者住在华尔街？他肯定很有钱。下一个，赫尔克里·波洛先生。他的才能在这儿可算是浪费了。蒂姆，你能犯个罪让他侦破一下吗？”

她这个善意的玩笑似乎又把儿子给惹恼了，他满脸的不高兴。阿勒顿夫人赶紧换了个话题：“理查蒂先生，我们的意大利考古学家朋友。接着是罗布森小姐，最后一个是范·斯凯勒小姐。最后这个好认，就是那位很丑的美国老太太，显然她觉得自己是这条船上的女王，没有身份的人一律不予理睬。她真是太不可思议了，对吧？好像某个旧时代的人。跟她在一起的肯定是鲍尔斯小姐和罗布森小姐——也许一个是秘书，就是那个戴夹鼻眼镜的瘦女人；一个是穷亲戚，就是那个十分可怜的年轻女人，尽管被别人当成奴隶，不过仍然一副开心的样子。我猜罗布森是秘书，鲍尔斯是穷亲戚。”

“错了，妈。”蒂姆咧嘴一笑，忽然恢复了往日的好心情。

“你怎么知道？”

“因为吃晚饭前，我在客厅听见这个老太婆对身边的那个女人说：‘鲍尔斯小姐在哪儿？科妮丽亚，快去把她叫过来。’科妮丽亚就像条顺从的狗那样跑出去了。”

“我要去跟范·斯凯勒小姐谈谈。”阿勒顿夫人若有所思地说。

蒂姆又咧嘴一笑。“她不会搭理你的，妈妈。”

“没关系。我会先坐在她旁边，低声（但强有力）而有教养地跟她谈一谈我记忆中有贵族头衔的朋友，然后随便提一提你那个远房表哥，格拉斯哥公爵，可能就会成功的。”

“你太不择手段了，妈妈！”

发生在晚饭之后的事，对一个喜欢研究人性的人来说确实有趣。

那个倾向社会主义的年轻人（是的，他就是弗格森先生），离开餐厅去了吸烟室，他瞧不起顶层甲板观景舱里的那些游客。

范·斯凯勒小姐坚定地走到奥特本夫人的座位那儿，说：“抱歉，但是我织的毛线活儿落在这儿了！”缠着头巾的夫人被那不可违背的眼神给逼得站了起来，让出了座位，范·斯凯勒小姐照例得到了一个通风的最佳位置。她和随从坐了下来，阿勒顿夫人也在旁边坐下，开始大谈特谈，但只得到了几句冰冷的、礼貌性的回答，很快她就放弃了。范·斯凯勒小姐终于清静下来。多伊尔夫妇和阿勒顿母子坐在一起。贝斯纳医生仍然跟安静的范索普做伴。杰奎琳·德·贝尔福特一个人坐在那儿看书。罗莎莉·奥特本有些坐卧不宁，阿勒顿夫人跟她说过一两次话，想把她拉入自己的队伍，可是这女孩的回应很冷淡。

赫尔克里·波洛整个晚上都在听奥特本夫人谈论自己身为一个作家的使命。

在回舱房的路上，他遇见了杰奎琳·德·贝尔福特。她正倚靠在栏杆上，扭过头的时候，波洛被她那满脸的痛苦给吓了一跳。没有了满不在乎，没有了恶意挑衅，也没有了幸灾乐祸。

“晚安，小姐。”

“晚安，波洛先生。”她迟疑了一下，又说，“看到我在这儿，你很吃惊吧？”

“是的，但是我更加遗憾，很遗憾……”

他说得很严肃。

“你是说，为我——遗憾？”

“我就是这个意思。小姐，你已经做了选择，挑了一条危险的道路。就像我们在这条船上开始旅行，你也开始了自己的旅程——在湍急的水流上，在危险的岩石中间，驶向不知吉凶的水域……”

“你为什么这么说？”

“因为这是真的……你斩断了系在自己身上的安全绳索。我怀疑，就算你愿意，也无法回头了。”

她缓缓说道：“是啊，是这样的。”

她猛地一扭头。

“啊，好吧，每个人都得追随自己的星星，不管它引导我们走向何处。”

“当心，小姐，不要跟随一颗迷路的星星……”

她大笑，学着租驴子的人的吆喝声说道：“那是一颗坏星星，先生！那颗星星会掉下来……”

快要睡着的时候，波洛被一阵窃窃私语惊醒了。是西蒙·多伊尔的声音，重复着他在离开谢拉尔时说的话。

“现在必须做个了断……”

“没错，”波洛心想，“现在我们得做个了断了……”

他觉得很不高兴。

第八章

第二天，轮船抵达泽布瓦。

科妮丽亚·罗布森一脸笑容，戴着大草帽，第一个急急忙忙冲上岸。科妮丽亚不是那种爱冷落旁人的女孩，她和蔼可亲，对朋友都很好。赫尔克里·波洛身穿白色西服，里面是粉色衬衫，系着黑色领结，戴一顶白色太阳帽。科妮丽亚看见他之后，完全没有像老贵族小姐范·斯凯勒那样躲开。两人一起走上竖着狮身人面像的大街，她欣然回答了他的开场白提问。

“你的同伴不上岸来参观神庙吗？”

“哦，你知道，玛丽表姐——就是范·斯凯勒小姐——绝不早起，她非常非常在乎自己的健康。当然，她需要鲍尔斯小姐为她服务——鲍尔斯是她的护士。她还说，这个不是最好的庙宇。但她人很好，说我可以过来看看。”

“她真慷慨。”波洛冷冷地说。

天真直率的科妮丽亚毫不怀疑地同意这一说法。

“哦，她人很好。她带我来旅行简直太好了。我觉得自己是个幸运的女孩，当她向我妈妈建议我也来的时候，我简直不敢相信。”

“你玩得很开心，对吗？”

“哦，简直太棒了。我见识到了意大利——威尼斯、帕多瓦和比萨——然后是开罗。但是玛丽表姐在开罗的时候不太舒服，所以我不能经常上岸。现在是去瓦迪·哈勒法，然后回家。”

波洛微笑着说：“小姐，你有快乐的天性。”

他若有所思地把目光从她身上转移到安静的、眉头紧锁的罗莎莉那儿，她一个人在前面走着。

“她很漂亮，对吧？”科妮丽亚循着他的目光看过去，说，“只是看着有些傲慢。当然，她是个典型的英国人。她不像多伊尔夫人那么美，我觉得多伊尔夫人是我见过的最美、最优雅的女人！她丈夫则对她崇拜得五体投地，对吧？我觉得那个灰色头发的女士很引人注目，你说呢？我听说她是公爵的表妹。昨天晚上她在我们旁边说到他了。可她自己没有贵族头衔吧？”

她颠三倒四地说个不停，直到领队的导游叫停，并拉长声音介绍说：“这座神庙供奉着埃及神阿蒙和太阳神哈拉克特。他的标志是鹰头……”

人群慢慢挪动。贝斯纳医生拿着旅行指南，用德语自言自语着。他更喜欢文字介绍。

蒂姆·阿勒顿没入人群中。他母亲打破了范索普先生的缄默。安德鲁·彭宁顿挽着琳内特·多伊尔的胳膊，全神贯注地聆听着，好像对导游所背诵的雕像尺寸很感兴趣。

“六十五英尺？看着比我还矮。这个拉美西斯真是个了不起的家伙，一个充满活力的埃及人。”

“他还是个大商人，安德鲁叔叔。”

安德鲁·彭宁顿赞许地看着她。

“今天早上你看起来不错，琳内特。这几天我一直担心你，你瘦了。”

人们一边聊着一边走回轮船。卡纳克号再次行驶在水面上。风光不那么险峻了，出现了一些棕榈树和农作物。

景色的变化似乎让笼罩在游客心头的某些神秘的压迫感消失了。蒂姆·阿勒顿的闷闷不乐一扫而光，罗莎莉也看着不那么忧郁了，而琳内特简直可以说是心情愉快。

彭宁顿对她说：“在新娘度蜜月的时候跟她讨论公事是不合适的，但有一两件事——”

“当然可以了，安德鲁叔叔，”琳内特的态度马上变得公事公办起来，“我的婚姻肯定带来了某些变动。”

“是这样的。过几天我想请你签署几份文件。”

“为什么不是现在呢？”

彭宁顿看了看四周。他们所在的这个角落并没有几个人，大多数游客都在观景舱和客舱中间的甲板上。厅里仅有的几个人是：弗格森先生，正坐在中间一张小桌子旁边喝啤酒，穿着脏法兰绒裤的两条腿向前伸着，一边喝一边吹着口哨；赫尔克里·波洛先生，坐在靠前方的玻璃窗旁，欣赏着眼前的美景；还有范·斯凯勒小姐，正坐在角落里读一本讲埃及的书。

“好的。”安德鲁·彭宁顿说着，离开了大厅。

琳内特和西蒙相视一笑——笑容有点勉强。

“你还好吗，亲爱的？”他问。

“是的，我还好，不那么慌张了，真奇怪。”

西蒙的声音显得信心十足。“你太厉害了。”

彭宁顿回来了，手捧一捆写得密密麻麻的文件。

“天哪！”琳内特大喊，“全都要我签？”

安德鲁·彭宁顿表示歉意。

“我知道你很为难，但我想把你的事情都打理妥当。首先是第五大道的地契……然后是西部地产特许经营权……”

他沙沙地给文件分类，一边介绍着。西蒙打了个呵欠。

通往甲板的旋转门打开了，范索普先生走了进来。他漫无目的地朝四周望了望，然后踱步上前，站在波洛身边，看着淡蓝色的河水和周围黄色的沙滩。

“你就在这儿签字。”彭宁顿说着，把一份文件铺在琳内特面前，指着空白处说道。

琳内特拿起文件，简单浏览一番，再翻到第一页，然后拿起彭宁顿放在她面前的笔，写下了自己的名字——琳内特·多伊尔。

彭宁顿拿走文件，又打开一份。

范索普朝他们这个方向慢慢走过来，通过旁边的窗户向外张望，好像岸上有什么东西让他很感兴趣。

“这不是转让文件，”彭宁顿说，“你不用看。”

不过琳内特仍然简单地扫了一眼。彭宁顿打开了第三份文件，琳内特仔细地看着。

“全都是些例行文件，”安德鲁说，“没什么特别的，只是一些法律术语。”

西蒙又在打呵欠。

“亲爱的，你该不会把每一份都读完吧？那可得到午饭时间，甚至更晚了。”

“我一向都把每份文件看一遍，”琳内特说，“我父亲教我的，他说上面可能会有笔误。”

彭宁顿刺耳地大笑起来。“你真是个了不起的商人，琳内特。”

“她比我认真谨慎多了，”西蒙笑着说，“我这辈子从来没看过法律文件。我只是按照他们说的在虚线上签字罢了——就这样。”

“这样太草率了。”琳内特表示反对。

“我没有生意头脑，”西蒙愉快地说，“从来没有。别人让我签，我就签了。这是最简单的办法。”

安德鲁·彭宁顿沉思地看着他，摸了摸上嘴唇，冷冷地说：“这岂不是有些冒险，多伊尔？”

“才不是，”西蒙回答说，“我不是那种认为全世界都在骗你的人，我相信别人。你知道，这样做也得到了回报。我很少上当。”

忽然，让所有人吃惊的是，一直沉默的范索普先生转过身对琳内特说道：“请原谅我多嘴，但我不得不说我非常佩服你的商业才能。在我的职业生涯中——呃，我是个律师——我发现女士通常都很不认真。你能做到不把文件完整地读一遍绝不会签字——这一点非常令人钦佩。”

他微微欠身，然后有点脸红地又转过身观望尼罗河去了。

琳内特犹豫地说：“呃——谢谢你。”她咬住嘴唇忍着笑。这个年轻人看起来严肃得出奇。

安德鲁·彭宁顿看上去很恼怒。西蒙·多伊尔则无法确定自己是高兴还是不高兴。从背后看，范索普先生连耳根都红了。

“下一份。”琳内特微笑着对彭宁顿说。

但是彭宁顿显然很恼火。

“我想另外找时间比较好，”他生硬地说，“就像，呃，多伊尔先生说的，如果把文件都看完，估计就到午饭时间了。我们不应该错过欣赏美景的机会。况且只有前两份文件比较紧急，稍后再谈公事吧。”

“这里太热了，”琳内特说，“我们去外面吧。”

三个人穿过旋转门。赫尔克里·波洛转过身，若有所思地盯着范索普先生的身影，然后又投向懒洋洋的弗格森先生。后者正仰着脑袋轻声吹口哨。

波洛又朝笔挺地坐在角落里的范·斯凯勒小姐看过去，而她正在凝视弗格森先生。

左边的旋转门开了，科妮丽亚·罗布森急急忙忙地走进来。

“这么久，”老太太厉声说道，“你去哪儿了？”

“对不起，玛丽表姐，毛线不在你说的那个地方，而是在另外一个箱子里——”

“我亲爱的孩子，你总也找不到我要的东西！我知道你愿意去做，亲爱的，可你得变得聪明点儿、快一点儿，要专心。”

“太对不起了，玛丽表姐，我觉得自己很笨。”

“任何人只要努力就不会笨。我带你来旅游，也希望能有点回报。”

科妮丽亚的脸红了。“真对不起，玛丽表姐。”

“鲍尔斯小姐在哪儿？我十分钟前就应该吃药了。立刻把她找来，医生说，最重要的是——”

但是就在这时，鲍尔斯小姐进来了，拿着一个玻璃的小药杯。

“你的药，范·斯凯勒小姐。”

“我本来应该在十一点钟就吃的，”老太太尖声责备道，“我最痛恨不守时了。”

“没错，”鲍尔斯小姐扫了一眼手表，说，“现在是差半分钟十一点。”

“但是我的表已经十一点十分了。”

“我想我的表是对的，这只表很准，从来都是不快不慢。”鲍尔斯小姐沉着地说。

范·斯凯勒小姐吞下了药水。

“我觉得更不舒服了。”她尖刻地说。

“听你这么说，我很难过，范·斯凯勒小姐。”

鲍尔斯小姐的声音听起来一点都不难过，而是非常冷淡。显然，她只是机械地答复着。

“这里太热了，”范·斯凯勒小姐厉声说着，“鲍尔斯小姐，替我到甲板上找个位子。科妮丽亚，拿我的毛线过来，别笨手笨脚地掉在地上，等一会儿你要帮我缠毛线。”

她们几个走了出去。

弗格森先生叹了口气，伸了伸腿，然后好像是在对全世界大喊：“天哪，我真想把那个凶恶的老太婆掐死！”

波洛很有兴致地问：“你不喜欢她这类人，是吧？”

“不喜欢？可以这么说。这种女人做过什么好事呢？她从来不工作，连手指头都不动一动。她只是在靠别人养肥自己。她就是条寄生虫——该死的、让人恶心的寄生虫。在这船上，我觉得有很多人都不配活在世上。”

“真的？”

“是的。刚才在这儿的那个女孩，签股权转让书，向别人施压。成千上万个悲惨的工人为了微薄的薪水辛苦劳作，她才有丝袜穿，才能过上这毫无意义的奢侈生活。有人告诉我，她是英国最有钱的女人之一，从来不用动手。”

“谁告诉你说她是英国最有钱的女人之一？”

弗格森先生挑衅地看了他一眼。

“一个你不屑搭理的人！一个凭自己的双手劳动而不引以为耻的人！不是你们这种衣冠楚楚、毫无用处的纨绔子弟。”他的目光很不友好地停留在波洛的领结和粉色衬衫上。

“我用大脑工作，而且并不引以为耻。”波洛迎上他的目光。

弗格森先生轻蔑地哼了一声。

“应该被枪毙——很多人！”他断言。

“亲爱的年轻人，”波洛说，“你真热爱暴力！”

“告诉我，如果不使用暴力，我们能做成什么？有破才能有立。”

“当然这样会更容易、更喧闹、更壮观。”

“你靠什么为生？我打赌你什么也不干。也许你称自己为中产阶级。”

“我不是中产阶级，我是上层人士。”赫尔克里·波洛有些傲慢。

“你到底是干什么的？”

“我是个侦探。” 赫尔克里·波洛的语气就像是在说“我是个国王”。

“天哪！”年轻人似乎大为惊讶，“你是说那女人真的带了一个愚蠢的侦探随行？就像保养自己矜贵的皮肤那样小心吗？”

“我跟多伊尔夫妇没有任何关系，”波洛生硬地说，“我在度假。”

“度假——呃？”

“你呢？你不是也在度假吗？”

“度假！”弗格森先生哼了一声，又神秘兮兮地补充说，“我在研究社会现象。”

“很有趣。”波洛咕哝着，随后慢慢走向甲板。

范·斯凯勒小姐正坐在一个最佳的角落里，科妮丽亚跪在她面前，伸出的胳膊上绕着灰色的毛线。鲍尔斯小姐笔直地坐着翻看《周日晚邮报》。波洛沿着右舷甲板轻轻地踱着步，经过船尾的时候，差点撞到一个女人。她吓了一跳，看着他——这是一张泼辣的深色拉丁面孔。她穿着整洁的黑衣服，正跟一个高大结实、穿着制服的男人说话。从外表看，他是一个机械师。两个人的脸上都有一种奇怪的表情——内疚和惊慌。波洛很奇怪，不知道他们在说什么。他从船尾绕了过去，继续沿轮船的左舷走着。一扇舱门打开了，奥特本夫人走了出来，差点跌进他怀里。她穿了一件大红色的缎子睡衣。

“真对不起，”她道歉说，“亲爱的波洛先生——真的是太对不起了。是因为船的晃动——只是晃动，你知道。我根本不擅长在甲板上走路。要是船能保持静止……”她抓住他的胳膊，“我受不了颠簸……在海上就没有真正开心过……只能孤零零地在这儿一小时又一小时地待着。我那个女儿——没有同情心，也不理解为她奉献了一切的可怜的老母亲……”奥特本夫人哭了起来，“为她做了一辈子的奴隶——自己累得皮包骨。一个伟大的母亲——我就是这么一个伟大的母亲——牺牲了一切——一切的一切……可没人在乎！但是我要告诉所有人——我现在就告诉他们——她是怎么忽略我——怎么冷酷——叫我来旅行——无聊至死……我现在就去告诉他们。”

她向前猛冲，波洛礼貌地阻止了她。

“我帮你把她叫过来吧，夫人。你最好还是先回你的舱房。”

“不，我要告诉所有人——船上的所有人——”

“这太危险了，夫人。大风大浪的，你会掉进河里去。”

奥特本夫人疑惑地看着他。“真会这样？真的会这样吗？”

“是的。”

他成功了。奥特本夫人踉踉跄跄地走进了自己的房间。波洛的鼻子抽动了一两下，接着点点头，朝坐在阿勒顿夫人和蒂姆之间的罗莎莉·奥特本走了过去。

“小姐，你母亲在找你。”

她原本笑得挺开心，此刻脸上却阴云密布。她不相信地看着波洛，然后沿着甲板匆匆走了。

“我不明白这孩子，”阿勒顿夫人说，“她很善变，今天还很友好，过了一天，就变得十分粗鲁。”

“彻底被宠坏了，脾气也很差。”蒂姆说。

阿勒顿夫人摇了摇头。“不，我认为不是这样的，我认为她不幸福。”

蒂姆耸了耸肩。“哦，好吧，不过我想每个人都有自己的烦恼。”他的声音生硬而敷衍。

这时传来一阵轰鸣声。

“吃午饭了，”阿勒顿夫人高兴地大声说，“我饿了。”

那天晚上，波洛注意到阿勒顿夫人坐在那儿跟范·斯凯勒小姐说着话。他经过的时候，阿勒顿夫人正眨着眼睛说：“当然，在卡尔斯城堡，亲爱的公爵……”

从服侍工作中解放出来的科妮丽亚也来到了甲板上。她正在听贝斯纳医生说话，而后者正生硬地给她介绍旅游指南上的埃及简介。科妮丽亚全神贯注地听着，蒂姆·阿勒顿则弯腰靠在栏杆上说着：“不管怎么说，这确实是个腐朽的世界……”

罗莎莉·奥特本回答道：“太不公平了，有些人什么都不缺。”

波洛叹了口气。他很高兴自己不再年轻了。

第九章

星期一早上，各种高兴和赞叹的声音响彻卡纳克号的甲板。轮船停靠在岸边，几百码之外是一座从岩石的表面雕刻出来的巨大神庙，清晨的阳光正照射在它上面。悬崖上凿出来的四个巨型石像永恒地俯视着尼罗河，迎接冉冉升起的太阳。

科妮丽亚语无伦次地说着："哦，波洛先生，是不是很美丽？我是说，它们这么巨大，这么安静——看到它们会让人觉得自己如此渺小，就像一只小昆虫，而且什么事都不那么重要了，对吗？"

站在旁边的范索普先生低声说道："非常——呃，令人印象深刻。"

"很壮丽，对吗？"西蒙·多伊尔走了过来，说道。然后他悄声对波洛说："你知道，我对神庙、游览这种事不感兴趣，但是这个地方确实引人入胜，如果你明白我的意思。那些古代法老真是神奇的人物。"

其他人走开了，西蒙压低声音又说："这次旅行真让人开心。它，呃，澄清了一些事情。很奇怪为什么会这样——但事实如此。琳内特已经恢复了正常，她说是因为她最终能面对这些事情了。"

“我认为很有可能。”波洛说。

“她说当她在船上看到杰姬的时候感到害怕——之后，忽然，这不再重要了。我们商量好了，再也不躲着她了。她在哪儿我们就在哪儿见她，以显示这种荒谬的花招根本不会让我们烦恼。她所做的只是一种失礼的举动——仅此而已。她以为自己把我们搞晕了头，可是现在，嗯，我们再也不慌张了。这一点必须让她明白。”

“是的。”波洛沉思着说。

“这很棒，对吗？”

“哦，是的，是的。”

琳内特沿着甲板走了过来，她穿着一件柔软的杏色亚麻布衫，脸上带着微笑。但她只是不算热情地跟波洛打了个招呼，冷冷地点了点头，就把丈夫拽走了。

波洛脑子里有个念头一闪而过。他自嘲地意识到，自己那种批判性的态度大概很不受欢迎。琳内特对于自己和自己的行为受到百分百赞美已经习以为常，而赫尔克里·波洛明显违背了这一原则。

阿勒顿夫人走到波洛身边，小声说道：“这个女孩变化多大啊！在阿斯旺的时候她看上去既担心又难过。今天她看上去那么高兴，真叫人怀疑她是不是疯了。”

波洛还没来得及回答，这群人又被集合在一起。导游带着他们上岸去参观阿布辛拜尔[①] 神庙。波洛和彭宁顿一起走着。

“这是你第一次来埃及，对吗？”波洛问。

“哦，不，一九二三年时我来过，我是说，在开罗。我以前从没来过尼罗河。”

①埃及南部尼罗河沿岸一个村庄。是可追溯到公元前一二五〇年的巨岩庙宇的所在地，为了避免被阿斯旺大坝的洪水淹没曾被加高。

“我想你是坐卡玛尼克号过来的，至少多伊尔夫人是这么跟我说的。”

彭宁顿精明地扫了他一眼。

“哦，是的，是这样。”他承认。

“不知道你有没有刚好在船上遇见我的几个朋友——洛辛顿·史密斯一家？”

“我不记得他们的名字了。船上的人满满的，我们遇上了坏天气，很多游客都没出现过。不管怎么说，航程很短，你不知道有谁在船上，有谁不在。”

“对，这倒是真的。遇到多伊尔夫人跟她丈夫你肯定极为惊讶。你不知道他们已经结婚了？”

“不知道。多伊尔夫人给我写过信，但是我在开罗意外地遇见他们之后好几天，信才转过来。”

“听说你们认识很多年了？”

“是的，波洛先生。我认识琳内特·里奇卫的时候，她还是个可爱的小姑娘，差不多这么高——”他比画了一下，“她父亲梅尔休伊什·里奇卫和我是多年的老朋友，人非常优秀，事业也很成功。”

“听说他女儿得到了一笔巨大的财富……哦，对不起，我这么说也许不合适。”

安德鲁·彭宁顿感到有些好笑。

“哦，这人人都知道。是的，琳内特是个有钱的女人。”

“不过我觉得，最近市场下滑的趋势肯定影响到了股市，甚至包括一些相对稳定的股票，是吗？”

过了一会儿，彭宁顿才回答：“是的，从某种程度上来说是这样的。最近形势比较恶劣。”

波洛嘟囔着说："但是我能想象到，多伊尔夫人很有商业头脑。"

"是的，是这样的。琳内特是个聪明而实际的女孩。"

他们停止了谈话。导游还在给人们介绍着伟大的拉美西斯建造神庙的事迹。四座拉美西斯的巨大雕像伫立在入口两旁，一边两个，用天然的巨石雕刻而成，俯视着三三两两的游客。

理查蒂先生看不上导游的介绍，此刻正忙着观察入口两侧的巨像基座上的黑人和叙利亚战俘雕像。

刚进入神庙，一种昏暗和宁静的气氛扑面而来。导游带领人们观看内墙上活灵活现的彩色浮雕，不过大家更喜欢各自成群地游览。

贝斯纳医生用德语洪亮地朗读着旅游指南，还时不时地停下来给温顺地走在自己身边的科妮丽亚翻译一下。不过，这种情形没有持续多久。冷淡的鲍尔斯小姐扶着范·斯凯勒小姐走了进来，后者命令道："科妮丽亚，过来！"介绍被迫中止了。透过厚厚的镜片望着她的背影，贝斯纳医生微微笑了。

"是个很不错的女孩，"他对波洛说，"不像那些瘦得好像快要饿死的年轻姑娘。是的，她身材很好。善于聆听，也很聪明。给她做讲解很愉快。"

波洛的脑海中闪过一个念头，似乎科妮丽亚生来不是被欺负就是被教诲。不管怎样，她永远都是在听别人说话，自己从不开口。

因为科妮丽亚被强行召唤过来，鲍尔斯小姐得到了暂时解放。她站在神庙中间，漠不关心地冷冷打量着周围，对于古时的遗迹没什么反应。

"导游说的那个神或者女神的名字，穆特，你知道是怎么一回事吗？"

那里有个内殿，里面坐着四座雕像，永恒地从古坐到今，在昏暗之中有一种超然，这让它们看起来又庄严又奇特。

琳内特和丈夫站在雕像前面。他挽着她的胳膊，她则仰着脸——一张代表新文明的现代人的脸，聪明而好奇，对往昔无动于衷。

西蒙忽然说道："我们离开这儿吧。我不喜欢这四个家伙，特别是那个戴着高帽子的。"

"我猜那个可能是阿蒙神，而那个是拉美西斯。你为什么不喜欢？我认为他们令人印象深刻。"

"这些该死的雕像也太令人印象深刻了，看起来有些可怕。我们去外面的阳光底下吧。"

琳内特面露微笑，不过还是让步了。

他们走出神庙，来到阳光下面，黄沙温暖着他们的脚。琳内特笑了。在他们的脚边，五六个努比亚男孩的脑袋排成一排，好像跟身体分割开来一样，看上去十分恐怖。他们的眼珠子滴溜乱转，脑袋很有节奏地从左晃到右，嘴里咏唱着新的祈祷："嗨，嗨，好哇！嗨，嗨，好哇！很好，很棒，很感谢！"

"岂有此理！他们怎么做到的？真的埋进去了吗？"西蒙掏出了点零钱。

"很好，很棒，很感谢。"他有样学样地说。

两个带头出演这场戏的小男孩利落地捡起了硬币。

琳内特和西蒙继续走着。他们不愿意回到船上，对观光也有些厌倦了，因此两人靠着崖壁坐了下来，让温暖的阳光洒遍全身。

"多好的阳光啊！"琳内特心想，"多温暖——多安全……这是多么美好幸福啊……像我这样……我……我……琳内特……"

她闭上了眼睛，思绪在半睡半醒间游荡，就像被风吹得到处漂移的沙子。

西蒙睁着眼睛，眼中也饱含满足之感。第一天晚上他那么狼狈，可真是傻透了……根本没什么好怕的……一切都很好……毕竟，杰姬还是可以信任的——

突然一阵呼声——人们挥着胳膊朝他跑来，大喊大叫着……西蒙傻愣愣地看了片刻，接着跳了起来，拖着琳内特跑开。

风驰电掣般，一块巨石从峭壁上滚了下来，从他们身边落在地上。要是琳内特还待在那儿，肯定会被砸个粉身碎骨。

脸色苍白的两个人抱在一起。赫尔克里·波洛和蒂姆·阿勒顿奔向他们。“天哪，夫人，刚才太险了！”

四个人本能地向岩石峭壁上望过去，但什么也没看见。沿着峭壁顶部有一条小路，波洛记起他们第一次上岸的时候，有几个本地人从那儿走过。

他看了看这对死里逃生的夫妇。琳内特一副茫然不解的样子——很混乱。西蒙则愤怒得说不出话来。

“天哪，她真该死！”他短促地骂着。

他飞快地扫了蒂姆·阿勒顿一眼，控制住自己的情绪。

蒂姆说：“哎呀，太危险了！是某个蠢货推下来的，还是它自己掉下来的？”

琳内特脸色惨白，艰难地说道：“我想——肯定是某个笨蛋干的。”

“能把你像个蛋壳一样压碎。琳内特，你该不会有什么敌人吧？”

琳内特两次欲言又止，发现自己很难回答这个小玩笑。

“回船上去吧，夫人。”波洛快速地说，“你得吃点镇静的药。”

他们快步向船边走去。西蒙依然压抑着满腔怒火，蒂姆·阿勒顿想说点轻松的，分散一下琳内特的注意力，波洛则一脸严峻。

他们到达跳板那儿的时候，西蒙猛地站住了，脸上呈现出吃惊的神色。

杰奎琳·德·贝尔福特正走上岸边，身穿蓝色的花格布衣服。今天早上她显得很孩子气。

“天哪！”西蒙小声说道，“原来真的是意外。”他脸上的怒气散去了，那种不寻常的放松非常明显，就连琳内特也觉得不正常。

“早上好，”她说，“我想我是来晚了。”

她对大家都点了点头，然后走上岸，向神庙的方向走去。

西蒙抓住波洛的胳膊，另外两人继续向前走着。

“我的上帝，这下好了。我以为——我以为——”

波洛点点头。“嗯，我明白你的意思。”可他仍旧是一脸的严肃，心事重重。他转过头，仔细观察着其他人的动静。

鲍尔斯小姐搀扶着范·斯凯勒小姐，慢慢地走了过来。

稍微远一些的地方，阿勒顿夫人站在那儿，对着那一排努比亚男孩的脑袋放声大笑。奥特本夫人跟她在一起。

没看到其他人。

波洛摇摇头，跟西蒙慢慢走回船上。

第十章

“夫人，可否给我解释一下‘fey’这个字是什么意思？”

阿勒顿夫人看上去有些惊讶。她跟波洛正艰难而缓慢地朝可以俯瞰第二大瀑布的岩石走去。其他人大部分都骑着骆驼，但是波洛觉得坐在骆驼上跟在船上一样晃动不安，阿勒顿夫人则认为此事有关尊严。

他们前一天晚上抵达瓦迪·哈勒法。今天早上，两艘汽艇把所有的游客都载到第二大瀑布来，只是少了理查蒂先生，他坚持要去一个叫塞纳姆的偏僻地方探险。他解释说，那个地方是阿蒙尼姆赫特三世时期努比亚的门户，那里还有一块石碑，记载着进入埃及的黑人必须缴纳关税。为了阻止这种个人行动，导游用尽各种方法，但毫无效果。理查蒂先生下定决心，拒绝了各种反对意见：（一）这次冒险不值得；（二）他无法去那里探险，因为不可能弄到汽车；（三）找不到能完成旅行的汽车；（四）汽车价格太贵。对第一种意见，理查蒂先生嗤之以鼻，对第二种意见表示怀疑，对于第三种意见他说自己可以去找车，而关于第四种意见他说自己能流利地用阿拉伯语讨价还价。最终，理查蒂先生还是走了——鬼鬼祟祟地离开了，以防其他一些游客也想效仿他，擅自改变旅游路线。

“Fey？”阿勒顿夫人歪着头，思索着答案，“呃，这是个苏格兰单词，意思是乐极生悲，你知道，过于美好的都是不现实的。”

她越说越多，波洛专心地听着。

“谢谢你，夫人，现在我明白了。昨天你那么说的时候我觉得很奇怪——多伊尔夫人逃过一劫之后。”

阿勒顿夫人微微一颤。“那真是生死攸关的一刻。你觉得是那些小黑孩滚着玩的吗？全世界的男孩都喜欢玩这个——倒不是真的想要伤害谁。”

波洛耸了耸肩。“有可能，夫人。”

他换了个话题，说起了马略卡，并从访问的观点提出了各种实际问题。

阿勒顿夫人现在非常喜欢这个小个子男人了——可能一部分是出自矛盾的心理。她觉得蒂姆总是想办法破坏她和波洛的友谊，武断地把波洛概括成“最坏的粗人”。但她可不觉得他是个粗人。她猜测可能是波洛奇异的外国服饰造成了儿子的偏见。她觉得波洛是个有智慧、能激励别人的同伴，并且富有同情心。她认为自己可以信任他，所以忽然就把自己不喜欢乔安娜·索思伍德的想法和盘托出。说完之后，她轻松了很多，而且，为什么不能说呢？波洛不认识乔安娜——也许永远都不会跟她见面。为何不从那种让自己备受折磨的妒忌心思中解脱出来？

与此同时，蒂姆和罗莎莉·奥特本也在谈论着她。蒂姆刚才一直在半开玩笑地诅咒自己的运气。他的健康状况还不至于到了真正危险的地步，但也不足以让他过自己想过的生活。没什么钱，也没什么称心的工作。

“冷淡、没精打采的生活。”他不满地总结道。

罗莎莉忽然说道：“你有一样让很多人羡慕的东西。”

“什么？”

“你母亲。”

蒂姆惊讶的同时也很开心。

“母亲？是的，当然，她是个非常独特的人，很高兴你能看到这一点。”

“我认为她很不可思议。她看上去是那么可爱、那么从容自若，好像什么事都不会让她烦恼，而且，还有……还有，什么事她都觉得好玩。”

罗莎莉很急切，因此有些结巴。

对这个女孩，蒂姆心中生出一种温暖的感觉。他真希望自己能以同样的热情夸赞罗莎莉的母亲，然而可悲的是，在他看来，奥特本夫人是这个世界上最危险的人物。他为自己无法做出回应而感到窘迫。

范·斯凯勒小姐留在了汽艇里面，她可不想冒着危险骑骆驼，或者用自己的双脚走上去。她没好气地说：“很抱歉让你跟我一起留在这儿，鲍尔斯小姐。我本来打算让你去而让科妮丽亚留下来，但是女孩都是自私的，她没跟我打招呼就急急忙忙地跑了。我看到她在跟那个可恶的没教养的年轻人说话，就是那个叫弗格森的。科妮丽亚让我失望极了，她在社交上完全没有天赋。”

鲍尔斯小姐用她那一向都很平淡的声音回答说：“没关系，范·斯凯勒小姐。走路去那里会很热的，而且我不喜欢那些骆驼背上的垫子，很可能有跳蚤。”

她调整了一下眼镜，眯缝着眼睛看了看下山的那些人，又说：“罗布森小姐没和那个年轻人在一起，她跟贝斯纳医生在一起。”

范·斯凯勒小姐哼了一声。

自从她发现贝斯纳医生在捷克斯洛伐克有一家很大的诊所，而且在欧洲是个声名远扬的内科医生之后，她开始对他亲切多了。况且，不用等到旅行结束，她可能就会用到他的专业服务。

当大家都回到卡纳克号的时候，琳内特吃惊地喊道："我的电报！"

她从告示栏上抓下电报，拆了开来。

"怎么回事？我不明白——土豆、甜菜根——这是什么意思，西蒙？"

西蒙正想走近从后面看清楚，忽然传来一个愤怒的声音："对不起，那是我的电报。"

理查蒂先生粗鲁地把电报从她手中抢过去，愤怒地盯着她。

琳内特诧异地看了他片刻，然后把信封翻过来。

"哦，西蒙，我真傻！这是理查蒂，不是里奇卫——而且我现在当然不叫里奇卫了，我得道歉。"

她跟着小个子考古学家走到了船尾。

"真对不起，理查蒂先生，你瞧，我结婚之前姓里奇卫，而我正在新婚之中，所以——"

她顿了顿，微笑起来，脸上出现了两个小酒窝，想让他对年轻新娘的小失误也报以微笑。但理查蒂显然很生气，甚至比维多利亚女王最生气的时候还要有过之而无不及。

"必须看仔细名字，在这种事情上粗心是让人无法原谅的。"

琳内特咬着嘴唇，脸红了。她很不喜欢自己的道歉得到这样的回报。她立刻转身走开，回到西蒙身边，生气地说："意大利人可真叫人受不了。"

“算了，亲爱的，我们去看你喜欢的那个象牙雕刻的大鳄鱼吧。”他们一起上了岸。

波洛目送他们走上栈桥，耳边传来急促的呼吸声。他转过身，看见杰奎琳·德·贝尔福特正站在旁边，双手紧握着栏杆。她扭过头来时，脸上的表情吓了他一大跳。不再是快乐或者怀有恶意的表情，她看起来好像被内心的烈火所吞噬了。

“他们已经无所谓了，”她的声音低沉而急促，“他们已经跑在我前面了。我跟不上他们了。他们不在乎我在不在这儿……我不能——我再也不能刺激他们了。”

紧抓着栏杆的双手在颤抖。

“小姐——”

她打断了他：“哦，现在已经太晚了——来不及警告了……你是对的，我不该来这儿，不该来这儿旅行。你怎么形容它来着？灵魂的旅程。我回不去了，我得继续，我会继续下去的。他们在一起不会幸福的，我早晚会杀了他……”

她飞快地转身走了。波洛望着她的背影，感觉有只手放在了自己肩膀上。“你的女朋友好像有点生气，波洛先生。”

波洛惊讶地转身，看到了自己的老朋友。

“瑞斯上校！”

这位皮肤黝黑的高个子笑了。

“有点意外，是吧？”

一年前，赫尔克里·波洛在伦敦遇见了瑞斯上校，两人都在一个非常奇怪的宴会上做客——此宴会以那位怪异主人的死亡而告终。

波洛知道瑞斯是个行踪不定的人，他总是出现在大英帝国某个即将有麻烦的前哨地区。

“那么，你现在是在瓦迪·哈勒法了。”他沉思着说。

“我在这条船上。”

“你是说——”

“我会跟你一起回谢拉尔。”

赫尔克里·波洛扬了扬眉毛。“很有趣。也许，我们可以一起喝一杯？”

他们走进观景舱，里面没几个人。波洛给上校点了威士忌，自己则要了双份加足糖的橘子汁。

“这么说，你会跟我们一起回去。”波洛一边喝着橘子汁一边说道，“坐日夜航行的政府邮轮不是会更快一些吗？”

瑞斯上校笑容满面，开心地说：“跟平常一样，你又说到重点了，波洛先生。”

“你说的是游客吗？”

“其中一个游客。”

“不知道是哪一个呢？”赫尔克里·波洛仰头望着天花板。

“遗憾的是，我也不知道。”瑞斯沮丧地说。

波洛一脸感兴趣的样子。

瑞斯说道：“对你没必要保密。我们在这儿遇到了很多麻烦——各种各样的麻烦。我们追踪的不是公开带头闹事的，而是那种把火柴放进火药里的聪明人。他们有三个人，一个死了，一个坐了牢，我找的是第三个——这人牵涉了五六件凶杀案，他是最聪明的专业煽动者……他就在这船上。我是从一封落进我们手里的信上面得知这一消息的。解码说：‘X将于二月七日到十三日坐卡纳克号旅行。’不过没有说明这个‘X’会用什么名字出现。”

“你有他的资料吗？”

“没有。他有美国、爱尔兰和法国的血统，是个混血儿，不过这一点没什么用。你有什么想法吗？”

“只有一点——还算好。”波洛沉思地说。

两个人非常熟悉彼此，因此瑞斯没再问下去。他知道赫尔克里·波洛不会谈论他没有把握的事。

波洛擦了擦鼻子，不高兴地说：“船上有件事让我很不安。”

瑞斯询问地看着他。

“想象一下，”波洛说，“A 无情地伤害了 B，而 B 想要报复，还进行了威胁。”

“A 和 B 都在这条船上吗？”

波洛点点头。“正是。”

“我猜，A 和 B 都是女人？”

“没错。”

瑞斯点了一支香烟。“不用担心。那些扬言要行动的人，一般不会真的动手。”

“你是说，尤其是跟女人有关的案子？是的，的确如此。”

不过他看起来还是不怎么开心。

“还有别的吗？”瑞斯问。

“是的，还有一件事。昨天 A 差点死掉，可以说是一次意外。”

“B 策划的吗？”

“不，这就是关键，B 可能跟此事毫无关系。”

“那么就是个意外了。”

“应该是吧，可我不喜欢这样的意外。”

“你肯定 B 没有插手此事？”

“完全肯定。”

“哦，那好吧，总会有巧合的。顺便问一下，谁是 A？特别让人讨厌吗？”

“恰恰相反，A 是个富有、美丽而迷人的女士。”

瑞斯笑了。“听起来就像是一部小说。”

“也许吧。可是我告诉你，我的朋友，我不太高兴。如果我是对的——而我总是对的。”听到他这典型的话语，瑞斯笑了。“所以这件事让人焦虑不安。现在，你又增添了另外一种复杂性：你告诉我船上有个男人是凶手。”

“他一般不杀年轻漂亮的女子。”

波洛不满地摇了摇头。

“我担心，我的朋友，”他说，“我担心……今天，我建议过这位女士，多伊尔夫人，跟她丈夫到喀土穆去，别再回船上来了。但他们不同意。上帝保佑我们顺利到达谢拉尔。”

“你是不是有点悲观了？”

波洛摇了摇头。

“我担心，”他简单地说，“是的，我，赫尔克里·波洛，很担心……”

第十一章

科妮丽亚·罗布森站在阿布辛拜尔神庙里面。这是第二天的晚上——一个仍旧很闷热的夜晚。卡纳克号又停在了阿布辛拜尔，为的是让游客在人工照明的灯光下再次参观神庙。这一次给人的感觉大不相同，因此，科妮丽亚惊奇地对旁边的弗格森先生评论着。

“啊，你看，现在好多了！”她大声地说，“所有被国王砍了脑袋的那些敌人——更为鲜明了。那边有座城堡，我之前完全没有留意到。要是贝斯纳医生在就好了，他会告诉我那是什么城堡。”

“你怎么能认为那个老傻子会比我厉害。”弗格森沮丧地说。

“啊，他是我见过的最好的人之一。”

“自负的老东西。”

“我觉得你不应该这么说。”

他们走出神庙，来到月光下，年轻人忽然抓住了她的胳膊。

“为什么你可以让一个肥胖的老家伙烦你，让一个恶毒的老太婆侮辱你、呵斥你？”

“怎么了，弗格森先生？”

“难道你没有自己的灵魂吗？难道你不知道自己跟她一样平等吗？”

“可我不是！”科妮丽亚诚实而坚定地说。

“你想说的是，你不如她有钱。”

“不，不是的。玛丽表姐非常、非常有教养，而且——”

“教养！”年轻人忽然放开了她的胳膊，就像刚才忽然抓住她那样，“这个词让我觉得恶心。”

科妮丽亚惊讶地看着他。

“她不喜欢看到你和我说话，对吗？”年轻人问道。

科妮丽亚的脸红了，样子很窘迫。

“为什么？就因为她觉得我没她社会地位高？哼，难道你不生气吗？”

科妮丽亚结结巴巴地说：“你不要这么容易动气。”

“难道你没有意识到——作为一个美国人——每个人生来就是自由平等的吗？”

“不是的。”科妮丽亚平静而肯定地说。

“我的好姑娘，这是你们宪法里的一部分。”

“玛丽表姐说，政治家不是绅士。”科妮丽亚说，“人当然不是平等的。这句话是没有意义的。我知道自己相貌平平，以前我有时候会为此而苦恼，但是现在已经习惯了。我也想一生下来就像多伊尔夫人那样高雅美丽，可我不是，所以烦恼也没用。”

“多伊尔夫人！”弗格森无比蔑视地大声说道，“她那种女人应该被枪毙，以儆效尤！”

科妮丽亚担心地看着他。

“我想你肯定是消化有问题，”她温和地说，“我有一种特殊的助消化药，玛丽表姐曾经用过，你要不要试试？”

弗格森先生说：“你真是不可救药。”

他转身走开了。科妮丽亚朝轮船走去，刚要上舷梯，他又追上了她。

“你是这条船上最好的人。”他说，“要记得这一点。”

科妮丽亚高兴得脸都红了。她走进观景舱时，范·斯凯勒小姐正跟贝斯纳医生说着话——一次愉快的谈话，关于医生的某位皇家病人。

科妮丽亚愧疚地说：“希望我没离开太久，玛丽表姐。”

老太太看了看表，严厉地说：“亲爱的，你确实没有把握好时间。你把我的天鹅绒披肩弄哪儿去了？”

科妮丽亚环顾四周。“我去看看是不是在舱房里，玛丽表姐。”

“当然不在！晚饭后我在这儿还披过。我没离开过这个地方，就放在椅子上了。”

科妮丽亚胡乱地找了找。

“到处都找不着，玛丽表姐。”

“瞎说！”范·斯凯勒小姐说，“四处找找！”

坐在邻桌的范索普先生也帮着女孩找了找，不过还是没找到。

这是炎热的一天，所以很多游客上岸看完神庙之后就回船休息了。多伊尔夫妇、彭宁顿和瑞斯在打桥牌，厅里就剩下波洛一个人，他正在门边的一张小桌子旁边打瞌睡。

范·斯凯勒小姐就像个出巡的皇帝那样，由科妮丽亚和鲍尔斯小姐搀扶着离开了大厅。经过波洛的座位时，她停住脚。波洛礼貌地站起来，使劲忍着没打呵欠。

范·斯凯勒小姐说：“我刚刚得知你是谁，波洛先生。我可以告诉你，我是从老朋友鲁弗斯·奥尔丁那里听说你的。有时间你要跟我讲讲你办过的案子。”

波洛眨了眨睡意蒙眬的双眼，夸张地冲她鞠了一躬。范·斯凯勒小姐礼貌但赏赐般地点了点头，走了过去。

波洛又打了一个呵欠。他睡意沉沉，动作迟钝，连眼皮都撑不起来了。他扫了一眼那些沉浸在桥牌中的人，又看了一眼专心看书的年轻人范索普。整个大厅就他们几个人了。

他走出旋转门来到甲板上，跟匆匆走来的杰奎琳·德·贝尔福特差点撞个正着。

“对不起，小姐。”

“你好像很困倦，波洛先生。”她说。

他坦承道：“对啊，我困极了，眼睛都睁不开了。今天闷热得让人难受。”

“是啊，”这种天气似乎也让她闷闷不乐，“这样的天气做什么都不行——全都完蛋！当人觉得不能再忍耐下去的时候……”

她的声音很低沉，充满了感情。她并没有看他，而是看着沙滩，双手紧握，非常僵硬……

忽然，她放松了，说：“晚安，波洛先生。”

“晚安，小姐。”

他们对视了一下，只是一刹那。第二天他回想起这个场景时，得出了一个结论，那目光之中含有一份恳求的意味。他以后会想起这个眼神的。

科妮丽亚在执行完范·斯凯勒小姐的各种命令之后，打算回到观景舱里。她一点也不困，相反，她觉得很清醒，还有点兴奋。

四个人还在打桥牌。安静的范索普先生坐在另一张椅子上看书。

科妮丽亚拿着针线坐了下来。

突然，门开了，杰奎琳·德·贝尔弗特走了进来。她站在门口，头高高地仰着。接着，她按了一下铃，漫步穿过大厅，在科妮丽亚旁边坐了下来。

“你上岸了？”她问。

“对。我觉得月光下的景色都很迷人。”

杰奎琳点点头。“是啊，美好的夜晚……一个真正适合度蜜月的夜晚。”

她的目光落向桥牌桌，在琳内特·多伊尔身上逗留了一会儿。

听到铃声，侍者走了进来。杰奎琳要了双份的杜松子酒。点酒的时候，西蒙·多伊尔瞥了她一眼，眉间有一丝淡淡的焦虑。

他妻子说道：“西蒙，大家等你叫牌呢。”

杰奎琳轻轻地哼着小曲。酒端上之后，她拿起酒杯，说：“为犯罪干杯。”一口气喝光后，她又要了一杯。

西蒙又从桥牌桌那边往这里看了一眼。他叫牌的时候有些心不在焉，他的搭档彭宁顿叫他出牌。

杰奎琳又开始哼歌，声音越来越响：“他是她的情人，却伤害了她……”

“抱歉，”西蒙对彭宁顿说，“我没应你的牌，让他们赢了。”

琳内特站起身来。“我困了，要去睡了。”

“是该休息去了。”瑞斯上校说道。

“我跟你一起走。”彭宁顿表示同意。

“你来吗，西蒙？”

西蒙缓缓地说：“待会儿再去，我想先喝一杯。”

琳内特点点头，走了。瑞斯跟在她后面。彭宁顿喝完杯中的酒，也跟了出去。

科妮丽亚开始收拾她的针线活儿。

“别去休息，罗布森小姐，”杰奎琳说，“请别走。今晚我不想睡，别丢下我一个人。”

科妮丽亚又坐了下来。

“我们女孩子应该团结一致。”杰奎琳说。

她仰头大笑——声音刺耳，且毫无笑意。第二杯酒送了过来。

“喝一点吧。”杰奎琳说。

“不了，谢谢。”科妮丽亚回答。

杰奎琳靠在椅背上，大声哼唱着：“他是她的情人，却伤害了她……”

范索普先生翻过一页《欧洲内情》。

西蒙·多伊尔拿起一本杂志。

“真的，我该去休息了，”科妮丽亚说，“很晚了。”

“你还不能去睡，”杰奎琳说，“我不准你走。跟我说说你的事吧。”

“哦，我不知道。没什么好说的，”科妮丽亚支吾着说，“我平时都待在家里，没去过什么地方。我是第一次来欧洲大陆，这次旅行的每一分钟都觉得很开心。”

杰奎琳笑了。“你是个快乐的人，对吧？天哪，我真想成为你那样。”

“哦，是吗？我是说——我相信——”

科妮丽亚有些慌张。显然，德·贝尔福特小姐喝多了。对科妮丽亚而言，这没什么稀奇的，在禁酒的时期她也见过很多醉鬼。但还有别的什么事让她不安……杰奎琳·德·贝尔福特在跟她说话，眼睛看着她，可是，科妮丽亚觉得，不知为何，她好像在跟其他人说话……

这时房间里除了她们俩，只剩下两个人了：范索普先生和多伊尔先生。范索普先生完全沉浸在他的书里，多伊尔先生的表情则有些古怪——脸上有一种警戒的神情……

杰奎琳又在说："跟我说说你自己。"

科妮丽亚总是那么顺从，她努力地开始介绍自己。她说得很费力，说了很多日常生活中的琐碎小事。她不是健谈的人；她的角色就是倾听者。不过德·贝尔福特小姐好像很想知道她的事。每当科妮丽亚结巴着说不下去时，女孩就立刻催促她："说吧，我想多知道一点。"

于是科妮丽亚就继续说下去。"当然，母亲很虚弱，好几天除了麦片粥什么都吃不下去。"她知道自己说的这些都很无聊，因而情绪并不怎么高涨，可是杰奎琳那种表面上的兴趣让她受宠若惊。但是，她真的感兴趣吗？她是不是在听其他的事？或许，是因为其他的事才让她讲的？她正看着科妮丽亚，没错，可是房间里确实还有别人。

"当然，我们有很不错的美术课，去年冬天的时候我学习了——"(现在有多晚了？肯定很晚了。她还在不停地讲啊讲。要是能发生什么事就好了……)

就在这时，好像为了满足这个愿望一样，有些事发生了。只是，在那个时刻，这件事发生得很自然。

杰奎琳扭过头对西蒙·多伊尔说："按一下铃，西蒙，我还要喝一杯。"

西蒙把头从杂志上面抬起来，轻声说道："侍者都去休息了，已经大半夜了。"

"我告诉你我还要喝一杯。"

西蒙说："你已经喝了很多了，杰姬。"

她转过身对着他。"该死的，跟你有什么关系？"

他耸耸肩。“没关系。”

她盯着他看了一两分钟，然后说道：“怎么，西蒙，你害怕了？”

西蒙没有回答，又小心地拿起杂志来。

科妮丽亚喃喃地说：“哦，天哪，很晚了，我得——”

她摸索着，一个顶针掉了出来……

杰奎琳说：“别去睡。我需要另一个女人在这儿——支持我。”她又开始笑起来了，“你知道那边的那位西蒙害怕什么吗？他害怕我告诉你我的故事。”

“哦——呃——”科妮丽亚有点语无伦次了。

杰奎琳清晰地说道：“你知道，他和我曾经订过婚。”

“哦，真的吗？”

科妮丽亚是他们两人矛盾的牺牲品。她尴尬极了，但同时又觉得有些刺激和高兴。西蒙·多伊尔的表情可真难看。

“是的，这是个非常悲伤的故事。”杰奎琳说，她那柔和的声音很低沉，有种嘲讽的味道，“他对我很差，对吗，西蒙？”

西蒙·多伊尔粗鲁地说：“睡觉去，杰姬，你喝醉了。”

“如果你觉得尴尬，亲爱的西蒙，最好还是离开这间屋子。”

西蒙·多伊尔看着她，拿着杂志的双手有些颤抖，但声音很生硬。“我就要待在这儿。”他说。

科妮丽亚第三次喃喃地说：“我真的要——很晚了……”

“你别走。”杰奎琳说着，伸出手把女孩一把按在椅子里，“待在这儿，听我说。”

“杰姬，”西蒙厉声说，“你这是在出洋相！看在上帝的分上，睡觉去吧！”

杰奎琳忽然坐直了身子，话语如流水般从她嘴里汩汩而出。

“你害怕这场景，对吗？那是因为你太英国化，太含蓄了！你想让我举止‘高雅’吗？可我不在乎自己的举止高不高雅！你最好快点离开这儿，因为我要说——说很多！”

吉姆·范索普仔细地合上书，打了个呵欠，又看看手表，站起来走了出去。这是典型的英国式作风。杰奎琳在椅子上转过身，瞪着西蒙。

“你这该死的蠢货，”她声音沙哑，“你以为这么对待我，一切就结束了吗？”

西蒙·多伊尔张了张嘴，又闭上了。他静静地坐在那儿，好像以为只要自己不说话激怒她，她爆发的情绪就会平静下来。

杰奎琳的声音变得更加沙哑而含混不清。这强烈地震撼着科妮丽亚，她完全不习惯这种赤裸裸的情感。

“我对你说过，”杰奎琳说，“我宁可杀了你，也不想眼睁睁地看你去找另外一个女人……你以为我是在说笑吗？你错了。我只是一直在——等待！你是我的男人！你听见没有？你属于我。”

西蒙仍然没说话。杰奎琳的手在衣服里摸索了片刻，身体前倾。

“我说过我会杀了你，我说到做到。”

她忽然举起了手，手上有个东西微微地闪了一下。

“我会像打死一条狗那样打死你——你这只下流的狗。”

现在，西蒙终于采取行动了。他跳了起来，但与此同时，她扣动了扳机……

西蒙身子转过一半，从椅子上面翻滚下来……科妮丽亚尖叫着冲向门口。吉姆·范索普正倚靠在甲板的栏杆上，她对他喊道：“范索普先生……范索普先生！”

他跑过来。她抓住他，混乱地说：“她开枪了——啊，她冲他开枪了……”

西蒙·多伊尔仍然半躺在椅子上，杰奎琳站在那儿呆若木鸡，浑身剧烈地颤抖着，圆睁着双眼，恐惧地瞪着从西蒙裤脚里渗出来的鲜红色的血。西蒙用一块手帕紧紧地按在伤口上。

她结结巴巴地说：“我不是故意的……哦，上帝啊……我真的不是故意的……”

手枪从她那哆嗦的手指中啪的一声掉在了地上。她一脚踢开，手枪滑进一张长椅下面。

西蒙微弱地说道：“范索普，看在上帝的分上——要是有人来……就说没事——意外之类的。别宣扬出去。”

范索普马上心领神会。他点点头，飞快地跑到门口，在那儿出现了一张惊恐的努比亚人的脸。范索普说：“没事——没事。只是个玩笑！”

黑人侍者很困惑，一脸半信半疑。然后，他放下心，咧着嘴笑笑，点点头走了。

范索普转过身。

“好了。没有其他人听到了。你知道，只是像个软木塞跳出来的声音。现在，下一步——”

他吓了一跳。杰奎琳歇斯底里地大哭起来。

“哦，上帝，真希望我死了……我要杀了自己。我还是死了的好……哦，我做了什么——我做了什么啊！”

科妮丽亚连忙跑过来。“嘘，亲爱的，嘘。”

西蒙的额头上全是汗水，脸因痛苦而扭曲着。他着急地说：“把她带走！看在上帝的分上，把她从这儿带走！让她回自己的房间，范索普！听我说，罗布森小姐，把你的那位护士请过来，”他哀求地望着他们，“别离开她。让护士好好照看她。然后去找贝斯纳，请他到这儿来。看在上帝的分上，别让我妻子知道任何消息。”

吉姆·范索普领会地点点头。这个沉默的年轻人在紧急关头显得十分冷静能干。

他和科妮丽亚搀扶着又哭又闹的杰奎琳走出大厅，顺着甲板走回她的房间。到了那儿，她闹得更凶了，挣扎着要跑出去，哭得越发厉害。

“我淹死算了……淹死算了……我要……哦，西蒙——西蒙！”

范索普对科妮莉娅说：“最好请鲍尔斯小姐过来。我留在这儿，你去找她。”

科妮丽亚点点头，赶紧出去了。

她一走，杰奎琳就抓住了范索普。

“我不能在这儿……他的腿——在流血——断了……他会流血过多而死的。我得去找他……哦，西蒙——西蒙——我怎么能这么做？”

她提高了嗓门。范索普着急地说：“安静——安静。他会没事的。”

她又开始挣扎。

“让我走！让我跳河……让我去死！”

范索普抓着她的肩膀，强行把她按在床上。“你必须待在这儿。别大惊小怪了，振作起来。我跟你说，不会有事的。”

这个近似发狂的女孩总算能稍微控制住自己了，这让他松了口气。帘子被拉向一旁，高效的鲍尔斯小姐穿着一件整洁但是相当难看的和服式睡衣，由科妮丽亚带着走了进来，范索普这才彻底放松下来。

“好了，”鲍尔斯小姐利落地问，“出了什么事？”

没有任何惊讶或者不安，她立刻着手护理病人。

范索普满怀感激地把这个紧张过度的女孩交给了能干的鲍尔斯小

姐，然后急忙走向贝斯纳医生的舱房。他敲了敲门，便推门而入。

“贝斯纳医生？”

震耳欲聋的鼾声减弱了，有个被吓了一跳的声音问道：“怎么了？什么事？”这时，范索普已经开了灯，医生像只大猫头鹰那样眨着眼睛看着他。

“是多伊尔先生。他被枪打中了。德·贝尔福特小姐开的枪。他就在大厅，你能去一下吗？”

胖医生迅速做出了反应。他问了几个简短的问题，穿上拖鞋、睡衣，拿起一个小药箱，便跟着范索普来到了大厅。

西蒙想办法打开了旁边的窗户，头靠在上面，呼吸着新鲜的空气，脸色白得吓人。贝斯纳医生走到他身边。

“啊，怎么了？这里出了什么事？”

地毯上有一块满是鲜血的手帕，还有一块黑色的血迹。

医生一边做检查，一边发出日耳曼人特有的咕哝声和感叹声。“嗯，这儿很糟……骨折了，流了很多血。范索普先生，你得跟我一起把他抬到我房间里去。对，就是这样。他走不了路，我们得这样抬着。”

他们扶起他来的时候，科妮丽亚在门口出现了。看见她，医生满意地咕哝了一声：“呀，是你！一块儿来吧，我需要一个帮手。你比这儿的这位朋友更合适，他的脸色已经有些苍白了！”

范索普苦笑了一下。“要我去找鲍尔斯小姐吗？”他问。

贝斯纳医生考虑着，看了科妮丽亚一眼。

“你会做得很好的，小姐，”他说，“你不会晕过去，也不会笨手笨脚，对吗？”

“我会照你说的去做。”科妮丽亚热切地说。

贝斯纳满意地点了点头。

他们沿着甲板走了。

接下来的十分钟是手术时间。整个过程中吉姆·范索普先生相当不舒服。看到科妮丽亚表现得比自己更为坚强，他不禁暗自羞愧起来。

“好了，我尽最大努力了。”终于，贝斯纳医生说，“你是个英雄，我的朋友。”他赞赏地拍了拍西蒙的肩膀，然后卷起袖子，拿出一支皮下注射器和针头，“现在，我会给你打一针，让你睡觉。你妻子怎么办？”

西蒙虚弱地说：“她明天早上再知道也不晚。”他接着说下去，“我——你别责怪杰姬……都是我的错。我对不起她——可怜的孩子——她不知道自己在做什么……”

贝斯纳医生点点头，表示理解。

“是的，是的——我明白……”

“是我的错。”西蒙迫切地说。他的目光落在科妮丽亚身上。“应该……有人……陪着她。她可能……会伤害自己。”

贝斯纳医生给西蒙打了一针，科妮丽亚平静地说：“没事的，多伊尔先生。鲍尔斯小姐整晚都会陪着她的。”

西蒙的脸上闪过些许感激。他的身体放松了，眼睛也闭上了。忽然，他猛一睁眼。“范索普？”

“我在这儿，多伊尔。”

“那把枪……别乱放。侍者们早上会发现的。”

范索普点点头。“好的，我现在就拿走。”

他出了门，沿着甲板走过去。鲍尔斯小姐出现在杰奎琳的门口。

“她现在没事了，”她说，“我给她打了一针吗啡。”

“但你还是会陪着她，对吧？”

“哦，是的。吗啡会让某些人兴奋。我晚上都会待在这儿。”

范索普继续朝大厅走去。三分钟之后，贝斯纳的房间传来轻轻的敲门声。

“贝斯纳医生？”

“怎么了？”矮胖男人出现在门口。范索普招手示意他来甲板上。

“听着，我没找到那把枪。”

“什么？”

“那把枪。它从那女孩手里掉下来，她把枪踢进了长椅底下，可现在那儿没有了。”

两人面面相觑。

“但是谁会拿走呢？”

范索普耸耸肩。贝斯纳说：“真奇怪。可我不知道该怎么办。”

带着疑惑和隐约的恐惧，两个人各自回房了。

第十二章

赫尔克里·波洛从刚刮干净的脸上抹去泡沫，这时传来了一阵急促的敲门声。使劲敲了几下之后，瑞斯上校径自闯了进来，随手关上了门。

他说："你的直觉很准，有事发生了。"

波洛直起腰，警觉地问："怎么了？"

"琳内特·多伊尔死了——昨天晚上，一颗子弹打穿了她的脑袋。"

波洛沉默了片刻，两件往事清晰地浮现在眼前：一个女孩站在阿斯旺花园里，生硬而急促地说："我要用我心爱的小手枪抵住她的脑袋，只需要动一动手指……"另一件事时间更近一些，仍然是这个声音："当人觉得不能再忍耐下去的时候，事情就会在那一天爆发！"还有她眼神中一闪而过的恳求。他为什么没有对这种求助做出回应呢？他就想着睡觉，放任自己变成了瞎子、聋子和傻子。

瑞斯继续说道："因为我的官方身份，他们过来找我，让我办理这件事。船半小时之后就起程了，但是现在必须经过我的同意。当然，凶手也有可能来自岸上。”

波洛摇了摇头。瑞斯默默地表示同意。

“我同意。完全可以排除在外。好吧，朋友，一切都听你的。看你的了。”

波洛穿上一件剪裁精致的衣服，说：“听你吩咐。”

两个人来到甲板上。

瑞斯说：“现在贝斯纳应该在那儿。我让侍者去叫他。”

船上有四间带浴室的豪华套房。两间在左边，分别住着贝斯纳医生和安德鲁·彭宁顿。右边两间则住着范·斯凯勒小姐和琳内特·多伊尔，她丈夫的更衣室则在隔壁。

一个面色苍白的侍者站在琳内特·多伊尔的房门口。他打开门，让他们走了进去。贝斯纳医生正俯身站在床边，这两人进来后，他抬头看了看，嘀咕了一声。

“关于这件事，医生，你有什么发现吗？”瑞斯问。

贝斯纳摸着胡子拉碴的下巴，沉思着。

“啊！她是被枪杀的——被近距离打中。看——这儿，就在耳朵上方——子弹从这里穿过去。很小的一颗子弹，我认为是点二二口径的。手枪紧贴她的头；看，这儿是黑的，皮肤被烧焦了。”

波洛又回想起了那些让人不舒服的往事，在阿斯旺的那番话。贝斯纳继续说着：“她当时睡着了，所以没有挣扎的痕迹，凶手摸黑潜进来，对她开了一枪。”

“啊！不对！”波洛喊出声来。他满腔愤慨，不能接受这种说法。杰奎琳·德·贝尔福特悄悄溜进黑暗的房间里，手里拿着手枪——不，这不符合他心里的那幅景象。

贝斯纳透过厚厚的镜片盯着他。

“但我告诉你，事情就是这样。”

“是的，是的。我不是说你的推测，并不是在反驳你。”

贝斯纳满意地嘟囔了一声。

波洛走过去站在他旁边。琳内特·多伊尔侧身躺在那儿，一脸的自然和平静，但是在她耳朵上方有一个小小的洞，周围是凝固了的血痂。

波洛伤心地摇了摇头。

然后，他的目光落在面前的白色墙壁上，不由得深吸一口气。上面有一个用红棕色液体歪歪扭扭写成的大大的字母“J”。

波洛瞪了它一会儿，然后弯下腰轻轻地拿起死去女孩的右手，其中一个指头上就沾有这种红棕色的液体。

“该死的！”赫尔克里·波洛脱口骂道。

“呃？那是什么？”

贝斯纳医生抬头看看。“哎呀！那个。”

瑞斯说：“见鬼了！波洛，你怎么看？”

波洛晃晃了身子。“你问我的想法，嗯，这很简单，不是吗？多伊尔夫人快死了，她想说出谁是凶手，所以用指头蘸着血写下了凶手名字的首字母。哦，没错，就是这么简单。”

“啊！可是——”

贝斯纳医生正想说话，又被瑞斯不容置辩的手势给挡了回去。

“这就是你的想法吗？”他慢条斯理地问道。

波洛转向他，点点头。

“没错，是的，正如我所说，这简直是太简单了！很熟悉，不是吗？在犯罪小说中经常会有这种事。确实是个小花招。这让我们怀疑凶手是个老派的人！”

瑞斯深吸一口气。

“我明白了，”他说，“刚开始我以为……”他打住了。

波洛微微一笑。“你以为我会相信这种荒唐的老把戏吗？抱歉，贝斯纳医生，你刚才想说——”

贝斯纳喉音浓重地说：“我想说什么？哼！我说这很荒谬，完全没道理！这位可怜的女士是当场死亡，用手指蘸血——你们也看到了，根本没什么血——在墙上写下了字母 J？呸，一派胡言，耸人听闻的废话！”

“嗯，说得对，太傻了。”波洛说。

“这么做是有目的的。”瑞斯说。

“那个——自然是了。”波洛表示同意，表情严肃。

“J 代表什么？”瑞斯问。

波洛马上回答说：“J 指的是杰奎琳·德·贝尔福特，一个年轻的女孩。不到一个星期之前她跟我说过，她对什么事都没有兴趣，只想着——”他顿了顿，故意用了原话，说，“用我心爱的小手枪抵着她的脑袋，只需要动一动手指。”

“我的天哪！”贝斯纳医生大喊。

大家陷入了沉默，然后，瑞斯深吸一口气，说：“就像现在这样的结局。”

贝斯纳点点头。“是这样的，没错。这是一支小口径的手枪——可能是点二二的。当然，在我们得出结论之前，必须先把子弹取出来。”

瑞斯立刻心领神会地点点头，接着问道：“死亡时间呢？”

贝斯纳又摸了摸下巴，手指发出摩擦的声响。

“我无法告诉你精确的时间。现在是八点钟，考虑到昨天晚上的气温，我认为她的死亡时间大约是六小时之前，最多不会超过八小时。”

"那就是午夜到凌晨两点之间。"

"是这样的。"

停顿了一会儿，瑞斯看了看四周。

"她丈夫呢？我想他睡在隔壁房间里。"

"目前，"贝斯纳医生说，"他正在我房间里睡着。"

两个人都很吃惊。贝斯纳点了点头。

"怪不得，你们还不知道。多伊尔先生昨天晚上在大厅里中了一枪。"

"中了一枪？谁开的枪？"

"杰奎琳·德·贝尔福特，那个年轻的女孩。"

瑞斯赶紧问道："伤势严重吗？"

"严重，骨头都被打碎了。我已经尽力了，但是你们也知道，骨折的部分必须尽快照X光，并且进行适当的治疗。可船上不具备这些条件。"

波洛嘟囔着说："杰奎琳·德·贝尔福特。"

他的目光又落在了墙上的那个字母J上。

瑞斯突然说道："如果没有其他事的话，我们去下面吧。经理同意让我们用吸烟室。我们必须弄清楚昨晚发生的一切。"

他们离开房间，瑞斯锁上房门，带走了钥匙。

"我们待会儿回来，"他说，"当务之急是把所有事实搞明白。"

他们来到下面的甲板上，卡纳克号的经理正焦急地在吸烟室门口等着。这个可怜的人万分忧虑，对整件事担心不已，急着把所有的事都交给瑞斯上校处理。

"鉴于您的身份，我想最好还是由您来处理此事，先生。我完全听从您的指挥，如果您来负责，我保证一切都会按照您的吩咐去办。"

“很好！首先请收拾干净这间屋子，给我和波洛先生做调查用。”

“当然，先生。”

“暂时就这些了。你做自己的工作去吧，我知道在哪儿能找到你。”

经理离开了房间，表情好像放松了一些。

瑞斯说：“请坐吧，贝斯纳医生，跟我们说一下昨晚事情的全部经过。”

他们安静地听医生低沉地讲述着。

“非常清楚，”医生说完之后，瑞斯说，“那个女孩借着一两杯酒发起疯来，最后用一把点二二口径的手枪朝那男人开了一枪。然后她跑进琳内特·多伊尔的房间，对着她也来了一枪。”

但是贝斯纳医生摇摇头。

“不，不，我不这么想。这不可能。首先，她不可能把自己姓名的首字母写在墙上，那很荒谬，不是吗？”

“她有可能那么做，”瑞斯宣称，“如果她像自己说的那样陷入了盲目的疯狂和绝望之中，也许她想……嗯……写下自己的名字，承认自己的罪行。”

波洛摇摇头。“不，不，我觉得她不会这么做，那样很鲁莽。”

“那么，写下那个J，只有一个原因了，就是别人故意把嫌疑引到她身上。”

贝斯纳点点头。“没错，那个凶手很倒霉，因为，你知道，这个案子看起来不仅不像那个年轻的女孩干的，而且我也认为是不可能的。”

“怎么说？”

贝斯纳讲述了杰奎琳的歇斯底里，以及请鲍尔斯小姐过去照顾她的情形。

“因此我认为——我肯定——鲍尔斯小姐整晚都跟她待在一起。”

瑞斯说："如果是这样，事情就简单了。"

"谁发现尸体的？"波洛问。

"多伊尔夫人的女仆路易丝·布尔热。她像平时那样去叫醒女主人，却发现她死了。她跑出房间，昏倒在一个侍者的怀里。侍者找了经理，经理找到了我。而我先找到了贝斯纳，然后找的你。"

波洛点了点头。

瑞斯说："多伊尔得知道这事儿。你说他还在睡？"

贝斯纳点点头。"是的，他还在我房间里睡着。昨晚我给他服了大剂量的镇静剂。"

瑞斯转向波洛。

"那好吧，"他说，"我想我们别再耽误医生了，对吧？谢谢你，医生。"

贝斯纳站了起来。"我得去吃早饭了，然后回房间看看多伊尔先生醒没醒。"

"谢谢。"

贝斯纳走了。剩下的两个人对视一眼。

"那么，你是怎么想的，波洛？"瑞斯问，"你是负责这个案子的人，我听你的。你说怎么办？"

波洛欠了欠身。

"好吧，"他说，"我们必须开始调查。首先，我想我们得核实一下昨晚的事情，也就是说，我们得去询问范索普和罗布森小姐，他们俩是事发时的目击者。那把失踪的手枪非常重要。"

瑞斯按了按铃，让侍者捎信去了。波洛叹了口气，摇摇头。

"太糟糕了，这个，"他咕哝着，"太糟了。"

"你是怎么想的？"瑞斯好奇地问。

“我的想法很矛盾，还没有组织好，非常混乱。你知道，这里面有个非常重要的事实就是，这个女孩憎恨琳内特·多伊尔，并且想要杀了她。”

“你认为她做得了这件事吗？”

“我想是这样的——是的。”波洛迟疑地说。

“但不会使用这种方式？这才是让你困扰的，对吗？不会在黑暗中偷偷溜进她的房间，趁她睡着后打死她。这种残酷冷血的方法很不真实，对吗？”

“从某种意义上来说，是这样的。”

“你觉得这个女孩，杰奎琳·德·贝尔福特，不可能犯下这种残酷冷血的谋杀？”

波洛缓缓地说：“你知道，我不确定。她有过这种想法，没错。但是我觉得她不会身体力行。”

瑞斯点点头。“嗯，我明白……况且，按照贝斯纳的说法，这的确不可能。”

“如果真是那样的话，倒也消除了很多疑点。但愿他说的是真的。”波洛顿了顿，又简单地补充道，“如果是这样，我会很高兴，因为我很同情这个小姑娘。”

门开了，范索普和科妮丽亚走进来，贝斯纳医生跟在后面。

科妮丽亚气喘吁吁地说：“太可怕了！可怜的……可怜的多伊尔夫人！她那么美。杀害她的人肯定是个真正的魔鬼！还有可怜的多伊尔先生，他知道了一定会发疯的。昨天晚上他担心极了，生怕多伊尔夫人知道他受伤了。”

“这正是我们希望你讲的，罗布森小姐，”瑞斯说，“我们想知道昨天晚上究竟发生了什么事。”

开始的时候科妮丽亚有点慌乱，但是波洛提出的一两个问题帮她平静了下来。

“啊，是的，我知道。打完桥牌之后，多伊尔夫人回自己的房间去了。可我怀疑她是不是真的回去了。”

“她回去了，”瑞斯说，“我看到她了，还在门口跟她说了晚安。”

“那是几点钟？”波洛问道。

“抱歉，我说不上来。”科妮丽亚回答。

“是十一点二十分。”瑞斯说。

“好。也就是说，在十一点二十分的时候，多伊尔夫人还活着。那时候都有谁在大厅？”

范索普回答说：“多伊尔先生在那儿，还有德·贝尔福特小姐、我和罗布森小姐。”

“是这样，”科妮丽亚同意道，“彭宁顿先生喝了些酒，然后睡觉去了。”

“在多伊尔夫人走后多久？”

“哦，大概三四分钟。”

“那就是在十一点半以前？”

“哦，是的。”

“那么，厅里还剩下你、罗布森小姐、德·贝尔福特小姐、多伊尔先生和范索普先生。你们在做些什么？”

“范索普先生在看书，我在做刺绣，德·贝尔福特小姐在——她在——”

范索普替她说了：“她喝多了。”

“是的，”科妮丽亚表示同意，“她主要是跟我说话，问我家里的一些情况。她不停地说了很多话——主要是对着我，但是我觉得她都是说给多伊尔先生听的。他有点生她的气，不过没说什么。我觉得他以为只要不说话，德·贝尔福特小姐就能冷静下来。”

“但她没有？”

科妮丽亚摇摇头。“有一两回我想走，可她让我留下。我觉得越来越不自在，后来范索普先生站起来走了——”

“当时有些尴尬，”范索普说，“我想应该趁人不注意走开。显然，德·贝尔福特小姐就想当场大吵一架。”

“她拿出了枪，”科妮丽亚接着说道，“于是多伊尔先生跳起来想把枪拿走，可是枪响了，打中了他的腿。然后她哭了起来，大喊大叫的——我快要吓死了，跟在范索普先生后面跑了出去。他跟着我回来了，多伊尔先生说不要大惊小怪。听到枪声之后，一个努比亚侍者跑了过来，但是范索普先生告诉他没什么事。后来我们把杰奎琳送回她自己的房间，范索普先生陪着她，我去叫鲍尔斯小姐了。”

科妮丽亚喘着粗气停了下来。

“那时候是几点？”瑞斯问道。

科妮丽亚又说：“请原谅，我不知道。”

但是范索普立刻答道：“是十二点二十左右，我知道，因为后来我回到自己房间时，是十二点半。”

“我还有一两个问题。”波洛说，“多伊尔夫人离开大厅以后，你们四个人中有人离开吗？”

“没有。”

“你确定其间德·贝尔福特小姐完全没离开过吗？”

范索普立刻答道：“肯定没有。德·贝尔福特小姐、罗布森小姐和我都没有离开过。”

“很好。基于这个事实，德·贝尔福特小姐不可能在——这么说吧——十二点二十分以前打死多伊尔夫人。罗布森小姐，你那时候去找鲍尔斯小姐了，在那段时间里，德·贝尔福特小姐一个人在房间里吗？”

“不，范索普先生跟她在一起。”

“好！到目前为止，德·贝尔福特小姐有充分的不在场证明。我们要见的下一个人是鲍尔斯小姐。不过，在叫她过来之前，我有一两个问题想听听你们的意见。你说，多伊尔先生非常担心德·贝尔福特小姐独自待着，那么你认为，他是不是在担心她会草率地采取进一步的行动？”

“我是这么认为的。”范索普说。

“他肯定是在担心她会伤害多伊尔夫人？”

“不，”范索普摇摇头，“我觉得他不是这么想的。我觉得他在担心她会——呃，对自己做傻事。”

“自杀？”

“是的。你知道，她好像彻底清醒过来了，而且对自己做的事难过得要命，满心自责，一直在说死了算了。”

科妮丽亚怯生生地说：“我觉得他很担心她。他说话——很温和。他说这都是自己的错——是他对不起她。他……他真的很好。”

赫尔克里·波洛若有所思地点点头。

“现在，说一说手枪。”他接着问，“手枪呢？”

“她扔了。”科妮丽亚说。

“后来呢？”

范索普讲述了自己去找枪但没找到的事。

“啊！”波洛说，“现在开始有些眉目了。请你们说得精准一些，把当时发生的事原原本本地告诉我。”

“德 · 贝尔福特小姐手中的枪掉在了地上，她用脚把它踢开了。”

“她有点恨它，”科妮丽亚解释说，“我明白她当时的心情。”

“你是说，枪滑到一张长椅下面了。现在，好好想一想，德 · 贝尔福特小姐离开大厅之前，没有拾起那枪吧？”

范索普和科妮莉娅都非常确定这一点。

“精确性。你们知道，我只是希望能百分之百准确。所以，我们能得出这样的结论：德 · 贝尔福特小姐离开大厅的时候，枪还在长椅的下面。而且，既然德 · 贝尔福特小姐不是独自一人——范索普先生、罗布森小姐或者鲍尔斯小姐陪着她——那么，她离开大厅之后，是没有机会去拿回那把枪的。范索普先生，你回来找枪的时候是几点钟？”

“肯定在十二点半之前。”

“从你和贝斯纳医生扶着多伊尔先生走出大厅，到你回来找枪，中间隔了多久？”

“可能有五分钟，或者更长一些。”

“那么，在这五分钟里，有人从椅子下面——这个地方是在人们的视线之外——拿走了枪。这个人不是德 · 贝尔福特小姐，那会是谁呢？很有可能拿走枪的那个人就是杀害多伊尔夫人的凶手。我们也可以假定，这个人偷听或者偷看了刚刚发生的事。”

“我不明白你为什么这么想。”范索普表示反对。

“因为，”赫尔克里 · 波洛说，“你刚刚告诉我们，手枪掉在了人们看不到的椅子下面，所以，几乎不太可能是无意中被人发现的。拿走枪的人知道枪在哪儿，因此这个人一定在现场帮过忙。”

范索普摇摇头。“开枪之后，我没在甲板上看见过别人。”

“啊，可你是从右舷门走出去的。”

“是的，我房间的门也在这边。”

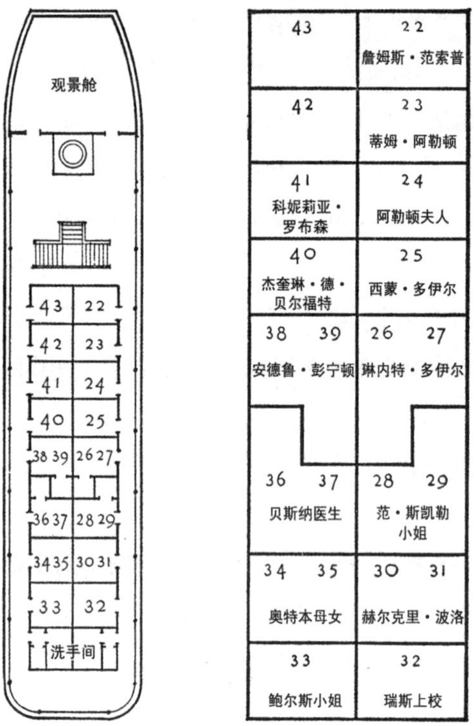

甲板　　房间

卡纳克号顶层平面图

“那么，要是有人从左舷门通过窗户往里看，你是看不到的吧。”

“是的。”范索普承认道。

“除了那个努比亚侍者，还有谁听见枪声了？”

“据我所知，没别人了。”范索普继续说道，“你看到了，这里的窗户都是关着的，傍晚的时候，范·斯凯勒小姐觉得风太大了，所以连旋转门也给关上了。我觉得根本听不清枪声，因为那就像是软木塞蹦出来的声音似的。”

瑞斯说：“就我所知，没人听见第二声枪响——就是打死多伊尔夫人的那一枪。”

“稍后再说这个。”波洛说，“现在，我们谈谈德·贝尔福特小姐。我们必须问一问鲍尔斯小姐，但是，在离开之前，”他做了个手势示意范索普和科妮丽亚不要走，“你们先跟我说说自己的情况，这样就不用再进来一次了。先生，你先……你的全名是？”

“詹姆斯·雷克达尔·范索普。”

“地址？”

“北安普敦郡，唐宁顿市，格拉斯莫尔大楼。”

“你的职业？”

“我是个律师。”

“为什么来这个国家？”

喜怒不形于色的范索普先生没有立刻回答，他似乎有些吃惊。最后，他嗫嚅地说出了几个字：“呃……来玩。”

“哎呀，”波洛说，“你是来度假的，对吧？”

“呃——是的。”

“很好，范索普先生，你可否说一下，昨晚发生那些事情之后，你做了什么？”

“我直接睡觉去了。”

“是在——”

“就在十二点半刚过。”

“你的房间是右舷二十二号——离观景舱最近的那个？”

“是的。”

“再问你一个问题。回房间之后你有没有听见什么声音——任何声音？”

范索普想了想。

“我立刻上床休息了。快要睡着的时候，我听到了一种类似溅水的声音。其他的就没了。”

“你听到了溅水声？就在旁边？”

范索普摇摇头。“真的说不准。我当时快要睡着了。”

“大约在几点钟？”

“可能是一点钟。我真的不知道。”

“谢谢你，范索普先生，就这样吧。”

波洛转向科妮丽亚。

“好了，罗布森小姐，你的全名是？”

“科妮莉娅·露丝。我的地址是康涅狄格州，贝尔菲尔德的红房子。”

“你为什么来埃及？”

“玛丽表姐——就是范·斯凯勒小姐——带我一起来的。”

“在这趟旅行之前，你见过多伊尔夫人吗？”

“没有，从来没有。”

“昨晚你做了些什么？”

“帮贝斯纳医生处理好多伊尔先生的腿之后，我就回去睡觉了。”

“你的房间是——”

“左舷四十一号，在贝尔福特小姐的隔壁。”

“那你听见什么声音了吗？”

科妮丽亚摇了摇头。“什么也没听见。”

“没听见溅水的声音？”

“没有，不过我是听不到的，因为我的房间在左舷，靠着河岸。”

波洛点点头。“谢谢你，罗布森小姐。现在，可否请你把鲍尔斯小姐找过来？”

范索普和科妮丽亚走了出去。

“看起来情况很清晰了，”瑞斯说，“除非这三个不相干的证人都在撒谎，否则德·贝尔福特小姐不可能拿到那把枪。但是有个人拿到了，他偷听了事情经过，还愚蠢到在墙上写了个J。”

这时传来一阵轻轻的敲门声，鲍尔斯小姐走了进来。这位护士像往常那样从容自信地坐下。按照波洛的提问，她回答了自己的姓名、地址和职业，然后补充道：“我为范·斯凯勒小姐服务两年多了。”

“范·斯凯勒小姐的身体很差吗？”

“哦，不，我不这么认为。”鲍尔斯小姐回答，“只是她不再年轻了，对自己的身体状况很紧张，希望身边有个护士陪着。事实上她的身体没什么大毛病，她只是喜欢别人多多照顾她，而且也愿意付钱。”

波洛理解地点点头，又问：“我听说昨天晚上罗布森小姐找你过去了？”

“嗯，没错，是这样。”

“你能确切地告诉我发生了什么事吗？”

“好。罗布森小姐简单说了一下事发经过，之后我就跟她过去了。我发现德·贝尔福特小姐处于一种非常激动、歇斯底里的状态。”

“她有没有说什么威胁多伊尔夫人的话？”

“没有，没说。她处于一种严重的自责之中。她喝了很多酒，我得说，是那些酒让她如此痛苦。我觉得她不能一个人待在那儿，于是给她打了一针吗啡，然后坐下来陪着她。”

“好的，鲍尔斯小姐，请你回答这个问题：德·贝尔福特小姐离开过她的房间吗？”

“没有。”

“那你呢？”

“我陪着她一直到今天早上。”

“你肯定吗？”

“非常肯定。”

“谢谢你，鲍尔斯小姐。”

女护士走了出去，瑞斯和波洛你看看我，我看看你。

德·贝尔福特小姐跟凶杀案绝对没有关系，那么，是谁杀了琳内特·多伊尔？

第十三章

瑞斯说："有人偷走了手枪。不是杰奎琳·德·贝尔福特，但此人充分了解情况，知道自己的罪行一定会被算在杰奎琳头上。可他不知道护士给她打了一针吗啡，并且陪了她一整晚。还有一件事：之前有人从峭壁上推下一块大石头想杀死琳内特，这人也不是杰奎琳·德·贝尔福特，是谁呢？"

波洛说："如果说这个人不可能是谁，会更简单些。既不是多伊尔先生、阿勒顿夫人、蒂姆·阿勒顿、范·斯凯勒小姐，也不是鲍尔斯小姐。他们都跟此事无关。他们那时候都在我的视线范围之内。"

"唔，"瑞斯说，"剩下来的人还不少呢。动机是什么？"

"这也正是我希望多伊尔先生能帮助我们的地方。还有几件小事——"

门开了，杰奎琳·德·贝尔福特走了进来。她脸色苍白，走路也踉踉跄跄的。

"我没做，"她说，就像一个吓坏了的孩子，"我没做，哦，请相信我。大家都会觉得是我干的——可我没有——我没有。这……这很可怕。我真希望没发生这种事。昨天晚上我差点杀了西蒙，我想我是疯了，可我没干别的……”

她坐下来，泪水夺眶而出。

波洛轻轻地拍了拍她的肩膀。

“好啦，好啦，我们知道你没杀害多伊尔夫人。已经证明了——是的，证明了，孩子，不是你。”

杰奎琳忽然直起腰，手里攥着被泪水打湿的手帕。

“那是谁干的？”

“这个，”波洛说，“这也正是我们问自己的问题。这个你帮不了我们，是吗，孩子？”

杰奎琳摇摇头。“我不知道……我想象不出来……不，我完全不明白。”她眉头紧锁，“不，”最后她说道，“我想不出来有谁希望她死，”她有点结巴，“除了我。”

瑞斯说：“对不起——我刚想到一些事。”他匆忙离开了房间。

杰奎琳·德·贝尔福特低着头坐在那儿，紧张不安地绞着手指。忽然她脱口而出：“死亡太可怕了——太可怕了！我……我不愿想到死。”

波洛说：“是的，想到死亡不是一件令人高兴的事，对吗？可现在，就在这一刻，某人因为成功地实施了自己的计划而欢呼呢。”

“别……别这么说！”杰奎琳大喊，“你这话听起来太可怕了。”

波洛耸耸肩。“这是事实。”

杰姬低声说道：“我……我是想让她死——结果她死了……而且，更糟的是……她死了——就像我说的那样死了。”

“是的，小姐，她被一颗子弹打穿了脑袋。”

她哭出声来。“那我说对了，那天晚上在瀑布旅馆，有人在偷听！”

“啊！”波洛点点头，“我还在想你是否会记得这件事呢。没错，太多巧合了——多伊尔夫人竟然像你描述的那样死了。”

杰姬打着冷战。“那天晚上那个男人——会是谁呢？”

波洛沉默了一两分钟，然后，他换了一种完全不同的腔调问道：“你肯定是个男人，小姐？”

杰姬吃惊地看着他。“是的，当然。至少——”

“怎么了，小姐？”

她皱着眉头，眼睛半闭着，努力回忆。她缓缓地说：“我觉得是个男人。”

“可现在你没那么肯定了？”

杰姬说得很缓慢：“不，我无法确定。我只是认为那是个男人——但实际上只是一个——身影——背影……”

她停了下来。波洛没说话，她问道：“你认为是个女人？可这条船上肯定没有哪个女人想要杀死琳内特啊？”

波洛只是摇了摇头。

门开了，贝斯纳出现了。

“波洛先生，你要跟多伊尔先生谈谈吗？他想见你。”

杰姬跳了起来，抓住贝斯纳的胳膊。

“他怎么样了？他——还好吗？”

“不用说，他当然不会好，”贝斯纳埋怨道，“你要知道，他骨折了。”

“可他不会死吧？”杰姬哭着说。

“哎哟，谁说他会死了？我们会把他带到文明的地方，那里可以照

X 光，并进行相应的治疗。”

“哦！”女孩的双手哆嗦着握在一起，又坐回椅子里。

波洛跟着医生来到甲板上，就在这时，瑞斯也过来了。他们走上顶层甲板，来到贝斯纳的房间。西蒙·多伊尔正靠着垫子和枕头躺在那里，腿上绑着一个简易的夹板。疼痛和震惊让他面无血色，但更多的是迷茫困惑——像个孩子那样晕头转向。

他喃喃地说："请进。医生告诉我了——告诉我琳内特的事了。我不能相信。我就是不能相信那是真的。”

“我知道，这是个沉重的打击。”瑞斯说。

西蒙结结巴巴地说："你知道——不是杰姬干的。我确定杰姬没干！我猜情况对她很不利，可她没做这事儿。她——那天晚上她只是有点紧张，有些激动，所以冲我开了枪。可她不会……她不会杀人……不是个冷血杀手……”

波洛温和地说："别烦恼了，多伊尔先生。不管是谁枪杀了你妻子，那个人都不是德·贝尔福特小姐。”

西蒙不解地看着他。“是真的吗？”

“不过既然不是贝尔福特小姐，”波洛继续说道，“你可否跟我们说说你认为是谁干的？”

西蒙摇摇头，表情更加困惑了。

“这太疯狂了——不可能。除了杰姬，没人想这么对她。”

“想一想，多伊尔先生，她没有仇人吗？有没有人跟她结过仇？”

西蒙又摇了摇头，还是那副绝望的表情。

“这听起来绝对荒谬，当然，温德尔沙姆算一个。她多多少少算是抛弃了他而嫁给我的——可我认为像温德尔沙姆这样有教养的呆子不会做这种事，而且他离这里很远。老爵士乔治·沃德也一样，为了房子的事跟琳内特有过节——他不喜欢她处理房子的方式。可他也在千里之外的伦敦，而且如果认为他跟谋杀有关，也太离谱了。”

“听着，多伊尔先生，”波洛很认真地说，“我们第一天登上卡纳克号的时候，我跟你的妻子说了几句话，至今让人印象深刻。她很烦——非常心烦意乱。她说——请记住这句话——每个人都恨她。她说自己很担心——不安全，好像四周都是敌人。”

“她这么心烦是因为发现杰姬也在船上。我也是。”西蒙说。

“是这样的，可还是不能解释她这些话。当她说到四周都是敌人的时候，确实很夸张，尽管如此，她指的不只是一个人。”

“在这一点上你也许是对的，”西蒙承认，“我想我可以解释这个。乘客名单上有个名字让她很烦。”

“乘客名单上的名字？叫什么？”

“哦，你知道，她并没有明确地告诉我，甚至在她说的时候我都没仔细听，我脑子里都是杰奎琳的事。我记得，琳内特说在做生意的时候打败了什么人。遇到任何跟她家庭有仇怨的人都会让她觉得不舒服。你知道，虽然我并不十分了解她的家族历史，不过就我所知，琳内特的母亲是个百万富翁的女儿，她父亲只是小有家产而已，但在他结婚后，自然而然地做起了投机生意——或者你对这一行有别的叫法。当然，结果就是，有几个人赔了钱——你知道，昨天还大富大贵，今天就穷困潦倒了。嗯，我知道船上有个人的父亲和琳内特的父亲是对头，被她父亲狠狠地打击过。我记得琳内特说：‘人们甚至都不认识你就已经恨上你了，这是非常可怕的事。’”

“没错，”波洛若有所思地说，“这就能解释她对我说的话了。她第一次感到自己继承的遗产是个负担，而不是什么好处。你能完全确定，多伊尔先生，她没对你提过那个名字吗？”

西蒙懊恼地摇摇头。“我甚至都没怎么留意，只是说了‘哦，现在没人会在意父辈身上发生的事了，生活在飞速前进’一类的话。”

贝斯纳冷淡地说：“啊，但是我可以猜一猜，船上确实有个牢骚满腹的年轻人。”

“你是说弗格森？”波洛问道。

“是的，他说过一两次多伊尔夫人的坏话呢，我亲耳听见的。”

“我们要做些什么来找出真相？”西蒙问道。

波洛回答说：“瑞斯上校和我要跟所有的游客都谈一谈。没听完他们的说辞就得出结论，这是不明智的。还有那个女仆，我们应该第一个找她谈。也许我们可以就在这里开始。多伊尔先生在场的话，可能会有帮助的。”

“是的，这是个好主意。”西蒙说。

“她跟着多伊尔夫人很久了吗？”

“只是几个月。”

“只有几个月！”波洛大声说道。

“怎么了，你不觉得——”

“夫人有什么贵重的珠宝吗？”

“她的珍珠，”西蒙说，“有次她告诉我值四五万英镑。”他哆嗦了一下，“天哪，你认为那些该死的珍珠——”

“抢劫是一个可能的动机，”波洛说，“尽管如此，这看起来有些令人难以置信……好吧，让我们看看。去叫女仆过来。”

路易丝·布尔热，就是波洛那天看到的那个泼辣的深肤色的拉丁女人。

她现在一点也不泼辣了，而是不停地哭，看上去很害怕。不过她的脸上明显露出一种十分狡猾的神情，这让两个男人不免对她有点偏见。

“你是路易丝·布尔热？”

“是的，先生。”

“你最后一次见到活着的多伊尔夫人是在什么时候？”

“昨天晚上，先生，我在房间里服侍她休息。”

“那是几点钟？”

“过了十一点了，先生。我说不准确切的时间，我伺候夫人上床休息之后就走了。”

“这花了多长时间？”

“十分钟，先生。夫人累了，她吩咐我走的时候把灯关上。”

“你离开她之后都干了些什么？”

“我回自己房间了，先生，就在下层甲板。”

“你有没有听见或者看见什么对我们有帮助的东西？”

“我能有什么帮助啊，先生？”

“小姐，这一点应该由你来说，而不是我们。”赫尔克里·波洛反驳道。

她偷偷瞄了他一眼。“可是，先生，我又不在附近……我能听见或看见什么啊？事情发生时，我在甲板下面，甚至在船的另一边，不可能听见什么。当然，如果我当时睡不着觉，或者爬上了楼梯，那么也许会看见这个凶手——恶魔——进出夫人的房间，可是——”

她哀求般地向西蒙伸出了双手。

“先生，求求你——你知道是怎么回事吗？我该怎么说？”

“我的好姑娘，”西蒙生硬地说道，“别犯傻了，没人认为你听见或看见了什么。你不会有什么事的，我会照顾你，没人会向你问罪。”

路易丝小声说：“先生真是太好了。”然后谨慎地垂下眼睑。

“那么，我们可以认为你没有听见或者看见什么？”瑞斯不耐烦地问。

“正是这样，先生。”

“那你知不知道有谁跟你的女主人有仇？”

让大家吃惊的是，路易丝重重地点点头。“哦，是的，这个我知道。对这个问题的答案，我可以万分肯定地说，我知道。”

波洛说：“你是指德·贝尔福特小姐吗？”

“她当然是，不过我说的不是她。在这船上还有一个人不喜欢夫人，因为夫人伤害过他，所以他很愤怒。”

“天哪！”西蒙喊道，“这是怎么了？”

路易丝继续说着，仍然不停地点头强调。“是的，是的，是的，就像我说的那样！这跟夫人之前的那个女仆——我的前一任——有关系。有个男人，是这条船上的机械师，想娶她。而我的前一任，她叫玛丽，也愿意嫁给他。可是多伊尔夫人调查之后，发现这个弗利特伍德已经有个老婆了——是个黑人，是这个国家的人。她已经回家乡去了，可你知道，他跟她还是夫妻。所以夫人就把所有这些都告诉了玛丽，而玛丽非常伤心，也不愿意再跟弗利特伍德见面了。这个弗利特伍德气愤极了，当他发现多伊尔夫人就是以前的琳内特·里奇卫小姐时，他告诉我他要杀了她！他说她的干涉毁了他的生活。”

路易丝得意扬扬地停了下来。

“有意思。”瑞斯说。

波洛转向西蒙。“你知道这件事吗？”

“完全不知道，”西蒙脸上的真诚显而易见，“我怀疑琳内特是否知道这人就在船上，很有可能她都不记得这件事了。”

他忽然转向女仆。“你跟多伊尔夫人说过这件事吗？”

“没有，先生，当然没有。”

波洛问道：“你知不知道关于你女主人的珍珠项链的事？”

“她的珍珠项链？”路易丝两眼睁得大大的，“她昨天晚上还戴着呢。”

“她上床休息的时候你看见项链没有？”

“看见了，先生。”

“她放在哪儿了？”

“和以前一样放在床旁边的桌子上了。”

“那就是你最后看见项链的地方？”

“是的，先生。”

“今天早上你看见项链了吗？”

女孩的脸上露出吃惊的表情。

“天哪！我根本没看。我走到床边，看见——我看见夫人，接着就大叫着跑出门去，昏倒了。”

赫尔克里·波洛点点头。“你没看见，但是什么也不会逃过我的眼睛。今天早上，床边的桌子上没有珍珠项链。”

第十四章

赫尔克里·波洛的观察一点也没错，琳内特·多伊尔床边的桌子上没有珍珠项链。

路易丝·布尔热按吩咐在琳内特的私人物品里找了一圈，照她所说的，一切都井然有序，只有珍珠项链不见了。他们从房间里走出来，一个侍者正等在那儿，告诉他们说已经在吸烟室准备好早饭了。

一行人沿着甲板走过去，瑞斯停住脚步，朝栏杆外面查看了一下。

“啊！我看你是有什么主意了吧，我的朋友。”

“是的，范索普提到他好像听到了溅水的声音，我忽然想到，昨天晚上我也被这种溅水声吵醒了。很有可能是凶手行凶之后把手枪扔到了船外面的水里。”

波洛慢条斯理地说道：“你真认为有这个可能吗，我的朋友？”

瑞斯耸了耸肩。“只是一个想法，毕竟，哪儿都没找到手枪。我当时做的第一件事就是找手枪。”

“不管怎么说，”波洛说，“很难相信手枪被扔进了水里。”

瑞斯问："那它在哪儿呢？"

波洛沉思着回答说："不在多伊尔夫人的房间，按照逻辑推理，只能在另外的一个地方。"

"那是哪儿？"

"在德·贝尔福特小姐的房间里。"

瑞斯若有所思地说："没错，我明白了——"

他忽然停了下来。

"她现在不在房间，我们要去看一看吗？"

波洛摇摇头。"不，我的朋友，那样做是很草率的。有可能还没放进去呢。"

"那在全船来个突然搜查，如何？"

"那样的话我们就得摊牌了。我们必须小心行事，现在的处境很微妙。边吃边讨论吧。"

瑞斯同意了，他们来到吸烟室。

"好了，"瑞斯说着，给自己倒了一杯咖啡，"我们有两个非常确定的线索，其一是珍珠项链的失踪，其二是那个叫弗利特伍德的男人。至于珍珠，似乎是涉及盗窃，但是——我不知道你是否会同意——"

波洛立刻说道："但是选择那个时间盗窃很怪异？"

"正是。在那个时间段偷窃珍珠势必会引发对全船每一个人的搜查，那么这个小偷打算怎样带着赃物逃走呢？"

"可能他上了岸，然后脱手了。"

"轮船公司一向在岸上派遣一个守夜人的。"

"于是这就不可行了。那么凶杀案是为了转移人们对盗窃的注意力吗？不，这说不通，这样的答案全然无法让人满意。不过，假如多伊尔夫人醒了，抓住了正在偷东西的小偷呢？"

“于是小偷就开枪打死了她？可她是在熟睡中被枪杀的啊。”

“所以这样也是说不通的……你知道，我对这条珍珠项链有个小想法——然而——不，这不可能。因为如果我的想法是正确的，那么珍珠是不可能不见的。告诉我，你对那个女仆怎么看？”

“我怀疑，”瑞斯慢慢地说着，“她知道的比她说出来的要多。”

“啊，你也有这种印象。”

“肯定不是个好女孩。”瑞斯说。

赫尔克里·波洛点点头。“是的，我不相信她。”

“你觉得她跟凶杀案有关？”

“不，我不会那么说的。”

“那么跟珍珠的失窃有关？”

“这个可能性更大。她跟随多伊尔夫人的时间很短，可能是某个专业盗窃珠宝团伙的成员，在这种案件中，通常会有一个口碑不错的女仆。可惜我们找不到更多关于这方面的资料。然而我又很不满意那样的解释……那串珍珠项链——啊，该死，我的那个小想法应该是正确的，可是没人会那么愚笨——”他忽然不往下说了。

“那个叫弗利特伍德的人呢？”

“我们必须问问他，也许能得到答案。如果路易丝·布尔热说的是真的，那么他确实有报仇这个动机。他可能偷听到了杰奎琳和多伊尔先生之间的争吵。当他们离开大厅之后，他可能飞快地跑进去拿走了枪。是的，这很有可能。而且那个用血写成的J——这只有简单粗暴的人才干得出来。”

“实际上，他就是我们在找的那个人？”

“是的，只是——”波洛擦擦鼻子，脸上带着点苦相，“你瞧，我认清自己的弱点了。大家都说我喜欢把案子复杂化。你告诉我的这个结论——很简单、很容易，所以我不觉得它真的发生了。然而，这也许不过是我自己的偏见罢了。”

“那我们还是把那家伙叫过来吧。”

瑞斯按了按铃，交代下去。然后他问道：“还有别的可能性吗？”

“有很多，我的朋友。比如，那个美国托管人。”

“彭宁顿？”

“对，彭宁顿。不久前的一天，这儿发生了一件奇怪的事。”他对瑞斯讲述了事情的经过，“你瞧——这很重要。那位夫人想把文件全都看完再签字，所以他找了个借口说改天吧。然而，那个丈夫说了一句意味深长的话。”

“是什么？”

“他说：‘我这辈子从来没看过法律文件，我只是按照他们说的在虚线上签字罢了。’你注意这其中的玄妙之处。彭宁顿发现了，我从他眼睛里看到了。他看了看多伊尔，脑子里好像有了个新的想法。想想看，我的朋友，如果你是富豪女儿的托管人，也许会用那些钱干点特殊的事儿。我知道所有的侦探小说里都有这样的描写——但你在报纸上也能看到这样的故事。这事儿真的发生了，我的朋友，发生了。”

“我不会跟你争辩这件事的。”瑞斯说。

“也许从这种疯狂的投机生意中获利还需要一些时间，反正你的保护人还没有成年。可是——她结婚了！你得到通知，手中的控制权随时都会回到她手中！多么大的灾难！可是还有个机会。她在度蜜月，可能对生意的事会比较粗心。在众多文件中偷放进去一份，她也许没看就会签字……但琳内特·多伊尔不是这样的人。度不度蜜月，她都是个生意人。可她丈夫说了那么一句话，于是这个在破产中寻找出路的绝望的托管人产生了一个新想法：如果琳内特·多伊尔死了，她的财产就归她丈夫了，而他是很容易对付的，对精明的彭宁顿而言，他就像个小孩子那样容易操控。亲爱的上校，我告诉你，我看到了彭宁顿脑子里闪过的念头。‘如果我面对的是多伊尔先生的话’——这就是他当时的想法。”

“我看很有可能，”瑞斯冷淡地说，“可你没有证据。”

“是啊，没有。”

“还有那个年轻的弗格森，”瑞斯说，“他说起话来很刻薄。我不是因为他的说法方式而怀疑他，但也许他就是那个父亲被老里奇卫给毁了的人。这有一点牵强附会——但有这个可能。人们有时候是会介怀过去的伤害的。”

他顿了顿，又说：“还有我说的‘那个人’。”

“是的，就像你说的，你的‘那个人’。”

“他是个杀人犯，”瑞斯说，“我们都知道这一点。但是从另一方面来说，我看不出来他跟琳内特·多伊尔有什么仇怨，他们的生活轨道是平行的。”

波洛慢条斯理地说：“除非她刚好有能证明他身份的证据。”

“有可能，可是好像没这么巧吧。”这时传来敲门声。“啊，我们的‘重婚未遂犯’来了。”

弗利特伍德是个凶狠的大个子，他一边进屋一边怀疑地打量屋里的两个人。波洛认出来，他就是自己看到的那个跟路易丝·布尔热说话的人。

弗利特伍德怀疑地问道：“你们想见我？”

“是的，”瑞斯说，“可能你知道，昨天晚上发生了一起凶杀案。”

弗利特伍德点点头。

“我想你有理由痛恨这个被杀的女人吧？”

弗利特伍德眼中显现出戒备之色。“谁告诉你的？”

“你认为多伊尔夫人干涉了你和一个年轻女孩的交往。”

“我知道是谁告诉你这个的——那个撒谎的法国贱人。那个女人是个彻头彻尾的骗子。”

“可这件事是真的。”

“这就是个无耻的谎话！”

“你都不知道她说了什么，就说这是个谎话。”

这句话直击要害。这人的脸一下子就红了，他咽了口唾沫。

“你想娶那个女孩，可是多伊尔夫人发现你结过婚了，就阻止了这件事，这就是事实，对吗？”

“这跟她有什么关系？”

“你是说跟多伊尔夫人没关系吗？哦，你知道，重婚就是重婚。”

“不是这样的。我娶了一个本地的姑娘，结果她跑回自己的家乡去了，我六七年没见过她了。”

“可你跟她还是夫妻。”

男人不说话了，瑞斯继续说道：“多伊尔夫人，或者说她还是里奇卫小姐的时候，发现了这个情况，对吗？”

“是的，她发现了，该死！她就是爱管闲事。根本没人让她去管！我会好好对玛丽的，什么都愿意为她做。要不是她那个好事的女主人，她永远也不会知道我有老婆。是的，我有话直说：我跟这个女主人有过节，当我看见她珠光宝气地上了船，到处作威作福，从来不觉得自己毁了一个男人的一生，我觉得非常痛苦。可要是你认为我是个肮脏的凶手，认为是我拿枪打死了她，那么，这就是个该死的谎言！我碰都没碰过她，上帝作证！”他停了下来，脸上滚下汗珠。

“昨天晚上十二点到两点之间你在哪儿？”

"我在床上睡觉，跟我一个房间的同伴会告诉你的。"

"到时候我们就知道了，"瑞斯说，轻轻一点头，示意他可以离开，"这就行了。"

"怎么样？"弗利特伍德关门走出去之后，波洛问道。

瑞斯耸耸肩。"他的话倒很直接。当然，他很紧张，不过这也不怪他。我们必须调查一下他的不在场证明——虽然我认为这不是决定性的因素。他同房间的人可能睡着了，如果这个家伙愿意，完全可以偷偷溜出去。这取决于有没有别人看见过他。"

"是的，需要查一查。"

"我觉得，下一步，"瑞斯说，"应该问一问是否有人听到过什么声音，也许会为我们提供一个关于作案时间的线索。贝斯纳认为是在十二点到两点之间，我们有理由相信船上的客人中有人听到了枪声——就算他不知道这是什么声音。我是什么声音都没听见，你呢？"

波洛摇摇头。"我——我完全睡死过去了，什么也没听见——完全没听到。我可能被下药了，才会睡得这么熟。"

"真可惜，"瑞斯说，"那么，让我们碰碰运气吧，问问住在右舷房间的游客。我们已经问过范索普了，而隔壁是阿勒顿一家。我让侍者请他们过来。"

阿勒顿夫人轻快地走了进来，她穿着柔软的灰色条纹丝绸裙子，神情忧伤。

"太可怕了，"她一边说着，一边坐在波洛为她搬过来的椅子上，"我简直不敢相信，那么一个可人儿，应该好好活着，可是却——死了。我无法相信这是真的。"

"夫人，我能理解你的心情。"波洛同情地说。

"我很高兴你在船上，"阿勒顿夫人直率地说，"你能找出是谁干的。凶手不是那个可怜的女孩，这一点还算让我欣慰。”

“你是说德·贝尔福特小姐吗？是谁告诉你不是她的？”

“科妮丽亚·罗布森。”阿勒顿夫人微微一笑，“你知道，这一切让她紧张万分，这是她经历过的最让人激动的一件事，可能以后都不会遇见了。她是个好人，为自己的激动而羞愧，觉得自己很糟糕。”阿勒顿夫人看了波洛一眼，又补充说，“不过我不应该闲扯了，你是要问我问题的。”

“如果你愿意告诉我的话，夫人，你是什么时候休息的？”

“十点半刚过。”

“马上就睡着了吗？”

“是的，我困了。”

“那你晚上有没有听见什么动静——不管什么声音都好？”

阿勒顿夫人皱着眉头。

“是的，我觉得听见了溅水声——有东西掉进水里的声音，还有人在跑。很模糊，我隐隐约约觉得是有人掉进水里去了——就像在做梦，你知道——后来我醒了，听了听，可周围非常安静。”

“你知道那是几点钟吗？”

“不，我不知道，不过我觉得这发生在我睡着后没多久，我是说大概就在睡着以后一小时内。”

“啊，夫人，这时间可不确切。”

“是的，我知道不确切，可我真的不知道，总不能乱猜吧？”

“夫人，你知道的就这些，是吗？”

“恐怕是的。”

“你以前见过多伊尔夫人吗？”

“没有。蒂姆见过。我经常听别人说起她——我的外甥女乔安娜·索思伍德，不过在到达阿斯旺之前我从来没跟她说过话。”

“我还有一个问题，如果你不介意的话，夫人。”

阿勒顿夫人微微一笑，喃喃地说：“我喜欢别人问我轻率的问题。”

“是这样的。你，或你的家人，有没有因为多伊尔夫人的父亲梅尔休伊什·里奇卫而遭受过什么经济损失？”

阿勒顿夫人彻底呆住了。

“哦，不，我们家族的资产除了规模有些许缩减之外，并没有遭受过什么损失……你知道，现如今的投资回报比以前是减少了。不是什么戏剧性的事情让我们变穷的。我丈夫没留下什么钱，但他的钱仍然在我手中，只是利息不如以前多了。”

“谢谢你，夫人。也许你愿意叫你儿子过来一趟？”

看到母亲朝自己走过来，蒂姆轻声说道：“考验结束了？现在轮到我了！他们都问你什么了？”

“就问我昨天晚上听见什么声音没有，”阿勒顿夫人说，“可惜我什么也没听见。真不知道为什么没听见，毕竟琳内特跟我们只隔了一个房间。我觉得我应该能听见枪声。去吧，蒂姆，他们等着你呢。”

波洛把他之前问过的问题又问了蒂姆·阿勒顿一遍。

蒂姆回答说：“我睡得很早，十点半左右。我看了一会儿书，十一点刚过就关灯了。”

“之后你听见什么声音没有？”

“听见一个男人说晚安，我觉得就在不远处。”

“那是我对多伊尔夫人说晚安。”瑞斯说。

“是的。之后我就睡着了。然后，稍晚一点的时候，我听到了喧哗声，我记得有人在叫范索普。”

“那是罗布森小姐正从观景舱里跑出来。”

“没错，我觉得是这样。之后又有很多不同的声音。有人沿着甲板跑，还有就是有东西掉进水里的声音。再后来我听见老贝斯纳低沉地说着‘小心点儿’和‘别太快’。”

“你听到了溅水声？”

“嗯，类似这种声音吧。”

“你肯定听到的不是枪声？”

“是的，我想可能是……我确实听到了开软木塞的声音。也许那就是枪声。可能溅水声是我想象出来的。我听到开瓶塞的声音，就会想到把酒倒进杯子里的声音……我模模糊糊地感觉好像是在举行一个聚会，我希望他们都去睡觉，别再说话了。”

“那之后你还听见过什么吗？”

蒂姆想了想。“只听见隔壁房间的范索普走来走去的声音。我以为他彻夜没睡呢。”

“再往后呢？”

“就什么也没听到了。”

“谢谢你，阿勒顿先生。”

蒂姆站起身，走出房间。

第十五章

瑞斯弯着腰，对着一张顶层甲板的平面图沉思着。

“范索普、阿勒顿和阿勒顿夫人，然后是个空房间——西蒙·多伊尔的……那么多伊尔夫人房间的另一边是谁？那个美国老太太。如果有人听到了什么，那她也应该能听见。如果她已经起床了，我们应该请她过来一下。”

范·斯凯勒小姐走了进来，比往常显得更为苍老和憔悴，一双黑色的小眼睛流露出恶毒的不满。瑞斯站起来，欠了欠身。

“很抱歉打扰你，范·斯凯勒小姐，你能过来真是太好了。请坐。”

范·斯凯勒小姐厉声说：“我不喜欢掺和这种事，我讨厌这样。我不想跟这件——呃，这件不愉快的事有什么瓜葛。”

“没错……没错。我们应该早点询问，这样就不会再麻烦你了。”

范·斯凯勒小姐对波洛稍稍有了些好感。她看着他说：“很高兴你们两个人都能理解我的心情。我对这种事情不太适应。”

波洛抚慰地说：“正是这样，小姐，我们也希望你能尽快摆脱这种不愉快。那么，昨天晚上你是什么时候休息的？”

“我一般都是十点睡觉。昨天晚上我很晚才睡，科妮丽亚·罗布森很不懂得体谅别人，让我等了很久。”

“很好，小姐，那你回到房间之后听见什么了吗？”

范·斯凯勒小姐说：“我睡觉很轻。”

“太好了！我们运气真好。”

“我被多伊尔的那个俗艳的年轻女仆给吵醒了，她说：‘晚安，夫人。’我觉得她完全没必要那么大声音。”

“之后呢？”

“我又睡着了。然后我醒过来，觉得有人在我房间里，不过后来我意识到是有人在隔壁房间。”

“在多伊尔夫人的房间？”

“是的。然后我听见有人在外面的甲板上，接着就是溅水的声音。”

“你记得那是几点钟吗？”

“我可以告诉你准确的时间，是一点十分。”

“你肯定吗？”

“没错，当时我看了看旁边的小钟。”

“你没听见枪声？”

“没有，没听见。”

“但是也有可能是枪声把你给吵醒了？”

范·斯凯勒小姐歪着她那蛤蟆一样的脑袋，思索着。

“有可能。”她很不情愿地承认。

“你知不知道是什么东西掉进水里，发出了你听到的那种声音？”

“当然知道。我不喜欢那种徘徊的脚步声，于是起来走到房间门口，看到奥特本小姐正斜靠着栏杆，刚刚把什么东西丢进水里去。”

“奥特本小姐？”瑞斯震惊地问。

“是啊。”

“你肯定那就是奥特本小姐吗？”

“我清楚地看见了她的脸。”

“她没看见你？”

“我觉得没看见。”

波洛身子前倾。“她的脸看起来是什么表情，小姐？”

“她处于非常激动的状态。”

波洛和瑞斯飞快地交换了一个眼神。

“然后呢？”瑞斯催促地问。

“奥特本小姐绕过船尾走开，我就又上床了。”

这时传来敲门声，经理走了进来，手里拿着一个湿透了的包裹。

“我们弄到了，上校。”

瑞斯接过包裹。他把浸透了水的丝绒一层层打开，从里面掉出了一条粗糙的手帕，隐约染有粉红色，里面裹着一把镶有珍珠的小手枪。

瑞斯扬扬得意地扫了波洛一眼。

“你瞧，”他说，“我的想法是对的，就是这个被扔进了水里。”

他伸出手，手里握着枪。“你觉得如何，波洛先生？这个是不是你那天晚上在瀑布旅馆看见的那把手枪？”

波洛仔细地检查了一番，然后平静地说：“是的——是那一把。上面的装饰是一样的，还有缩写字母 J.B.。这是一件高级货，专为女性生产的，但仍然是一件致命武器。”

“点二二，”瑞斯一边嘟囔着，一边取出弹夹，“已经射出了两颗子弹，是的，看起来是确凿无疑了。”

范·斯凯勒小姐意味深长地咳嗽了一下。

“那我的披肩呢？”她问。

“你的披肩，小姐？”

“没错，你手里的正是我的天鹅绒披肩。”

瑞斯把那件湿透了的皱巴巴的东西提了起来。

“这是你的，范·斯凯勒小姐？”

“当然是我的！”老太太尖声说道，“我昨天晚上就没找到，还问了所有人见没见过。”

波洛询问地看了瑞斯一眼，瑞斯微微点头，表示同意。

“你最后一次见到它是在什么时候，范·斯凯勒小姐？”

“昨天晚上我在大厅的时候还披着，可我去睡觉的时候就找不到了。”

瑞斯平静地说：“你知道它是用来干什么的吗？”

他摊开披肩，指着几个烧焦的小洞，“凶手用披肩包住了手枪，用来减弱开枪的声音。”

“岂有此理！”范·斯凯勒小姐尖声说道，满是皱纹的脸泛起了红色。

瑞斯说：“范·斯凯勒小姐，可否请你告诉我，你之前跟多伊尔夫人有多熟悉？”

“我们之前没见过面。”

“可你听说过她？”

“我当然知道她是谁了。”

“可你们两家并没有什么交往吧？”

“我的家族以独来独往为荣，瑞斯上校，我亲爱的母亲做梦也不会去拜访哈尔茨一家子的，他们除了有钱，一无是处。”

“这就是你要说的，对吗，范·斯凯勒小姐？”

“我对刚才说的话没什么补充了。琳内特·里奇卫在英国长大，登上这艘船之前我从来没见过她。”

她站起身，波洛打开门，她大步走了出去。

两人对视了一眼。

“这就是她所说的，”瑞斯说，“而且她会坚持自己的说法！可能是真的，我不知道。但是——罗莎莉·奥特本？我可没想到会是她。”

波洛困惑地摇了摇头，然后砰的一声捶了一下桌子。

“可是这说不通啊，”他大声说道，“该死的，说不通啊！”

瑞斯看着他。“你这究竟是什么意思？”

“我是说，在某种程度上，一切都能解释清楚了。有人想杀死琳内特·多伊尔，他偷听到了昨天晚上大厅里发生的事。之后此人悄悄溜了进去，偷走手枪——记住，是杰奎琳·德·贝尔福特的手枪。这人用这把手枪打死了琳内特·多伊尔，并在墙上写了一个字母J……所有这些都很清晰，对吗？所有这些都指向杰奎琳·德·贝尔福特。然后凶手做了什么？留下手枪——那把该死的手枪——杰奎琳·德·贝尔福特的手枪，好让人们找到它？不，他——或她——把手枪，这个至关重要的证据，扔进了水里。为什么，我的朋友？为什么呢？”

瑞斯摇摇头。“很奇怪。”

“不仅仅是奇怪——根本是不可能的！”

“不是不可能啊，这都已经发生了。”

“我不是这个意思，我是说，时间的顺序不可能是这样的。有些事不对劲。”

第十六章

瑞斯上校好奇地看了他的同伴一眼。他尊重——他有理由尊重——赫尔克里·波洛的头脑，可是目前他却跟不上波洛的思路。不过他没有提出疑问。他很少问问题，而是直截了当地继续手上的工作。

“下面该怎么办？询问那个奥特本家的女孩吗？”

“是的，可能会有所进展。”

罗莎莉·奥特本不太礼貌地走了进来，看起来既不紧张也不害怕——只是有些不情愿和不高兴。

“怎么了，”她问，“什么事？”

瑞斯成了发言人。

“我们正在调查多伊尔夫人的死因。”他解释道。

罗莎莉点点头。

“可否告诉我们你昨天晚上干了些什么？”

罗莎莉想了一会儿。

“母亲和我很早就上床睡觉了——在十一点以前。我只听见了贝斯纳医生房间外面有些骚乱的声音，其他就没什么了。我还听见了远处那个德国老头子低沉的声音。当然，直到今天早上我才知道发生了什么事。”

“你没听见枪声吗？”

“没有。”

“昨天晚上你有没有离开过房间？”

“没有。”

“你确定？”

罗莎莉瞪着他。“你是什么意思？我当然能确定。”

“比如，你有没有走到右舷那边，把某样东西扔进了水里？”

她的脸红了。“有规定禁止往水里扔东西吗？”

“没有，当然没有了。那么，你确实扔了？”

“不，我没有。我告诉过你，我从来没离开过房间。”

“那么，如果有人说看见你——”

她打断了他的话。“谁说看见我了？”

“范·斯凯勒小姐。”

“范·斯凯勒小姐？”她的声音听起来有些诧异。

“是的。范·斯凯勒小姐说她从房间里往外看，看到你在船边上，向外扔了什么东西。”

罗莎莉清晰地说道：“这是个可恶的谎言。”

然后，好像突然想到什么似的，她问：“那是几点？”

这次，波洛回答了问题。“一点十分，小姐。”

她若有所思地点点头。“她还看到什么了？”

波洛好奇地看着她，摸了摸下巴。

“不是看到，”他回答说，“但是她听见了什么。”

“她听到什么了？”

“有人在多伊尔夫人的房间里走动。”

“我明白了。”罗莎莉喃喃地说。

这会儿，她脸色苍白——惨白惨白的。

“那么，你仍然坚持说自己没往水里扔过东西吗，小姐？”

“我为什么要在半夜往水里扔东西？”

“可能是有原因的——一个无辜的原因。”

“无辜的？”女孩尖锐地问。

“我就是在说这个。你要知道，小姐，昨天晚上有个东西被扔进了水里——这个东西可不是无辜的。”

瑞斯不声不响地拿出了那一卷被弄脏了的天鹅绒披肩，打开，把里面的东西呈现在大家面前。

罗莎莉往后缩了缩。“这就是……就是……打死她的那个东西？”

“是的，小姐。”

“而你认为是……是我干的？一派胡言！我究竟为什么要杀琳内特·多伊尔？我都不认识她！”她放声大笑，轻蔑地站起身，“这一切都太荒谬了。”

“别忘了，奥特本小姐，”瑞斯说，“范·斯凯勒小姐准备发誓说她在月光底下清楚地看见了你的脸。”

罗莎莉又笑了。“那只老猫？她八成是瞎了眼。她看到的不是我。”她顿了顿，“我能走了吗？”

瑞斯点点头。罗莎莉·奥特本离开了房间。

房间里的两个人对视了一眼。瑞斯点了一支香烟。

“好吧，就是这样了。自相矛盾。我们该相信哪一个？”

波洛摇摇头。“我有个小想法，我觉得她们都没有完全坦白。”

“那就太糟糕了，”瑞斯沮丧地说，“这么多人，为了某些完全无益的理由而撒谎。下面我们怎么做？继续询问船上的游客吗？”

“是这样的。按照一定的顺序和方法进行总是没错的。”

瑞斯点点头。

奥特本夫人穿着一身轻飘飘的印花衣服，在她女儿走后进了房间。她的说法跟罗莎莉的一样：两人都是在十一点之前睡觉的，她整个晚上都没有听到什么特别的动静。她不知道罗莎莉有没有离开过她们的房间，但在犯罪这个课题上，她倒是滔滔不绝讲了一大通。

“这是情杀！”她大声说道，“原始的本能——杀戮！这跟性的本能紧密相连。那个女孩，杰奎琳，有一半拉丁血统，容易激动，顺从了内心深处的本能，偷偷走进去，手里拿着左轮手枪——”

“可是杰奎琳·德·贝尔福特没有打死多伊尔夫人，对此我们可以肯定。已经被证实了。”波洛解释道。

“那么，就是她丈夫，”奥特本夫人被驳倒后毫不示弱，“杀戮欲和性本能——这是一起性犯罪。关于这个有很多众所周知的例子。”

“多伊尔先生的腿被打穿了，他走不动了——骨折，”瑞斯上校解释道，“他整个晚上都跟贝斯纳医生在一起。”

奥特本夫人更加沮丧了。她满怀希望地绞尽脑汁。

“当然！”她说，“我可真笨！鲍尔斯小姐！”

“鲍尔斯小姐？”

“没错。不用说，在心理学上这是显而易见的。抑郁！压抑的处女！看到那两个人——恩爱的丈夫和妻子——她便发了疯。当然就是她，她就是这种人——性冷淡，天生受人尊敬。在我的一本书里，《荒芜的葡萄树》——”

瑞斯上校委婉地打断了她的话。“你的建议对我们很有帮助，奥特本夫人，我们还要接着调查，非常感谢你。”

他殷勤地把她送到门口，擦着额头走了回来。

“这女人可真恶毒！啊，怎么没人把她给杀了！”

“也许会有人的。”波洛安慰他说。

“杀死她还是有缘由可循的。我们还有谁没问？彭宁顿——还是把他放在最后吧，我想。理查蒂、弗格森。”

理查蒂先生很健谈、很激动。

“太可怕了，太可恶了——这么年轻、这么美丽的一个女人——这真是一起灭绝人性的罪行！”

理查蒂先生的双手意味深长地在空气中比画着。他的回答简洁、利索。他很早就睡了——很早。实际上刚刚吃过晚饭他就去睡觉了。他看了一会儿书——一本刚刚出版的很有意思的小册子——《小亚细亚的历史研究》，这本书对安纳托利亚山麓发现的彩陶提出了全新的观点。

不到十一点他就关灯了。不，他没听见枪声，也没听见开软木塞的声音。他所听见的唯一声音是溅水的声音，很响的一声，就在他的舷窗附近。但那是后来的事了，在后半夜。

“你的房间在右舷甲板下面，对吗？”

“是的，是的，就在那儿。我听到很响的溅水声。”他再次挥动起了手臂，以表示声音巨大。

“你能告诉我那是在什么时候吗？”

理查蒂先生想了想。

“在我睡着之后的一到三个小时。我觉得是两个小时。”

“比如，大约一点十分？”

“很有可能。啊，这真是一起可怕的罪行——太没有人性了……那么迷人的一个女人……”

理查蒂先生走了，打着手势表示自己无法相信。

瑞斯看看波洛，波洛夸张地扬了扬眉毛，然后耸耸肩。接下来是弗格森先生。

盘问弗格森先生是件困难的事。他傲慢地摊开四肢坐在椅子上。

“今天这事儿简直是大惊小怪！”他冷笑着说，“这有什么大不了的？世界上还有很多多余的女人！”

瑞斯冷冷地说：“我们可以了解一下你昨天晚上都干了些什么吗，弗格森先生？”

“我不明白你为什么要了解，不过我无所谓。我闲逛来着，逛了很久，还跟罗布森小姐上了岸。她回到船上之后，我一个人又溜达了一阵子，差不多到了半夜就回去睡觉了。”

“你的房间是不是在下面那层甲板的右舷？”

“是的，我没跟那些上流人士住一起。”

“你有没有听见枪声？这声音听着就像开瓶塞那样。”

弗格森想了几分钟。“是的，我想我听见了像开瓶塞那样的声音……我不记得是几点了——是在我睡着之前。不过当时外面还有好些人在上面的甲板上乱糟糟地跑来跑去。”

“也许就是德·贝尔福特小姐开的那一枪。你还有没有听见其他枪声？”

弗格森摇摇头。

“没听见溅水的声音？扑通一声？”

“扑通一声？哦，我想我听到了，不过那时候很嘈杂，我不能确定是否真的听见了。”

“你晚上有没有离开过房间？”

弗格森咧着嘴笑了。“不，我没有。我没能加入这件好事中，运气真差。”

“得了，得了，弗格森先生，别像个孩子那样。”

年轻人生气了。“为什么我不能说出自己的想法？我赞成暴力。”

“可你没有把自己宣扬的东西付诸实践，对吗？”波洛嘟囔着说，“我很怀疑。”他探身向前，“那个男人，弗利特伍德，不是告诉过你，琳内特·多伊尔是英国最有钱的女人之一吗？”

“弗利特伍德跟这事儿有什么关系？”

“我的朋友，弗利特伍德有杀死琳内特的强烈动机。他跟她有仇。”

弗格森就像玩偶盒里的小丑似的，猛地从椅子上跳了起来。

“这就是你肮脏的花招，对吧？”他愤怒地问，“全都推到那个可怜的弗利特伍德身上。他不能自卫，因为没钱请律师。我告诉你——如果你企图把罪名强加在弗利特伍德身上，我跟你没完。”

“你究竟是什么人？”波洛温和地问。

弗格森满脸通红。

“无论如何，我不会出卖朋友。”他粗鲁地说。

“好吧，弗格森先生，我想目前我们就了解到这里吧。”瑞斯说道。等弗格森出门并随手带上门之后，瑞斯出人意料地说：“真是个讨人喜欢的小伙子。”

“你不认为他是你要追寻的那个人吗？”波洛问。

“我不觉得是他。我觉得他很诚恳，提供的信息非常清晰。哦，慢慢来吧。我们来问问彭宁顿。”

第十七章

安德鲁·彭宁顿一脸公式化的悲伤和震惊。和平时一样，他穿着讲究，只是领带换成了黑色的。他那刚刚修过的脸显得很困惑。

“先生们，”他悲痛地说，“对于这件事我很难受。小琳内特——我现在仍然记得她还是个小姑娘时聪明可爱的样子。梅尔休伊什·里奇卫曾经以她为荣。唉，我为什么要说这些？告诉我可以做什么，这就是我的要求。”

瑞斯说：“首先，彭宁顿先生，昨天晚上你有没有听见什么声音？”

“没有，先生，我没听见什么。我的房间在贝斯纳医生的隔壁，三十八－三十九号。大约在半夜的时候，我听见一阵骚乱。当然，那时候我不知道发生了什么。”

“你有没有听见别的声音？没听见枪声吗？”

安德鲁·彭宁顿摇摇头。“完全没听见这种声音。”

“你是几点钟睡觉的？”

“肯定在十一点以后。”

他身体前倾。“我想，也许这对你们而言并不是什么新闻，船上充满了流言飞语。那个有着一半法国血统的女孩——杰奎琳·德·贝尔福特——你知道，很可疑。琳内特没跟我说过什么，但我并不是又聋又瞎。这个女孩跟西蒙之间有些私情，不是吗？‘找那个女人’[①]，这条规律非常准。所以我认为你们不必大费周章。”

“你的意思是，你认为杰奎琳·德·贝尔福特开枪打死了多伊尔夫人？”波洛问道。

“我认为是这样的。当然我并不了解内情……”

“不幸的是，我们的确了解一些内情！”

“嗯？”彭宁顿先生似乎非常惊讶。

“我们了解到，德·贝尔福特小姐完全没有可能开枪打死多伊尔夫人。”

他详细地把事情解释了一遍。看上去彭宁顿并不愿意相信这个说法。

“我同意表面上看起来是这样的——可是那个护士，我发誓她绝对不是一夜都没睡。她打了个瞌睡，那女孩偷偷溜出去又溜了回来。”

“这不太可能，彭宁顿先生。别忘了，她给病人打了一剂分量很重的吗啡。并且护士一般都很警觉，一旦病人醒了，她也会惊醒的。”

“我总觉得这非常有可能。”彭宁顿表示。

瑞斯礼貌而权威地说道：“我想你应该相信我说的话，彭宁顿先生，我们非常认真仔细地检查了所有的可能性，结论非常明确——杰奎琳·德·贝尔福特并没有开枪打死多伊尔夫人。所以我们只好去寻

①原文为法语。

找其他线索。我们希望你能对我们有所帮助。”

“我？”彭宁顿因为紧张而吓了一跳。

“是的。你是死者非常密切的朋友，了解她的各种生活，有可能比她丈夫还要清楚，毕竟他认识她才短短几个月。也许你知道谁跟她有仇，什么人有想要她死的动机。”

安德鲁·彭宁顿舔了舔干燥的嘴唇。

“我保证，我真的不知道……你们看，琳内特是在英国长大的，关于她的生长环境和人际交往我几乎一无所知。”

“但是，”波洛若有所思地说道，“在这条船上，有人很有兴趣除掉多伊尔夫人。别忘了，有一次她差点死了，就在这儿，一块大圆石头从峭壁上滚了下来。啊，不过也许当时你不在场？”

“是的，我不在，我那时候正在庙里。当然，后来我听说了。太险了，但有可能是个意外，你不这么认为吗？”

波洛耸耸肩。“也许那时候大家会这么认为，不过现在就有点问题了。”

“是的——是的，当然。”彭宁顿用一块做工精良的丝绸手帕擦了擦脸。

瑞斯上校接着说道：“多伊尔先生提到过，船上有个人，跟她的家人——不是她本人——有过节。你知不知道这个人是谁？”

这次，彭宁顿是真的惊讶了。“不，我不知道。”

“她没有跟你说过这件事？”

“没有。”

“你是她父亲非常亲近的朋友，你记不记得，她父亲生意上的交易可能毁掉过某些竞争对手？”

彭宁顿沮丧地摇了摇头。“想不到什么明显的事。这种交易经常会有，不过我记不起来有什么人威胁过他——没有这种事。”

“总而言之，彭宁顿先生，你是帮不了我们了？”

“是这样的，很遗憾，但我无能为力，先生们。”

瑞斯跟波洛交换了一个眼神，说道：“我也很遗憾，我们原本还希望你能帮上忙呢。”

说着他站起来，表示这次见面可以结束了。

安德鲁·彭宁顿说：“多伊尔先生还躺在床上，我觉得他需要我帮忙处理些事情。抱歉，上校，行程是怎么安排的呢？”

“我们离开这里之后会直接开去谢拉尔，明天早上到。”

“尸体呢？”

“会安置在冷冻间里。”

安德鲁鞠了个躬，离开了房间。

波洛和瑞斯又交换了眼神。

“彭宁顿先生，”瑞斯点了一根香烟说，“一点都不自在。”

波洛点点头，说：“而且彭宁顿先生非常愚蠢地说了一个谎话，这让他很焦虑。石头滚下来的时候，他并不在阿布辛拜尔神庙里。我——告诉你，我可以发誓，那一刻我正好从神庙里走出来。”

“愚蠢的谎言，”瑞斯说，“但是这也能说明一个问题。”

波洛又点点头。“不过，就目前而言，”他微笑着说，“我们需要小心谨慎地对付他，对吧？”

“没错。”瑞斯表示同意。

“我的朋友，我们两个可真是知己知彼啊。”

就在这时，他们脚底下隐隐传来一阵吱吱嘎嘎的震动。卡纳克号起航了，往回开向谢拉尔。

“那串珍珠项链，”瑞斯说，“是另一件要弄清楚的事。”

“你有计划了？”

“是的，”他看了看手表，“再过半小时就该吃午饭了，我打算在午饭结束时通知一下——只是说珍珠被盗了，要求每个人都留在餐厅里，然后展开搜查。”

波洛点点头，表示同意。“这个想法很好。不管谁偷了珍珠，应该还在那人手里。来一番突然袭击般的检查，小偷就没有时间把珍珠扔进水里了。”

瑞斯拿了几张纸，抱歉地嘟囔道：“我想进行调查的同时，把已知的事实简要地列一个提纲，以免头脑糊涂了。”

“这么做非常好。方法和条理很重要。”波洛回答。

瑞斯写了几分钟，字迹小巧而整洁。最后，他把劳动成果推到波洛面前。

“你有没有什么不同意的？”

波洛拿起了这些纸，从标题读起。

琳内特·多伊尔谋杀案

最后见到多伊尔夫人还活着的是她的女仆路易丝·布尔热。时间：十一点半（大约）。十一点半到十二点二十分之间，有不在场证明的人是：科妮丽亚·罗布森、詹姆斯·范索普、西蒙·多伊尔、杰奎琳·德·贝尔福特——没有别人了。但是几乎可以确定的是，作案时间是在此之后，因为手枪肯定是杰奎琳·德·贝尔福特的，但当时这把手枪还在她的手袋里。

法医鉴定完子弹之后才能确认犯罪使用的手枪是否就是这一把——不过，这种可能性非常大。

案发经过有可能是这样的：X（凶手）是杰奎琳和西蒙·多

伊尔在观景舱里吵架的目击者，他注意到手枪掉进了长椅下面。大厅里的人全都走了之后，X拿到了手枪。他（或她）的想法是，大家会以为是杰奎琳·德·贝尔福特干的。基于这个理由，某些人的嫌疑可以自然地排除。

科妮丽亚·罗布森：在詹姆斯·范索普返回大厅寻找手枪之前，她并没有机会回来拿手枪。

鲍尔斯小姐：同上。

贝斯纳医生：同上。

注意——范索普不能完全排除嫌疑，因为他可以把手枪放进口袋，但宣称自己没找到。

在间隔的十分钟之内，任何人都有可能拿到手枪。

有谋杀动机的人可能有：

安德鲁·彭宁顿：基于他犯有欺诈行为而得出的推测。有一定数量的证据可以支持这一推测，但不足以控告他。如果大圆石是他推下来的，他一定是个抓住机会就要下手的人。显然，这次凶杀并不是有预谋的。昨天晚上那对前情侣因为吵架而开枪，这就给凶手提供了一个理想的作案时机。

对彭宁顿有罪这一假设的异议：既然手枪是个对杰奎琳·贝尔福特不利的、有价值的线索，那他为什么要扔进水里？

弗利特伍德：动机——报复。弗利特伍德认为自己受到了琳内特·多伊尔的伤害。也许他偷听到了吵架的内容，注意到了手枪的位置。他拿走手枪有可能是认为它方便顺手，而不是因为要把罪名推在杰奎琳身上。这一点可以解释把手枪扔进水里的原因。可如果是这样的话，他为什么要蘸着血在墙上写一个J？

注意——和手枪一起被发现的廉价手帕很有可能属于弗利特

伍德这种人，而非有钱游客中的任何一个。

罗莎莉·奥特本：我们应该接受范·斯凯勒小姐的证词，还是罗莎莉的否认？在那个时候，确实有某样东西被扔进了水里，而且据推测，这个东西就是被包在天鹅绒里的手枪。

注意事项。罗莎莉有没有杀人动机？也许她并不喜欢琳内特·多伊尔，甚至妒忌她——可是，这作为杀人动机则严重不足。只有找到一个合理的动机，对她不利的证据才能使人信服。就我们所知，罗莎莉和琳内特·多伊尔之前并不认识，也没有任何联系。

范·斯凯勒小姐：包着手枪的天鹅绒披肩是范·斯凯勒小姐的，按照她本人的说法，她最后见到它是在观景舱内。晚上她让人们都注意到她丢了披肩，寻找之后，仍然没有找到。

披肩怎么到了X手里？是不是X在傍晚的时候就偷走了？如果是这样，那么是为什么呢？没人能事先知道杰奎琳和西蒙会吵起来。X是不是把手枪从长椅下面拿走的时候发现了披肩？可是为什么找披肩的时候没在那个地方发现它？是不是从始至终都在范·斯凯勒小姐手里？也就是说：是不是范·斯凯勒小姐杀了琳内特·多伊尔？她对罗莎莉·奥特本的控告是一个深思熟虑过的谎言吗？如果是她杀了琳内特，动机是什么？

其他可能性：

抢劫的动机。有可能，因为珍珠项链不见了，而琳内特·多伊尔昨天晚上肯定是戴着的。

有人跟里奇卫一家有仇。有可能，不过尚未找到证据。

我们知道在这条船上有个危险的人——一个杀人犯。而我们这儿则有一起凶杀案和一个杀人犯。这两者之间有关系吗？不过我们得证明，琳内特·多伊尔掌握了跟此人有关的、对她来说很危险的资料。

结论：我们可以把船上所有的人分成两个部分——一组是可能有谋杀动机，或对他们有明确的不利证据的人，另一组是在我们所知的范围内可以排除嫌疑的人。

第一组

安德鲁·彭宁顿

弗利特伍德

罗莎莉·奥特本

范·斯凯勒小姐

路易丝·布尔热（抢劫？）

弗格森（政治的原因？）

第二组：

阿勒顿夫人

蒂姆·阿勒顿

科妮丽亚·罗布森

鲍尔斯小姐

奥特本夫人

詹姆斯·范索普

贝斯纳医生

理查蒂先生

波洛把纸推了回去。“你写的这些内容很恰当，很精确。”

“你同意吗？”

“同意。”

“那你能提供些什么？”

波洛严肃地挺直了腰板。“我——我对自己提出了一个问题：凶手为什么把手枪扔进水里？”

“只有这一个问题？”

“暂时就这一个。除非我能得到一个满意的答案，不然其他都是毫无意义的。也就是说——这就是问题的出发点。我的朋友，你也许注意到了，你概括了我们目前的进程，可你并没有努力解答这个问题。”

瑞斯耸耸肩。“出于惊慌。”

波洛为难地摇摇头。他捡起了湿软的用来包手枪的天鹅绒披肩，放在桌子上铺平。他指着那些烧焦的痕迹和烧烂了的洞。

“告诉我，我的朋友，”他忽然说道，“你比我更精通手枪。用这样的一块东西包住手枪，在消声方面是不是有很好的作用？”

“不，消除不了多少声音。这不像消声器。”

波洛点点头，继续说道：“一个男人——当然，我说的是经常使用手枪的男人——会知道这一点。可是一个女人……一个女人是不知道的。”

瑞斯好奇地看着他。“有可能不知道。”

“是不会知道的。也许她读过一些侦探小说，不过在小说里，作家对细节的讲述可不怎么确切。”

瑞斯的手指轻轻弹了一下这把镶嵌着珍珠的手枪。

“不管怎么说，这个小玩意儿可不会发出多大的响声，”他说，“最多就是砰的一声，不会太响。如果周围有其他动静，十有八九你是听不到的。”

“没错，我也是这么想的。”

波洛拿起手帕，仔细地看着。

“这是条男人的手帕——但不是一位绅士的手帕。伍尔沃斯百货公司的廉价货，最多三便士。”

“弗利特伍德这种人用的。”

“是的。我注意到安德鲁·彭宁顿用的是一条精致的丝绸手帕。”

“弗格森呢？”瑞斯提示道。

“有可能。用来做做样子。但如果是这样的话，他会选择那种印花丝质大手帕。”

“我想，也许凶手是用这块手帕包住手枪，以免留下指纹。”接着，他有点开玩笑般地补充道，“‘潮红色手帕的线索’。”

“啊，是的，少女般的颜色，不是吗？”他放下手帕，转而去研究披肩，再次仔细地查看了烧焦的斑点。

“尽管如此，”他嘀咕着，“真奇怪……”

“怎么了？”

波洛轻声说道：“可怜的多伊尔夫人，那么平静地躺在那儿……头上被打穿了一个洞。你还记得她生前的样子吗？”

瑞斯好奇地看着他。

“你看，”他说，“我觉得你要告诉我点儿事情——可我完全不知道你要说什么。”

第十八章

有人敲门。

“进来。”瑞斯大声说。

一个侍者走了进来。“抱歉，先生，”他对波洛说道，“多伊尔先生想见你。”

“我马上就去。”

波洛站起来，走出房间，走上甲板梯口的扶梯，来到顶层甲板上，顺着甲板走进贝斯纳医生的房间。

西蒙靠着枕头坐在那儿，两颊绯红，正发着烧，看上去很狼狈。

“非常感谢你过来，波洛先生。听着，我有事想要问问你。”

“什么事？”

西蒙的脸变得更加红了。“是这样的——关于杰姬的。我想见她。你认为——你介意吗？如果你请她来这儿，她会不会同意？你知道，我躺在这儿不停地在想……那个可怜的孩子——毕竟，她只不过是个孩子——我对她太差了，而且——”

他结结巴巴地说不下去了。

波洛饶有兴致地看着他。“你想见杰奎琳小姐？我去叫她。”

“谢谢，你可真好。”

波洛去找杰奎琳·德·贝尔福特，发现她正蜷缩在观景舱的一个角落里，腿上放着一本翻开的书，不过她并没有专心阅读。

波洛轻声说道：“你能跟我过来一下吗，小姐？多伊尔先生想见你。”

她吃了一惊，脸红了——转眼又变得苍白起来。她好像愣住了。

“西蒙？他想见我——见我？”

他发现她又感动又不太敢相信。

“你去吗，小姐？”

她顺从地跟着他走了，像个孩子，但是非常迷茫。“我——当然愿意。”

波洛走进房间。“杰奎琳小姐过来了。”

她跟在他身后，身子晃了晃，又站住了。她无言而沉默地站在那儿，两眼盯着西蒙。

“你好，杰姬。”西蒙也很尴尬，接着又说，“你能来真是太好了。我想说……我是说……我想说的是——”

她喘着粗气、不管不顾地打断了他的话，脱口而出：“西蒙——我没杀琳内特。你知道我没做……我……我……我昨天晚上疯了。哦，你能原谅我吗？”

现在，他能够顺畅一点地表达了。

“当然。没事的，真的没事。我要说的就是这个。我想你可能有点担心，你知道……”

“担心？只是有点？哦，西蒙！”

“我要见你就是想说这个。一切都很好，看到没有，我的小姑娘！昨天晚上你只是有点激动——有点醉了。一切都很自然。”

“哦，西蒙，我可能会打死你的！”

“不会的，那把小破枪干不了什么……”

“你的腿！也许你以后都不能走路了……”

“现在听我说，杰姬，别那么多愁善感了。我们一到阿斯旺，他们就会给我照 X 光，把那个锡子弹头取出来，然后就都没事了。”

杰奎琳两度哽咽，她扑过去，跪在西蒙的床边，埋头抽泣起来。西蒙尴尬地拍拍她的头。他遇到了波洛的目光，波洛不情愿地叹了口气，离开了房间。他走的时候听见了断断续续的说话声。

“我怎么会入了魔？哦，西蒙……我真对不起你。”

科妮丽亚在外面倚靠着栏杆，她转过脸。

“哦，波洛先生，是你。这么美好的天气却发生了这么糟糕的事。”

波洛抬起头看了看天空。

“如果太阳出来了，你就完全看不到月亮了。”他说，“可是没有太阳的时候——啊，太阳不见了的时候……”

科妮丽亚张大了嘴巴。“抱歉，你说什么？”

“小姐，我说的是，太阳下山之后我们就能看见月亮了。是这样的，对吗？”

“哦——哦，是的，当然。”她不解地看着他。

波洛温和地笑了。“我是在胡言乱语，”他说，“别介意。”

他踱向船尾，经过隔壁房间的时候停了下来，听见里面传来零星的对话。

“太忘恩负义了——我为你做了那么多，可你根本不体谅你可怜的母亲，完全不知道我有多难受……”

波洛紧紧地抿住嘴唇，抬起手敲门。

屋子里的人吃了一惊，随即安静下来，奥特本夫人问："谁呀？"

"罗莎莉小姐在吗？"

罗莎莉在门口出现了。看到她的样子，波洛很惊讶。她眼圈发黑，法令纹很深。

"什么事？"她不客气地问，"你想干什么？"

"可否跟你说上几分钟，小姐？你能来一下吗？"

她怀疑地看了他一眼。"我为什么要过去？"

"我恳请你，小姐。"

"哦，我想——"她走出房间来到甲板上，随手关上门，"什么事？"

波洛轻轻地扶着她的胳膊，带着她沿甲板向船尾走去。他们经过卫生间，拐过弯，船尾的甲板上只剩下了他们两个。尼罗河在两人身后奔流而去。

波洛的胳膊肘靠在栏杆上。罗莎莉直挺挺地站在那儿，姿势僵硬。

"什么事？"她又问了一遍，语气依然不礼貌。

波洛字斟句酌地慢慢说着："小姐，我想问你几个问题，不过我很怀疑你会不会愿意回答。"他伸出一个手指头慢慢摸索着木围栏，"小姐，你习惯自己的负担自己扛……可你扛得太久，压力太大了。对你来说，小姐，有些不能承受了。"

"我不知道你在说些什么。"罗莎莉说道。

"我在说事实，小姐——坦白却丑陋的事实。简单地说，小姐，你的母亲酗酒。"

罗莎莉没说话，只是张着嘴巴，然后又闭上了，好像一下子变得不知所措。

“不需要你来说，小姐，让我说吧。在阿斯旺的时候，我就对你们之间的关系很感兴趣。我当时看到，尽管你小心地故意说一些不孝的话，可实际上你在积极地保护她，使她免受痛苦。我很快就知道是什么了。有天早上，我遇见了你妈妈，发现她处于一种明显的醉酒状态，可我很久之前就知道了。我能看得出，她在偷偷地酗酒。这种情况很麻烦，而你毅然应对。可是就像所有酒鬼一样，她很狡猾，想办法背着你偷偷私藏了一些酒。我并不奇怪直到昨天你才发现藏酒的地点。于是，昨天晚上你趁母亲真正睡着了，就偷偷地取出了暗窖里面的酒，走到船舷另一边（因为你们那一边靠岸），把酒全部扔进了尼罗河里。”

他顿了顿。

“我说对了，是吗？”

“是的——你说得很对。”罗莎莉忽然激动起来，“如果我不承认那就太蠢了，可我不愿意让所有人都知道。这会传遍整条船的。而且这似乎很……很可笑——我是说……我……”

波洛接过她的话茬：“你是说你居然被怀疑行凶，这很可笑，对吗？”

罗莎莉点点头。

接着，她脱口而出：“我尽力——不让大家知道这件事……这真的不是她的错。她受过打击，书卖不出去。人们厌倦了那些低劣的性话题……这伤害了她——致命的伤害。于是她开始……开始喝酒。在很长一段时间里我不明白她为什么变得这么怪异，后来才发现的，我试着……阻止她。她稍微好了一些，可忽然间又开始喝了。她会跟别人吵架、骂人，太可怕了。”她哆嗦了一下，“我一直留心着——让她离开酒精……

“后来，她因为这件事开始不喜欢我了，她——跟我敌对起来。我觉得有时候她很恨我。”

“可怜的孩子。”波洛说道。

她猛地转向他。

“别为我难过，别那么好心，我还会好过一点。”她叹了口气，一声让人心碎的长叹，“我很累……简直累极了，累极了。”

“我明白。”波洛说。

“人们觉得我很坏，高傲、暴躁、脾气差，但我也忍不住。我已经忘了如何……如何对人友善了。”

“刚才我跟你说过了，你独自一人扛着重担，时间太久了。”

罗莎莉缓缓说道：“这是种解脱——说出来。波洛先生，你……你对我一直很好，可我总是对你不礼貌。”

“礼貌！朋友之间没这个必要。”

忽然，她脸上又出现了怀疑的神情。

“你要……你要告诉所有人吗？我知道你肯定会的，因为我把那些该死的酒瓶子扔进了水里。”

“不，不，没必要。你只要告诉我我想知道的就行了。那是什么时候？一点十分？”

“可能是那个时间，我记不清了。”

“现在，请你告诉我，小姐，范·斯凯勒小姐看见你了，那你看见她没有？”

罗莎莉摇摇头。“没有，我没看见。”

“她说她是从自己房间的门口向外看的。”

“我觉得我没看见她。我就是沿着甲板看了看，又向外看了看河水。”

波洛点点头。“你沿着甲板往船尾看的时候，看见过什么人吗？任何人？”

一阵沉默，相当长的沉默。罗莎莉眉头紧蹙，思考得很认真。最终她果断地摇摇头。

“没有，”她说，“我谁都没看见。”

赫尔克里·波洛缓缓地点点头，但是眼神十分严肃。

第十九章

大家都闷不作声地三三两两缓步走进餐厅，好像达成了共识：着急坐下来吃饭是一种冷血和无情的表现。游客们都满脸歉意地一个跟着一个走进来，在餐桌面前坐下。

蒂姆·阿勒顿比他母亲晚几分钟才进餐厅入座，看上去情绪糟糕透了。

“真希望我们没参加这次倒霉的旅行。”他怒吼着。

他母亲忧伤地摇摇头。“哦，亲爱的，我也是这么想的。那个漂亮的女孩，她死得真不值！真没想到有人会这么冷血地打死她。居然有人会做这种事情，太可怕了。另一个姑娘也很可怜。”

“杰奎琳？”

“是的，我真替她惋惜。她看上去真是太难过了。”

“这是教育她再也别玩那种玩具手枪了。”蒂姆拿起奶油，冷淡地说道。

“我猜她小时候没有受到好的教育——”

“哦，看在上帝的分上，妈妈，别表现得像个善良的母亲了。”

“你今天脾气很坏，蒂姆，我很吃惊。”

“没错，我脾气很差，现在谁不是这样？”

“我不明白你为什么要发脾气，我只是觉得很伤心。”

蒂姆愤愤地说：“你的想法可真浪漫！好像你并没有意识到，跟一宗凶杀案有牵连可不是什么开玩笑的事。”

阿勒顿夫人有些惊讶。“可是，当然——”

“就是这样。这个问题根本就没有什么‘可是当然’的，这条该死的船上的每一个人都被怀疑了——包括你和我，我们跟别人一样。”

阿勒顿夫人抗议说：“从技术上来说我们确实都是，可实际上这很荒谬！”

“要是跟谋杀案有关，那就没什么荒谬的！亲爱的妈妈，你大可以坐在这儿，表现得很高尚，很正直，可是谢拉尔和阿斯旺那些让人讨厌的警察不会相信你的这些表现。”

“也许还没到那儿就真相大白了。”

“怎么可能？”

“波洛先生会侦破的。”

“那个老江湖骗子？他什么也发现不了。他就是一个留着一撮胡子，夸夸其谈的骗子，仅此而已。”

“好吧，蒂姆，”阿勒顿夫人说，“也许你是对的。就算如此，我们也得去面对，既然这样，我们就尽量高高兴兴地经历这些事吧。”

不过她儿子的悲观情绪可是一点都没消除。

“而且，那串该死的珍珠项链不见了。”

“琳内特的珍珠吗？”

“是的，好像是被人偷了。”

“我觉得这就是杀人动机。”阿勒顿夫人说道。

“为什么？你把这两件完全没联系的事情弄混了。”

“谁告诉你珍珠不见了？”

“弗格森。他那个在轮机舱里工作的粗鄙朋友告诉他的，而他朋友是听女仆说的。”

“那串珍珠很漂亮。”阿勒顿夫人说道。

波洛向阿勒顿夫人微微鞠躬，然后在桌边坐了下来。

“我迟到了几分钟。”他说。

“我知道你一直在忙。”阿勒顿夫人回答。

“是的，就没闲过。”

他问侍者要了一瓶刚刚开启的酒。

“我们的口味很多样化，”阿勒顿夫人说，“你总喝葡萄酒，蒂姆喝威士忌加苏打，而我，我会尝试各种品牌的矿泉水。”

“没错！”波洛说道。他盯着她看了一会儿，小声说：“这是个想法，这个……”

之后，他不耐烦地耸耸肩，摆脱了那种突然间占据他大脑的令人心烦的念头，开始轻松地说起了别的事情。

“多伊尔先生的伤势严重吗？”阿勒顿夫人问。

“是的，挺严重的。贝斯纳医生急着想赶去阿斯旺，给他的腿照个X光，把子弹取出来。他希望多伊尔先生不会变成永久性的跛子。”

“可怜的西蒙，”阿勒顿夫人说，“昨天看上去还是个快乐的男孩，世界上他想要的都拥有了。可是现在，美丽的妻子被杀害了，而他自己则无助地躺在床上。我真希望——”

“你希望什么，夫人？”看阿勒顿夫人没再说下去，波洛问道。

“我希望他别太责难那个可怜的小姑娘。”

“责怪杰奎琳小姐吗？恰恰相反，他很替她着急。”他转向蒂姆，“你知道，这是心理学上一个非常微妙的问题。杰奎琳小姐不停地跟踪他们，从一个地方到另外一个地方，他几近暴怒；可是现在，当她对着他开枪，把他伤得很严重——可能会一辈子残疾——他的愤怒却似乎消失不见了。你能理解吗？”

“是的，”蒂姆若有所思地说，“我想我可以理解。一开始，这件事让他觉得很难堪——”

波洛点了点头。“没错，这有损他男人的尊严。”

“可是现在——如果你换个角度看，现在是她很难堪。所有人都指责她，所以——”

“他就慷慨地原谅了她。”阿勒顿夫人接过话头，“男人就像个孩子似的！”

“女人总这么说，可事实不是这样的。”蒂姆嘟囔着说。

波洛微微一笑，接着对蒂姆说道：“告诉我，多伊尔夫人的表妹，乔安娜·索思伍德小姐，跟多伊尔夫人长得像吗？”

“你弄错了，波洛先生。她是我表妹，是琳内特的朋友。”

“啊，抱歉——我弄混了。我经常可以在报纸上看到这位年轻小姐的名字，我对她一直很感兴趣。”

“为什么？”蒂姆尖锐地问。

波洛半站起来，对着刚刚进餐厅的杰奎琳·德·贝尔福特打了个招呼。后者经过他们的餐桌，来到自己的位子上坐了下来。她脸颊红红的，眼睛明亮，呼吸急促。波洛坐回位子上之后，好像是把蒂姆的问题给忘了，含混地喃喃说道：“我不知道是不是所有佩戴珍贵珠宝的年轻女士都像多伊尔夫人一样粗心大意。”

“这么说，那串珍珠真的是被偷了？”阿勒顿夫人问道。

“谁告诉你的，夫人？”

“弗格森说的。”蒂姆主动回答。

波洛严肃地点点头。“是真的。”

“我想，”阿勒顿夫人紧张地说道，“这会给我们所有人带来不愉快。这是蒂姆说的。”

这时候的蒂姆好像心烦意乱，不过波洛还是转向他。

“啊，也许你之前有过这样的经历？在一间被抢劫了的房子里面待过？”

“从来没有。”蒂姆说。

“哦，有的，亲爱的，那时候你在波塔林顿家——那个讨厌的女人的钻石被偷了。”

“你总是把问题彻底弄乱，妈妈。我在那儿的时候他们刚刚发现戴在她那肥脖子上的钻石是假的！可能几个月以前就被换掉了。其实很多人都说是她自己换的！”

“我猜是乔安娜说的。”

“乔安娜那时不在那儿。”

“可她跟他们很熟，而且很有可能是她暗示别人的。”

“母亲，你一直对乔安娜有偏见。”

波洛连忙转移话题，说自己打算去阿斯旺的一家商店里大量购物。一家印度人开的店里有不少漂亮的紫色和金色的料子。当然要缴税，不过——

“他们对我说，他们可以——怎么说的来着？——可以帮我个忙运走，费用不是很高。你觉得呢，他们能安全地把货物送到吗？”

阿勒顿夫人说，根据她听到的，很多人在那种店里买了东西之后，商店会直接把物品安全地送到英国。

“太好了，那我也这么做。不过当一个人在国外的时候，如果从英国寄来包裹那就不巧了。你们有过这种经历吗？你们出门旅行收到过包裹吗？”

“我想没有，对吗，蒂姆？有时候你会收到一些书，当然，寄书并不麻烦。”

“是的，不麻烦，书是不一样的。”

大家吃完点心，突然，瑞斯上校毫无征兆地站了起来，开始说话了。

他讲了一下案情，还宣布了珍珠被盗的事情，说要马上开展一次全船大搜查，如果所有的游客都愿意留在餐厅等搜查结束，他将会很感激。在这之后，如果他们同意——他相信他们会同意的——会对每个人进行搜身。

周围响起了一片小小的嗡嗡的骚动声，怀疑的、生气的、激动的……波洛快速走到正要离开餐厅的瑞斯身旁，在他耳边低语了几句。瑞斯听着，点头表示同意，招呼侍者过来，跟他说了些话，然后和波洛一起走出来，到了甲板上，并随手关上门。

他们在栏杆上靠了一会儿。瑞斯点了一支香烟。

“你的主意不错，”他说，“我们很快就会知道里面有什么问题了。我给他们三分钟。”

餐厅的门开了，他们之前吩咐过的侍者走了出来，对着瑞斯敬了个礼，然后说道：“非常对，先生。有位小姐说有紧急的事要告诉你，一刻也不能拖延。”

“哦！”瑞斯脸上露出满意的神色，“是谁？”

“鲍尔斯小姐，先生，那位护士。”

瑞斯显得有些惊讶，说：“带她去吸烟室，别让其他人走开。”

“他们不会走的，先生——另一个侍者看着他们呢。”

他返回了餐厅。波洛和瑞斯走向吸烟室。

“唔，鲍尔斯小姐？”瑞斯嘀咕着。

他们刚走进吸烟室，侍者就带着鲍尔斯小姐进来了，然后关上门离开。

“怎么了，鲍尔斯小姐，”瑞斯上校看着她问道，“什么事？”

鲍尔斯小姐看上去和平时一样镇定从容又自我，没有表现出什么特别的情绪。

“请原谅，瑞斯上校，”她说，“在这种情况下我觉得最好还是马上找你谈谈，”她打开自己那轻巧的黑色手袋，“并且把这个还给你。”

她取出那串珍珠，放在桌子上。

第二十章

如果鲍尔斯小姐是那种乐于制造轰动效应的人，那她的这个举动定能让她得偿所愿。

瑞斯上校一脸震惊，从桌上拿起了珍珠。

“这太离奇了，”他说，“你能解释一下吗，鲍尔斯小姐？”

“当然，这就是我来这儿的原因。”鲍尔斯小姐舒舒服服地坐在椅子上，“决定怎么做才是上上策自然是有些困难的，那个家庭非常介意各种丑闻，他们信任我的谨慎。但是现在的情况很不一般，这使得我没有其他选择了。当然，要是你在舱房找不到什么的话，接下来肯定要搜游客的身。但如果在我身上发现了珍珠，那么局面将会很尴尬。不管如何，真相都将浮出水面。”

“可真相究竟是什么？是你把珍珠从多伊尔夫人的房间里拿出来的吗？”

“哦，不是，瑞斯上校，当然不是。是范 · 斯凯勒小姐。”

“范 · 斯凯勒小姐？”

“是的，她情不自禁，你知道，可她确实——呃——会拿别人的东西，尤其是珠宝。这就是我一直跟她在一起的真正原因，是她的小怪癖，而非什么健康问题。我时刻警惕着，幸好自从我跟她在一起之后，一直没发生什么麻烦事。这意味着只要小心警惕就行了，你知道。她拿走东西之后总是藏在同一个地方——卷进一双袜子里面——因此这就简单多了，我只需每天早上查看一下。当然，我睡觉很轻，而且总是睡在她隔壁的房间里。要是在旅馆，两个房间之间的连通门是开着的，有什么动静通常我都能听见。我会追上去，劝她上床去睡觉。当然，在船上的话会困难得多。不过她一般不在晚上做这种事情，更多的是看到别人落下什么东西之后就捡起来。当然，珍珠对她而言有相当大的吸引力。”

鲍尔斯小姐打住了。

瑞斯问道：“你是怎么发现她拿了珍珠的？”

“今天早上就在她的袜子里。我当然知道这是谁的，这串珍珠非常引人注目。我想把它放回去，希望多伊尔夫人还没睡醒，也就不会发现珍珠丢了。可是一个侍者站在那儿，告诉我发生了凶杀案，谁也不准进去。所以，你看，我左右为难。可我仍然希望在人们发现它被盗之前能偷偷溜进去把它放回原处。我向你保证，今天上午我过得很糟，一直在想该怎么办才好。范·斯凯勒一家很传统，绝对不能把这件事闹上报纸。没有必要这么做，对吗？”

鲍尔斯小姐看上去真的很焦虑。

“那也要看情况而定，”瑞斯上校谨慎地说，“当然我们会尽力而为。范·斯凯勒小姐对这件事有什么说法？”

“哦，她当然不会承认的。她从来没承认过任何事，只会说是某个坏蛋放在那儿的。她从来不承认拿了别人的东西，所以，就算你及时抓住她，她也会像只小羊羔那样去睡觉，说自己只是出来欣赏月光，或这一类的话。”

“罗布森小姐知道这个——呃，缺点吗？”

“不，她不知道，不过她母亲知道。她是个非常单纯的女孩，她母亲觉得最好还是不让她知道为好。我完全可以应付范·斯凯勒小姐。”称职的鲍尔斯小姐补充道。

“我们得谢谢你，小姐，谢谢你能及时过来找我们。”波洛说道。

鲍尔斯小姐站起来。“我希望我这么做是对的。”

“放心，你做得对。”

“要知道，这其中还牵扯到一宗谋杀——”

瑞斯上校打断了她的话，声音非常严肃。

“鲍尔斯小姐，我要问你一个问题，而且我必须要求你实话实说。范·斯凯勒小姐的精神有些问题，患有盗窃癖，那她有没有杀人的倾向？”

鲍尔斯小姐立即回答道：“哦，天哪，不！没这回事。我绝对可以担保。这位老小姐连只苍蝇都不会伤害的。”

答案如此确凿无疑，似乎也没什么可问的了。不过波洛还是问了一个小问题。

“范·斯凯勒小姐的听力有什么问题吗？”

“实际上有，波洛先生，可是没严重到能让你发现。如果你跟她说话，她是能听见的，并不聋；不过要是你走进房间，她是听不见的。就是这样。”

“多伊尔夫人的房间就在她的隔壁，如果有人在里面走动，你觉得她能听见吗？”

“哦，我想她是听不见的——完全听不见。你知道，她的床在房间的另一边，也不靠墙。所以，我觉得她什么都听不见。”

“谢谢你，鲍尔斯小姐。”

瑞斯说道：“也许你愿意回餐厅跟其他人一起等着？”

他为她打开门，看着她走下楼梯进了餐厅，然后关上门，回到桌子旁边。波洛手里拿着那串珍珠。

“好吧，”瑞斯冷冷地说，“她反应很快。这是个头脑冷静、机灵狡猾的年轻女人——如果她认为可行，完全有能力向我们隐瞒很久。现在，我们该怎么看范·斯凯勒小姐？我认为不能把她从嫌疑人名单中剔除，要知道，她有可能为了珠宝而杀人。我们不能相信这个护士的说辞，她可是全心为了这个家族。”

波洛同意地点点头，他正忙着用手指头拨弄珍珠，一个一个地举在眼前观察着。

他说：“我觉得我们可以认为那个老小姐的话部分是真实的。她的确从自己房间向外看过，也的确看见了罗莎莉·奥特本。不过我认为她没听见琳内特·多伊尔房间里有什么动静，或有人在走动。她只是从自己房间向外偷看，伺机溜出去偷珍珠。”

“而那个时候，奥特本小姐就在那儿？”

“是的，在那儿把她母亲私藏的酒扔进水里。”

瑞斯上校同情地摇摇头。

“原来是这样！这个女孩真不幸。”

“没错，她一直过得不开心。可怜的罗莎莉。”

“好，很高兴事情都清楚了。她没看见或听见什么吗？”

“我问过了，她——过了二十秒之后——回答说没看见任何人。”

“哦？”瑞斯上校一脸警觉。

“没错，这很有启发性。”

瑞斯缓缓地说道："假如琳内特·多伊尔是在大约一点十分，或者船上安静下来之后被枪杀的，那我很奇怪为什么没人听见枪声。我承认这种玩具小手枪不会发出太大的响声，可那个时候船上很安静，任何响声，即使是轻轻的噗的一声，也能听见。可是我现在开始明白了。她前面的房间是空的——因为她丈夫在贝斯纳医生的房里。她后面的房间里住着耳聋的范·斯凯勒小姐，还有一个就是——"他打住了，期待地看着波洛，后者点点头。

"在船的另一边的房间。就是——彭宁顿。我们好像又绕回彭宁顿这儿了。"

"我们很快就要转过来对付彭宁顿，向他摊牌了。啊，我希望自己能从中享受到乐趣。"

"与此同时，我们最好还是进行全船的搜查。寻找珍珠仍然是一个很不错的借口，即便它已经被找到了。鲍尔斯小姐是不会大肆宣扬这件事的。"

"啊，这串珍珠！"波洛拿起来对着亮光又看了看。

他伸出舌头舔了舔珍珠，甚至用牙齿小心翼翼地咬了咬其中的一颗。然后，他叹口气，把珍珠扔回桌上。

"事情更复杂了，我的朋友，"他说，"我不是珠宝专家，不过以前我多次接触过珠宝，对自己下面所说的话还是比较肯定的。这串珍珠只不过是一件精致的仿品。"

第二十一章

瑞斯上校起劲地咒骂着："这该死的案子越来越乱了。"他拿起珍珠，"你没有弄错吗？我看不出有什么问题啊？"

"这些珍珠都是高级仿品——没错。"

"那这会把我们引到什么方向上去呢？我认为琳内特·多伊尔不会故意去做一串珍珠仿品，然后为了安全的缘故戴着上船吧？很多女人都会这么干。"

"我觉得，如果是这样的话，她丈夫应该知道。"

"也许她没告诉他。"

波洛不满地摇着头。"不，我认为不是这样的。上船之后的第一个晚上，多伊尔夫人的珍珠让我赞赏至极——它们具有绝妙的色泽和光彩。我可以肯定，那时候她戴着的是真珍珠。"

"这样的话我们可以得出两种可能性。第一，范·斯凯勒小姐在是在别人偷了真品之后才拿了这串假的珍珠。第二，盗窃癖的故事全都是瞎编的，或者说鲍尔斯小姐是个小偷，匆忙中编出这个故事，然后交出假珍珠用来排除嫌疑；要么就是她们两个人都参与了盗窃。也就是说，她们是一伙狡诈的、假扮成上层家庭的珠宝盗贼。”

“是的，”波洛咕哝着说，“这不好说。不过我要向你说明一点——要做出一串和真品一模一样的仿品，甚至搭扣都一样，其相似程度完全能瞒过多伊尔夫人，这需要相当高超的技术，不可能是在匆忙之中做出来的。无论哪个人做了这些仿品，都需要有一个可以研究原品的很好的时机。”

瑞斯站了起来。

“现在再怎么推测也没用了，让我们接着进行吧。我们得找到那串真的珍珠，与此同时还要继续睁大眼睛。”

他们先检查了下层甲板上的客舱。理查蒂先生的房间里是各种用不同国家文字写成的考古书籍，还有各式各样的衣服、香味很浓的洗发水和两封私人信件——一封来自叙利亚的考古探险队，一封来自他在罗马的妹妹。他的手帕都是彩绸的。

下一个是弗格森的房间。里面有一些共产主义的宣传册，很多照片，塞缪尔·巴特勒[①] 的《埃瑞璜》和佩皮斯[②] 的简装版《日记》。他的私人物品并不多。大部分的外套都又破又脏，而内衣则不同，质量都非常好。他用的是昂贵的亚麻布手帕。

“有趣的矛盾。”波洛嘟囔道。

瑞斯点点头。“太奇怪了，根本没有私人证件和书信什么的。”

“没错，这需要我们好好想一下。弗格森先生是个奇怪的年轻人。”他沉思着，看着手里的图章戒指，然后把它放回了抽屉里原来的位置。

之后他们去了路易丝·布尔热的房间。女仆是要等其他客人都吃

①塞缪尔·巴特勒（Samuel Butler，1835—1902），英国小说家、诗人。
②佩皮斯（Pepys，1633—1703），英国政治家和作家。

完了才能吃饭的，不过瑞斯已经提前让人带她去别的游客那儿了。一个侍者找到了他们。

“抱歉，先生，”他道着歉，“我怎么也找不到这个年轻女人，我不知道她会在哪里。”

瑞斯看了看舱房里面，没有人。

他们来到了上层甲板，从右舷开始检查。第一个房间是詹姆斯·范索普的。里面的一切都井然有序。虽然范索普先生没有多少行李，不过都是高档用品。

“没有信件，”波洛若有所思地说，“他很仔细。我们这位范索普先生把所有的往来信件都销毁了。”

他们转而去了蒂姆·阿勒顿的房间，就在隔壁。

这里有一些可以表现出英国国教教徒思维方式的东西：小而精致的三联画和一串工艺复杂的木念珠。除了私人衣物，还有一本写了一半的书稿，字迹潦草，并带有大量的注释。还有很多书籍，不少都是刚刚出版的。另外还有一些胡乱放在抽屉里的信。波洛一向不介意翻查别人的信件，他略略浏览一番，注意到其中并没有乔安娜·索思伍德的来信。他拿起一管强力胶，心不在焉地摸索了一两分钟，然后说道：“我们去检查下一个舱房吧。”

“没有伍尔沃斯卖的那种手帕。”瑞斯报告说，并迅速把东西放回抽屉。

阿勒顿夫人的房间就在隔壁。里面相当整洁，弥漫着一股淡淡的老式熏衣草的香味。两个人没用多久就检查完了。走出房间时，瑞斯说道：“真是一个很好的女人。”

下面一个房间是西蒙·多伊尔用来做更衣室的。他随身的必需品——睡衣、洗漱用具等——全都搬到贝斯纳的房间里去了，但是其余东西还在这儿：两个巨大的皮质手提箱和一个长长的帆布袋子，衣橱里也还有一些衣服。

“我们需要仔细地检查这里，我的朋友，”波洛说，“因为那个小偷很有可能把珍珠放在这儿。”

“你觉得有可能？”

“当然。你想想，那个小偷，不管他或她是谁，肯定知道早晚会进行检查，所以把赃物藏在自己的房间是极其愚蠢的。藏在公用的房间也比较困难。可这间舱房，它的主人不经常来这儿，就算在这里找到了珍珠，我们还是无法确定谁是小偷。”

但是一番细致的检查之后，他们并没有发现有关失踪珍珠的线索。

波洛轻声说了句“见鬼”，之后他们走上甲板。

自从琳内特·多伊尔的尸体被挪走，她的房间一直是锁着的。不过瑞斯随身带了钥匙，他打开门，两个人走了进去。

从今天早上到现在，除了琳内特的尸体被搬走了之外，这个房间原封未动。

“波洛，”瑞斯说道，“如果能在这儿找到什么的话，看在上帝的分上，你就去找吧！如果有人能找到东西，我知道，那个人一定就是你。”

“这次你说的不是珍珠吧，我的朋友？”

“没错，我说的是凶手。今天早上我可能遗漏了些什么。”

波洛平静而熟练地工作着。他一寸一寸地仔细检查着地板；他检查了床，快速地检查了衣橱和五斗橱，检查了挂衣箱和两个精致的手提箱，检查了贵重的金边化妆盒。最后，他的注意力转移到了洗脸盆架上，上面摆满了各种各样的雪花膏、香粉和乳液。但波洛唯一感兴趣的是两个贴着“指甲油”标签的小瓶子。他把它们拿到了梳妆台上。

贴有“玫瑰色指甲油”标签的瓶子除了瓶底还有一两滴深红色液体，基本上是空的了。另一个同样大小的瓶子却是满满的，上面贴着“深红色指甲油”的标签。波洛先打开空的，又打开了满的，然后仔细地闻了起来。

房间中顿时弥漫着一股梨汁的气味。波洛做了个鬼脸，盖上瓶盖。

“你找到什么了吗？”瑞斯问道。

波洛用一句法国谚语回答了这个问题：“用醋去粘苍蝇，办不成事。”接着，他叹了口气，“我的朋友，我们运气不好，那个凶手不愿意帮忙。他没有给我们留下袖口链扣、香烟头或者雪茄灰——或者，如果那是个女人的话，她没有留下手帕、口红或者发夹。”

“只留下了指甲油？”

波洛耸耸肩。“我得去问问那个女仆，这其中——是的，有些奇怪。”

“我想知道那个姑娘到底去哪儿了。”瑞斯说。

他们走出房间，锁上房门，然后到了范·斯凯勒小姐那儿。

在这里他们又一次看到了有钱人的用品：奢华的梳妆工具、考究的皮箱，还有一些井然有序的私人信件和证件。

隔壁是波洛住的双人间，走过去就是上校的舱房了。

“不可能藏在这两间舱房里。”上校说。

波洛表示反对：“不一定。有一次我在东方快车上调查一起凶杀案，有一件猩红色的女士和服睡衣不见了，但肯定还在火车上。后来我终于找到了——你觉得会在哪儿？在我上了锁的手提箱里！啊，这也太无礼了！”

“好吧，那就让我们看看这次会不会有人对你我无礼。”

不过，偷珍珠的贼并没有对波洛或者瑞斯上校无礼。

他们转过船尾，仔仔细细地检查鲍尔斯小姐的房间，但没找到任何可疑的物品。她用的是绣着首字母的纯亚麻布手帕。

然后就是奥特本母女的房间。在这里，波洛又进行了一次细致的搜查，不过依然毫无结果。

再下面是贝斯纳的房间。西蒙·多伊尔躺在那儿，旁边放着一托盘没动过的食物。

“我不舒服。”他抱歉地说。

他似乎正在发烧，比之前还要糟糕。波洛明白贝斯纳为什么急着要把他送去医院好好治疗了。

小个子比利时人对两个人解释了来意，西蒙点点头表示同意。但听说鲍尔斯小姐归还了珍珠，还是一串仿品的时候，他相当惊讶。

“多伊尔先生，你是否确定你妻子没有一串珍珠仿品——并且她戴着上船的是真品而非仿品？”

西蒙坚决地摇摇头。“不会，我完全可以确定。琳内特爱这些珍珠，去哪儿都戴着。她给珍珠上了各种保险，所以我觉得这让她有些粗心大意。”

“那我们必须接着搜查。”

他打开抽屉，瑞斯则对手提箱进行了检查。

西蒙瞪大了眼睛。“听着，你们该不会怀疑是老贝斯纳偷了珍珠吧？”

波洛耸耸肩。

“有可能。毕竟，我们对贝斯纳医生了解些什么？不过就是他自己说的那些事。”

“但是，如果他把珍珠藏在了这里——我会看见的。”

“要是他今天藏了珍珠，你肯定会看到。可是我们不知道是什么时候真的变成了假的。有可能他几天之前就调换过了。”

“我没想过这个。”

但是搜查还是没有收获。

隔壁房间就是彭宁顿的。这番搜查花了两个人一些时间。波洛和瑞斯特别检查了箱子里的法律和商业文件，大部分都需要琳内特的签字。

波洛失望地摇摇头。“这些文件看上去都很公平公开，你同意吗？”

“完全同意。尽管这样，这人可不是个天生的傻子，如果其中有让他难堪的文件——委任书之类的东西——他做的第一件事就是销毁它。”

“没错，是这样的。”

波洛从五斗橱顶端的抽屉里拿出一把沉重的柯尔特左轮手枪，看了看，又放了回去。

“这么看起来，似乎仍然有人是带着手枪旅行的。”他自言自语道。

“是的，这也许有些启发。不过，琳内特·多伊尔不是被这种大口径手枪打死的。”瑞斯顿了顿，又说，“你知道，我考虑了你提出来的手枪被扔进水里的观点，想到了一个可能的答案。假设那个真正的凶手把手枪留在了琳内特·多伊尔的房间里，而另一个人——第二个人——拿走了手枪并扔进了河里。你觉得有可能吗？”

“对，有可能。我也这么想过。可是这样一来就引发了一连串问题。谁是第二个人？他出于什么目的要拿走手枪，以保护杰奎琳·德·贝尔福特呢？第二个人在那里做什么？曾走进房间的另外一个人，我们知道的就只有范·斯凯勒小姐了。你能想象是范·斯凯勒小姐扔的手枪吗？她为什么要包庇杰奎琳·德·贝尔福特？然而，除了这个，还有什么理由要扔掉手枪？”

瑞斯提议："也许她认出了披肩是自己的，于是紧张起来，便把手枪连同包着它的披肩一股脑儿地扔进了水里。"

"披肩——有可能，但是把手枪也扔了？不过，我还是同意这是一个可能的答案。可是这有点笨——唉，有点笨。至于披肩，有一个问题你仍然没有解决——"

走出彭宁顿的房间之后，波洛提议瑞斯去检查其他的房间——杰奎琳的、科妮丽亚的和尽头处的两间空房。他自己则去找西蒙·多伊尔。他沿着甲板，再次走进贝斯纳的房间。

西蒙说："听我说，我一直在琢磨。我十分肯定那串珍珠昨天还是好好的。"

"为什么，多伊尔先生？"

"因为琳内特——"提及妻子的名字，他有些紧张，"吃晚饭之前在手里把玩珍珠，一颗一颗检查，还谈论过。她对珍珠是有一定了解的。如果是假的，我认为她肯定能看出来。"

"但是那些珍珠是高仿的。不过，请告诉我，多伊尔夫人有没有让珍珠离手的习惯。比方说借给朋友戴？"

西蒙的脸红了，有点窘迫。

"你知道，波洛先生，我说不出来……我……我……我跟琳内特，你知道的，认识不是很久。"

"啊，没错，你们俩之间发生的是闪电浪漫史。"

西蒙继续说道："这个——真的——这种事我不知道。不过琳内特很大方，我猜她有可能借给别人。"

"比如，她从来没有——"波洛平静地说道，"比如，她从来没有把珍珠借给德·贝尔福特小姐吗？"

"你是什么意思？"西蒙的脸涨得通红，想坐起身来，但是痛得又躺了下去，“你是什么意思？你是说杰奎琳偷了珍珠？她没有。我发誓她没有。杰奎琳正直得要命，认为她是小偷的想法太荒谬了——绝对荒谬。”

波洛温和地看着他，两眼闪着微光。

“哎呀哎呀，”他出人意料地说道，“我的猜想闯了祸了。”

西蒙固执地重复着，完全不在意波洛的玩笑。“杰姬很正直！”

波洛回忆起了在阿斯旺尼罗河边听到的那个女孩的声音：“我爱西蒙，他也爱我……”

他以前一直在想，那天晚上他听到的三个人的说法哪一个是真话，现在看来，杰奎琳的更接近真相。

门开了，瑞斯走进来。

“什么也没找到，”他粗鲁地说，“唉，本来也没打算能找到。我看到侍者走过来了，准备报告检查游客的情况。”

一个男侍者和一个女侍者来到门口。男的先说道：“没有查到什么，先生。”

“先生们有谁闹过吗？”

“只有那位意大利的先生闹了一番，说这是个侮辱之类的话。他还带着一把枪。”

“什么样的枪？”

“点二五毛瑟自动手枪，先生。”

“意大利人都性急暴躁，”西蒙说道，“在瓦迪·哈勒法的时候，因为弄错了一封电报，理查蒂就闹个没完。由于这件事，他对琳内特非常粗鲁。”

瑞斯转向女侍者。这是一个漂亮的高个子女人。

“女士们的身上没什么，先生。她们大惊小怪得不得了——除了阿勒顿夫人，她真是太好了。没发现珍珠。顺便说一句，那位年轻的女士，罗莎莉·奥特本小姐，手袋里有一把小手枪。”

“是什么样的？”

“很小，先生，枪柄上镶嵌着珍珠，就像个玩具。”

瑞斯的眼睛瞪得大大的。

“这案子真该死，”他嘟囔着，“我本以为可以排除对她的怀疑，可现在——难道这船上的每个女孩都随身带着镶珍珠的玩具手枪吗？”

他忽然问女侍者：“你发现手枪时，她是什么表情？”

女人摇了摇头。“我想她没有注意到。我是背对着她检查手袋的。”

“就算是这样，那她也肯定知道你看见手枪了。哦，这可难倒我了。那个女仆呢？”

“我们找遍了全船，先生，哪里都没看到她。”

“你们说什么？”西蒙问道。

“多伊尔夫人的女仆——路易丝·布尔热。她失踪了。”

“失踪了？”

瑞斯沉思着说：“很有可能是她偷了珍珠。她有很多机会去做复制品。”

“然后，她发现人人都要搜身的时候，就从船上跳进河里去了？”西蒙建议道。

“乱说！”瑞斯烦躁地说，“一个女人不可能在大白天就跳进水里，而不让人发现。她肯定在船上的某个地方。”他又问女侍者，“你最后看见她是在什么时候？”

“午饭铃响前的半小时，先生。”

“无论如何，我们去看看她的房间，”瑞斯说，“也许会找到一些线索。”

他带领着大家走向下层甲板。波洛跟在他身后。他们打开门走了进去。

路易丝·布尔热的工作是把别人的东西整理得有条有理，可她却懒得收拾自己的东西，任它们七零八落地堆在五斗橱上面；一个手提箱就那么敞开着，衣服搭在箱子边缘上，箱子盖都盖不上了；内衣则软塌塌地挂在椅子边上。

波洛那干净的手指头敏捷地打开梳妆台的抽屉，而瑞斯正在仔细地检查手提箱。

路易丝的鞋放在床前面的地板上，其中一只黑色漆皮的，摆放的角度似乎有些不对劲，都快悬空了。这种奇怪的现象引起了瑞斯的注意。

他合上手提箱，弯下腰看那双鞋。忽然，他大叫起来。

波洛赶紧转过身。

“那儿有什么东西？”

瑞斯冷峻地说：“她没有失踪，她就在这儿——在床下……”

第二十二章

路易丝·布尔热平躺在自己舱房的地板上。两个人俯下身看着。

瑞斯先直起了腰。

“我认为她死了大约一小时。我们请贝斯纳来鉴定一下。一刀刺中心脏，我猜她当场就死了。她的表情很痛苦，对吧？”

“是的。”波洛哆嗦着点点头。

那张深色、狡诈的脸因为吃惊和愤怒而变得扭曲了，嘴巴大张，露出了牙齿。

波洛慢慢地弯下腰，抬起死者的右手。指缝里露出了一些东西，波洛扳开手指取了出来，递给瑞斯。是一块扯碎的薄纸片，红中透着紫色。

“你觉得这是什么？”

“钞票。”瑞斯说道。

“我猜是一千法郎的一个角。”

“嗯，这就清楚了。”瑞斯说，“她知道点什么——她借着自己所知道的勒索了凶手。我们早上的时候就觉得她不诚实了。”

波洛大声说道：“我们真傻——真是太蠢了！当时我们就该知道了。她是怎么说的来着？‘我能听见或看见什么啊？事情发生时，我在甲板下面……当然，如果我当时睡不着觉，或者爬上了楼梯，那么也许会看见这个恶魔进出夫人的房间，可是——’显然这就是真实发生的状况！她确实上了楼梯，也确实看见有人偷偷溜进琳内特·多伊尔的房间——或者是从房间里走出来。可是，因为她贪婪，贪婪得丧失了理性，所以躺在了这里——”

“而我们没能更加深入地了解是谁杀了她。”瑞斯厌恶地替波洛把话说完。

波洛摇摇头。“不不，现在我们知道的已经很多了。我们知道，是的，我们差不多什么都知道了。只是我们所知道的事实让人难以置信……事情的经过肯定是这样的，只不过我不理解。哼！今天早上我真是傻透了！我们认为——我们两个都认为——她对我们有所保留，可我们万万没想到她留着这些话是为了勒索。”

“她肯定是直截了当地去要封口费，”瑞斯说，“以威胁的口吻。凶手不得不答应她的要求，然后付给她法国钞票，是这样吗？”

波洛若有所思地摇摇头。“我想不是。有很多人在旅行的时候会随身携带一些钱——有时候是五英镑的钞票，有时候是美元，也会带着法国钞票。很有可能是凶手把自己手上的各国钞票都给了她。让我们接着推测吧。”

“凶手来到她的房间，给了她钱，然后——”

“然后，”波洛说，“她数了数钱。哦，没错，我了解她这种人。她会去数钱，而在数钱的时候会完全放松警惕。于是凶手动手了。一切都很顺利，他拿回钱逃跑了，但没有注意到其中一张钞票被扯掉了一个角。”

“我们可以由此来抓住他。”瑞斯迟疑地建议。

“我怀疑，”波洛说，“他会检查那些钞票，所以有可能会注意到钞票破了。当然，如果他是一个吝啬的人，就不会销毁那张一千法郎的钞票，但是恐怕——我非常担心他恰恰不是这种人。”

“你是怎么推测出来的？”

“这件案子和杀死多伊尔夫人的那件案子都需要某些特定的性格——勇敢、胆大妄为、行动力强、动作敏捷。这些性格不符合节俭而谨慎的人。”

瑞斯丧气地摇摇头。“我还是把贝斯纳叫过来吧。”

这并没有花费矮胖医生多少时间。他一边做着检查，一边用德语说着“啊”和“原来是这样”。

“死亡时间不超过一个小时，”他说，“死得很快——当场死亡。”

“你认为凶器是什么？”

“啊，这个问题很有意思。这是一件锋利的、刃很薄的、精致的东西。我可以给你们看看这类物品。”

他带着侦探们回到自己房间，打开一个盒子，拿出一把制作精良的手术刀。

“类似这种东西，我的朋友，不会是一把普通的餐刀。”

“我猜，”瑞斯平和地说，“你没有丢失——呃，自己的手术刀吧，医生？”

贝斯纳瞪着他，脸气得通红。

“你在说什么？难道你认为我——我，卡尔·贝斯纳，奥地利知名的医生、有自己的诊所、病人都是有头有脸的人物——会去杀死一个可怜的小女仆？啊，你说的可真是荒谬——太荒唐了！我的手术刀一把都没丢，我告诉你，全部都在这儿，整齐地摆放在原位。你可以自己过来看看。这是对我职业的侮辱，我不会忘记的。”

贝斯纳医生啪的一下关上了盖子，然后放下盒子，跺着脚走到甲板上去了。

“哎呀！”西蒙说，“你把这个老头儿惹恼了。”

波洛耸了耸肩。“真遗憾。”

“你搞错了。老贝斯纳是个好人，即便他有德国人的通病。”

忽然，贝斯纳医生又出现了。

“现在你们可否离开我的房间？我要给病人的腿换药。”

鲍尔斯小姐是跟他一起出现的，她正轻快而专业地等着其他人离开。

瑞斯和波洛温顺地轻轻走了出去。

瑞斯小声嘀咕了几句就走了。波洛向左转过身，断断续续地听到女孩的说话声和笑声。是杰奎琳和罗莎莉，她们都在后者的房间里。

两个女孩挨着打开的门站着。他的影子投在她们身上，女孩们抬起头。他还是头一次看见罗莎莉·奥特本对他微笑——害羞的、欢迎的微笑。她的笑容不是那么明朗，好像她正在做一件自己不熟悉的新鲜事情。

“你们在说那件丑事吗，小姐们？”他责备道。

“不是，”罗莎莉说，“其实我们是在评论口红。”

波洛微笑了。“无聊而琐碎的小事。”他嘟囔着。

可是他笑得有些僵硬，杰奎琳·德·贝尔福特比罗莎莉更机灵、观察力更加敏锐，她看了出来。她放下手中的口红，来到甲板上。

“这会儿发生了——什么事吗？”

“你猜对了，小姐，出事了。”

“什么事？”罗莎莉也跟了过来。

“又有一个人死了。”波洛说道。

罗莎莉倒抽一口冷气。波洛仔细地观察着她，看到她眼睛中闪过一丝害怕，甚至是震惊。

“多伊尔夫人的女仆被杀死了。”他直接地说。

“被杀了？”杰奎琳大喊，“你说被人杀死了？”

“对，这正是我说的。”虽然是在回答杰奎琳的问题，可他却看着罗莎莉。他对着罗莎莉继续说道：“你知道，这个女仆无意中看见了什么，所以，她被杀了，省得她管不住自己的舌头。”

“她看见什么了？”

又是杰奎琳问的，而波洛的回答又是对着罗莎莉说的。这真是一场怪异的三人对话。

“我可以确定她看到了什么，”波洛说，“她看见那天晚上有人进出琳内特·多伊尔的房间了。”

他耳朵很灵，听见她马上就深吸了口气，随即看到她眼皮一眨。罗莎莉·奥特本的反应在他意料之中。

“她说没说看见的是谁？”罗莎莉问道。

波洛缓缓地——遗憾地——摇了摇头。

甲板上传来了脚步声，是科妮丽亚·罗布森。她双眼圆睁，神色慌张。

“啊，杰奎琳，”她大声说道，“发生了可怕的事！又一件要命的事！”

杰奎琳转向她，两个人向前走了几步。波洛和罗莎莉则下意识地向相反的方向走去。

罗莎莉尖厉地问："你为什么看我？你在想什么？"

"你一下问了我两个问题，作为交换，我只问你一个问题。你为什么不把真相都告诉我，小姐？"

"我不明白你在说什么。今天早上，我什么都跟你说了。"

"不，你隐瞒了一些事。你没有告诉我你的手袋里有一把镶珍珠的小口径手枪，也没有告诉我你昨天晚上看到的所有情形。"

她涨红了脸，然后语气尖锐地说："这不是真的，我没有左轮手枪。"

"我没说左轮手枪，我说的是你的手袋里有一把小口径的手枪。"

她转身跑进自己房间，又跑了出来，把自己的灰色皮手袋塞进他手里。

"你胡说。你自己看吧。"

波洛打开来，里面没有手枪。

他把手袋还给她时，遇上了她那嘲笑的、得意的目光。

"没有，"他温和地说，"没在里面。"

"你瞧，你并不总是对的，波洛先生。而且，你说的其他荒谬的事情也都是错的。"

"不，我不这么认为。"

"真是气死人了！"她生气地跺着脚，"一旦脑子里有了想法，你就不停地不停地不停地那么想。"

"因为我想让你告诉我实话。"

"什么实话？你好像比我还清楚。"

波洛说："我想让你告诉我你都看见了什么。要是我说对了，你就承认，可以吗？告诉你我的小想法吧：我认为你绕过船尾的时候不由自主地停下来了，因为你看见一个人走出甲板中间位置的房间——第二天你才意识到那是琳内特 · 多伊尔的房间。你看到他走出来，随手关上门，离开你看到的位置，向着你的反方向走掉了——而且，也许走进了头部两个房间中的一个。那么，我说得对吗，小姐？”

她没回答。

波洛说：“也许你觉得还是不说为妙，如果你说了，也可能会被杀死。”

有那么一刻，他觉得她马上就要上当了——通过指责她没有勇气就能让她上当，而巧妙的讲道理反而没用。

她张了张嘴——哆嗦着——然后——“我谁都没看见。”罗莎莉 · 奥特本说道。

第二十三章

鲍尔斯小姐从贝斯纳医生的房间里走了出来，捋平挽在手腕上方的袖子。

杰奎琳立刻撇下科妮丽亚，跑向护士。

“他怎么样了？”她问。

波洛及时走了过来，听见了回答。鲍尔斯小姐看上去非常担心。

“还不算太糟。”她说。

杰奎琳大喊：“你是说情况恶化了吗？”

“哦，我得说，等我们到了岸上，用 X 光好好地照一下，再用药把伤口清理干净之后，我才能彻底放松。波洛先生，你认为我们什么时候可以到达谢拉尔？”

“明天早上。”

鲍尔斯小姐撅着嘴，摇了摇头。“太不幸了。虽然我们会尽最大努力，但他仍有可能患上败血症。”

杰奎琳抓住鲍尔斯小姐的胳膊一阵猛晃。“他会死吗？他会死吗？”

“天哪，不会的，德·贝尔福特小姐。我希望不会，这是我的想法。伤口本身没什么危险，可是肯定需要尽快治疗。可怜的多伊尔先生，他今天本来应该保持绝对安静的，可他太过担心和紧张，难怪体温会升高。他太太的突然死亡让他备受打击，还有就是这样那样的事——”

杰奎琳松开护士的胳膊，转过身走到旁边去了，背对着其他人，身体探出栏杆外。

“我是说，我们得往好的一面想想。”鲍尔斯小姐说，“当然，多伊尔先生身体强健——大家都能看出来——也许他这辈子从来就没生过病。这是好事，但不能否认的是，体温持续上升则是个危险的征兆——”

她摇摇头，又整理了一下袖子，轻快地走开了。

杰奎琳转过身，眼睛里满是泪水。她踉跄地走回自己的房间。这时，身边有人扶住了她的胳膊肘，搀着她向前走。她抬起头，在泪水中发现身旁的人是波洛。她微微倾斜地靠在他身上，跟着波洛走进自己的房间。

杰奎琳扑倒在床上，泪水夺眶而出。她伤心极了，不住地抽泣着。

“他要死了！他要死了！我知道他快死了……是我害死他的。是的，就是我害死他的……”

波洛耸耸肩，微微摇了摇头，遗憾地说：“小姐，后悔是没用的。一个人无法挽回已经发生的事。现在再后悔也已经晚了。”

她更加激动了，大声地喊着：“是我杀了他！可我那么爱他……那么爱他。”

波洛叹口气。“太爱了……”

很早之前，在布隆丁先生的餐馆里他就有这种想法，现在，这个想法又出现了。

他有些迟疑地说："无论如何都不要相信鲍尔斯小姐的话。我发现护士总是很悲观。值夜班的护士发现她们的病人到了第二天晚上居然还活着，就会非常吃惊。一向都是这样的。白天上班的护士也是如此，在早上看见病人还活着就会觉得惊讶！要知道，一个病人身上会有各种可能性，而她们知道得太多了。一个人开车的时候会对自己说：'如果有辆车从那个十字路口冲过来，或者万一前面那辆卡车忽然倒车，或者万一有只狗从篱笆上跳到我握着方向盘的手上——哎呀，我可能就会死翘翘了。'但是他一般都会假设这些事情不可能发生，他会安全地到达目的地。他这么假设是对的。但是，当然，如果一个人曾经亲自经历车祸，或者看到一次甚至几次车祸，那么他的想法就会完全相反了。"

杰奎琳破涕为笑，问道："你是在安慰我吗，波洛先生？"

"上帝知道我想干什么！你不应该来这儿旅行。"

"没错，要是我没来过就好了。这——太可怕了。可是——现在快要结束了。"

"没错……没错。"

"西蒙会被送进医院，他们会给他很好的治疗，然后，一切都会好的。"

"你说起话来就像个孩子！然后他们过上了幸福快乐的生活。你想说这个，对吗？"

她忽然脸红了。"波洛先生，我可不是这个意思——绝对不是——"

"现在想这种事情还太早。你这么说很虚伪，不是吗？可是你有一部分拉丁血统，杰奎琳小姐，你应该勇于承认，就算这些事听上去不那么得体。太阳消失了，月亮出来了，就是这样，对吧？”

“你不懂。他为我感到难过——难过极了。因为他知道，如果我发现自己把他伤得有多严重，我会很伤心的。”

“啊，那么，”波洛说，“单纯的同情，是一种崇高的品质。”

他半是嘲笑半是意味深长看看她，温和地、小声地念了几句法语：

人生空虚
有点爱
有些仇
还有互道早安
人生苦短
有点希望
有些梦想
还有互道晚安

他又回到了甲板上。瑞斯上校正大踏步地沿着甲板走来，一看见波洛马上冲他打招呼。

“波洛！太好了，我正想见你。我有个主意。”他拽着波洛的胳膊，把他拉向船头的方向，“只是多伊尔先生不经意的一句话。当时我没注意。跟一封电报有关系。”

“确实有这事。”

“也许这没什么，不过什么方法我们都要试一试。唉，老朋友，发生了两起凶杀案，可我们还在黑暗之中。”

波洛摇摇头。“不，我们没有在黑暗之中，我们在白天。”

瑞斯好奇地看着他。“你有想法了？”

“不仅仅是想法。我很肯定。”

“从——什么时候？”

“从那个女仆路易丝·布尔热死了之后。”

“我完全没明白。”

“我的朋友，这很明白——非常明白。只是现在有点困难——很为难——有阻碍！你要知道，围绕在琳内特·多伊尔这种人身边的，是很多很多的、彼此矛盾的仇恨、妒忌、猜疑和不怀好意。就好像是一群苍蝇，嗡嗡地叫着……”

“可你认为你知道了？”瑞斯好奇地看着他，“除非你很有把握，不然不会这么说的。我自己都不能说有所发现。当然，我怀疑过……”

波洛停住脚步，郑重其事地把一只手搭在瑞斯手臂上。

“你是个杰出的人物，我的上校。你并没有说：‘告诉我，你在想什么？’你知道，要是我能说，现在就说了。但是我们首先要排除掉很多东西。请你按照我提供给你的线索想一想，有几个特别的问题……德·贝尔福特小姐所说的，有人偷听到了那天晚上我和她在花园的谈话；蒂姆·阿勒顿先生对他在案发当晚听见了什么、做过什么的供述；还有路易丝·布尔热就我们今早的提问所做的重要回答。另外还有一个事实：阿勒顿夫人喝的是水，她儿子喝威士忌加苏打水，而我则喝葡萄酒；再加上两瓶指甲油和我说的那句谚语。最后，让我们来看一看整件事情的关键之处：有人用一块廉价的手帕和一条天鹅绒披肩把那把手枪包起来，扔进了河里……”

瑞斯陷入了沉思，过了一会儿，他摇摇头。

“不明白，”他说，“我还是不明白。我是说，我隐约地感觉到一点你指的是什么，但是，就我看来，这没什么用。”

“没错——没错。你说对了一半的真相。请记住这个：既然我们的第一个想法是完全错误的，那我们就得从头开始。”

瑞斯扮了个鬼脸。“我已经习惯了。我经常有种感觉，侦探工作无非是错了就重新再来。”

“没错，这话很对。可这正是有些人不愿做的事。他们在一开始就怀有某种偏见，每件事都得符合他们的理论。要是某个细节不符，他们只会不理不睬。可能解释疑问的正好就是不符合他们偏见的细节。从头到尾，我一直坚持枪从案发现场被转移走这件事很重要。我知道这意味着一些事情，可究竟是什么，直到半个小时之前我才意识到。”

“可我还是没明白！”

“你会明白的！只要按我说的那些线索想一想。现在，我们理一理电报的事。就是说，如果那位德国医生允许我们进去的话。”

贝斯纳医生仍然很生气。他开门的时候，仍然板着脸。“怎么了？你们又来打扰我的病人吗？但我要告诉你们：不行。他在发烧。他今天已经受了太多的刺激。”

“只是问一个问题，”瑞斯说，“再没别的了，我向你保证。”

医生不情愿地咕哝了一声，身子稍微向一边挪了挪，于是两个人走进房间。贝斯纳医生咕哝着从他们身边挤了出去。

“三分钟之后我再回来，”他说，“那时，你们——必须走！”

他们听见他重重地走到了甲板上。西蒙 · 多伊尔吃惊地轮番打量着他们。

“哦，”他说，“怎么了？”

“一件小事，”瑞斯回答道，“刚才侍者向我们报告时，提到理查蒂先生很难对付。你说你并不意外，因为你知道他脾气不好，为了一封电报而对你妻子很粗鲁。现在，你能说说这件事吗？”

“这不难。是在瓦迪·哈勒法，我们刚刚从第二大瀑布回来。琳内特看见通知栏上贴着一封电报，以为是她的。其实，她那个时候忘了自己已经不再姓里奇卫了，而理查蒂和里奇卫这两个姓氏，如果写得潦草一些，很容易就会认错。于是她拆了电报，可完全没看懂。正纳闷的时候，理查蒂这个家伙走过来，毫不客气地把电报从她手里抢过去，还气冲冲地胡言乱语着。琳内特去跟他道歉，可他居然对她非常粗鲁。”

瑞斯深吸一口气。“多伊尔先生，关于那封电报的内容，你是否知道一点？”

“知道的。琳内特读出来一些。上面说——”

他停下来，外面传来一阵骚动。一个尖锐的声音很快地传了进来。

“波洛先生和瑞斯上校在哪儿？我要马上见他们！很重要，我有很重要的情况。我——他们在多伊尔先生房间里吗？”

刚才贝斯纳没关门，现在门口只有一张垂下来的布帘。奥特本夫人一挑帘子，龙卷风一样地进来了。她满脸通红，步履蹒跚，说话也不那么利索了。

“多伊尔先生，”她语气夸张，“我知道是谁杀了你夫人。”

“什么？”

西蒙两眼紧紧盯着她。其他两个人也是。

奥特本夫人扬扬得意地扫视了一下三个人，她很开心——开心之至。

“是真的，”她说，“我的想法完全被证实了。这是深刻的、原始的、最初的冲动，看上去不太可能——是异想天开——但事实正是如此！”

瑞斯厉声问道：“你的意思是不是说，你有证据能证明是谁杀了多伊尔夫人？”

奥特本夫人坐在一张椅子上，身体前倾，用力点了一下头。

“当然。杀死路易丝·布尔热的人，就是杀死琳内特·多伊尔的人——两起罪行是一个人干的。这一点你们同意吧？”

“是的，是的，”瑞斯不耐烦地说，“当然，有道理，请继续。”

“那么我的推断就站住脚了。我知道是谁杀了路易丝·布尔热，所以，我知道是谁杀了琳内特·多伊尔。”

“你是说，关于是谁杀了路易丝·布尔热，你有自己的推论？”瑞斯怀疑地问。

奥特本夫人立刻像只老虎一样转向瑞斯。“不是推论，而是确实知道。因为我看见了这个人。”

西蒙激动地大喊道：“上帝啊，从头说起吧。你是说你知道谁杀了路易丝·布尔热？”

奥特本夫人点点头。

是的，她很开心——这毋庸置疑。这是属于她的时刻，属于她的胜利和得意！就算她的书卖不出去，就算那些买过她的书并狼吞虎咽地读过的人，现在有了新的心头好……这些已经全都不重要了。莎乐美·奥特本将东山再起，名声大噪。她的名字将刊登在每一份报纸上，她将会成为法庭审判时检举罪犯的重要证人。

她深吸一口气，然后张开了嘴巴，说道：“是在我去下面吃午饭的时候。我不怎么想吃饭——全都是因为最近发生的可怕的悲剧。呃，这个我就不说了。走到一半时，我想起有件东西落在房间里了，于是我让罗莎莉自己先去餐厅。所以她就走了。”

奥特本夫人停了一下。

门帘轻轻一动，像是有风吹进来。三个男人都没有注意到。

“我……呃……”奥特本夫人顿了顿，如履薄冰，可现在没有退路了，必须得继续下去，“我……呃，和船上的某个人——达成了一致。他……呃，把我需要的某个东西给我，但是我不想让女儿知道。在某种程度上，她让人很心烦——”

这段话说得不太好，不过等到上了法庭，她会说得更好的。

瑞斯抬了抬眉毛，询问地看向波洛。

波洛轻轻地点点头，做了一个“酒”字的口型。

门帘又动了动，在门帘和房门中间，有什么东西发出了微弱的青钢色的光。

奥特本夫人接着说道：“我们商量好了。我到下面一层甲板的尾部，在那儿会发现有人在等我。我走在甲板上的时候，看见有一扇房门打开了，一个人走了出来看了看。就是这个女孩——路易丝·布尔热，随便叫什么吧。她好像在等什么人，看到是我，好像很失望地又回房间了。我没多想，就像我刚才说的，我继续往前走，并从那个人手里拿到了那件东西。然后我开始往回走，走到拐弯处，看见有人敲这女仆的门，并且走了进去。”

瑞斯说：“那这个人是——”

砰！

爆炸声响彻整个房间，并伴有一股辛辣刺鼻的烟味。奥特本夫人缓缓地转向一旁，好像在最高级别的法庭里接受询问，接着，她的身体猛扑向前，啪的一声倒在地板上。就在她耳朵后面，鲜血从一个光滑的小圆洞里汩汩地流淌出来。

此刻大家完全呆住了。一阵沉默之后，波洛和瑞斯跳了起来。奥特本夫人的尸体有点碍事。波洛像只猫一样跳到门口，又跳到甲板上。瑞斯则弯下腰查看死者。

甲板上一个人也没有，但是在门槛前面的地面上扔着一把巨大的左轮手枪。

波洛往两旁匆匆看了看，甲板上仍然没有人。于是他迅速向船尾走去。拐弯的时候，他跟从反方向跑过来的蒂姆·阿勒顿撞在了一起。

“到底是怎么了？”蒂姆气喘吁吁地问。

波洛尖厉地问：“你跑来的时候看到什么人没有？”

“看到人？没有。”

“跟我过来。”他抓着年轻人的胳膊原路返回。这时候门口已经聚集了好几个人。罗莎莉、杰奎琳和科妮丽亚早就从房间里跑了出来。还有人从观景舱里来到了甲板上——包括弗格森、吉姆·范索普和阿勒顿夫人。

瑞斯站在左轮手枪旁边。波洛转向蒂姆·阿勒顿。“你的口袋里有没有手套？”

蒂姆摸了摸口袋。“有。”

波洛抓过手套戴上，弯腰去检查左轮手枪。瑞斯也在检查。其他的人都屏住呼吸看着。

瑞斯说：“他没有走另外一条路。范索普和弗格森就坐在这层甲板的休息处，会看见他的。”

波洛回应道：“如果他去了船尾，那么阿勒顿先生就会看到。”

瑞斯指着左轮手枪说：“我们刚刚才看到过这把手枪，真是奇怪。不过还需要证实一下。”

他敲了敲彭宁顿的房门，没有动静。里面没人。他大步走到衣橱右边的抽屉前，猛地拉开。左轮手枪不见了。

“问题解决了，”瑞斯说，“那么，彭宁顿在哪儿？”

他和波洛走出房间，又回到甲板上。这时，阿勒顿夫人也走过来了。波洛迅速走到她面前。

“夫人，请你陪着奥特本小姐，照顾好她。她母亲已经被人——”他对瑞斯使了个眼色，瑞斯点点头，“打死了。”

贝斯纳医生连忙走过来。“上帝啊！又出什么事了？”

他们为他让开了路。瑞斯指了指舱房，贝斯纳走了进去。

“要找到彭宁顿。”瑞斯说，“左轮手枪上有指纹吗？”

“没有。”

他们在下面的甲板那儿找到了彭宁顿，他正坐在小客厅里写信。他仰起了英俊的、刮得光光的脸。

“有新消息吗？”他问。

“你听见一声枪响了吗？”

“啊，你们这么一说——我相信我刚才确实听到了砰的一声。可我做梦都没想到——谁被打死了？”

“奥特本夫人？”

“奥特本夫人？”彭宁顿十分震惊，“啊，你们让我很吃惊。奥特本夫人，”他摇摇头，“我一点都不明白。”他压低声音，“先生们，我觉得我们船上有个杀人狂。我们应该建立一套防御系统。”

“彭宁顿先生，”瑞斯说，“你在这间屋里多久了？”

“呃，让我想想，”彭宁顿轻轻地摸着下巴，“我觉得差不多有二十分钟了。”

“没离开过？”

“没有——肯定没有。”他诧异地看着他们两个人。

“你要知道，彭宁顿先生，”瑞斯说，“奥特本夫人是被你的左轮手枪打死的。”

第二十四章

彭宁顿先生惊呆了。

“啊，先生们，”他说，“这件事非常严重——确实非常严重。”

“对你而言的确非常严重，彭宁顿先生。”

“我？”彭宁顿吃惊挑着眉毛，“可是，亲爱的先生们，枪响的时候我正静静地坐在这里写信。”

“也许。有人能给你作证？”

彭宁顿摇摇头。“哦，没有——我不能这么说。可是，我跑到上面的甲板上打死了这个可怜的女人（我究竟为什么要打死她？），然后再下来，还不能让别人看见，这显然是不可能的。白天的这个时候，总有很多人在上面甲板的休息处。”

“那你如何解释凶手用了你的手枪？”

“呃——恐怕这个要怪我自己了。上船后没多久，一天晚上大家在大厅里聊天，我记得当时是在谈论枪炮。我说过我出门旅行的时候总是带着一把左轮手枪。”

“都有哪些人？”

“呃，我不太记得了。我想大部分人都在那儿，反正人很多。”他慢慢地摇着头，“唉，没错，肯定怪我。”

他又继续说道：“先是琳内特，接着是琳内特的女仆，现在又是奥特本夫人。这根本没道理啊！”

“有道理。”瑞斯说。

“是吗？”

“是的。当时奥特本夫人正要说出她看见进了路易丝房间的是哪个人，还没说出口就被打死了。”

安德鲁·彭宁顿掏出一条精美的丝绸手帕擦了擦眉毛。“所有这些事都太可怕了。”他嘀咕着。

波洛说：“彭宁顿先生，我想跟你探讨一下这个案子里的某些问题。你可否半小时之后到我的房间来一下？”

“我很高兴跟你谈谈。”

可他的声音一点都不高兴，脸色看着也不高兴。瑞斯和波洛对视一眼，离开了小客厅。

“这只狡猾的老魔鬼。”瑞斯说，“可他害怕了，对吧？”

波洛点点头。“是的，我们的彭宁顿先生现在可不怎么高兴啊。”

他们又回到了上面的甲板。阿勒顿夫人从自己的房间里走出来，一看到波洛就着急着冲他招招手。

“夫人？”

“那个可怜的孩子！请告诉我，波洛先生，船上还有没有双人房间可以让我和她合住？我觉得她不能回到原来跟她母亲合住的房间了，可我住的是单人房。”

“我们可以安排的，夫人，你人真好。”

“这是应该的。而且我很喜欢这个孩子，一直很喜欢她。”

“她是不是很难过？”

“难过极了。她对那个讨厌的女人逆来顺受。这正是可悲之处。蒂姆说，他认为那个女人酗酒，对吗？”

波洛点点头。

“哦，可怜的女人，我想我们还是不要给她下结论了，可那个孩子肯定过得很痛苦。”

“是的，夫人，她很骄傲，也很忠诚。”

“没错，我喜欢这一点——我说的是忠诚。现在已经不讲究这个了。这个孩子的性格很特别——骄傲、矜持、倔强，可我觉得她内心深处充满了热情。”

“我认为我把她交给了一位好心肠的夫人。”

“嗯，你放心吧，我会照顾她的。她总喜欢紧紧地挨着我，那样子太惹人怜爱了。”

阿勒顿夫人回房去了。波洛则回到了凶案现场。

科妮丽亚仍然站在甲板上，两眼圆睁。她说：“我不明白，波洛先生，那个开枪打死她的人是怎么做到不让我们看见就跑掉的呢？”

“是啊，怎么会这样呢？”杰奎琳附和着说。

“这个，”波洛说，“跟你想象中的魔术手段不太一样，小姐。这个凶手有三个方向可以跑掉。”

杰奎琳有些不解地问：“三个？”

“他可能往左边跑，也可能是右边，但我没看出来还能往哪儿跑。”科妮丽亚困惑地说。

杰奎琳也皱着眉头，然后又松开了。

她说：“当然，在一个平面上他只能朝两个方向跑，但他还可以跑到垂直的那个平面上去。也就是说，虽然他不能往上跑，但是可以往下跑。”

波洛笑了。“你很聪明，小姐。”

科妮丽亚说：“我知道自己很笨，可我还是没明白。”

杰奎琳说：“亲爱的，波洛先生的意思是，他可以跳过栏杆，跑到下面的甲板上去。”

“天哪！”科妮丽亚急促地说，“我从来没想到过。可他的动作肯定很快。我怀疑他能有那么快吗？”

“他可以轻易地做到这一点。”蒂姆·阿勒顿说，“别忘了，一旦发生这种事，人们肯定会震惊几分钟的。一个人听见枪声，也会吓得一动也不动。”

“这是你的亲身感受吗，阿勒顿先生？”

“没错。我待在那里差不多有五秒钟，然后才奔向甲板。”

瑞斯从贝斯纳房间里走出来，下命令般地说：“请大家马上离开这儿，好吗？我们要把尸体抬出来。”

所有人都顺从地走开了，波洛也跟着走了。科妮丽亚一本正经地对他说：“只要我还活着，就永远不会忘记这次旅行。三条人命……简直就像做了一场噩梦。”

听到这话，弗格森挑衅般地说：“这是因为你太文明了。你应该像东方人那样看待死亡：只是一件小事——不值得大惊小怪。”

“你说得都对，”科妮丽亚说，“但他们没有受过教育，太可怜了。”

“对，没受过教育，可这反倒是好事。教育让白种人失去了活力。看看美国——沉醉于文化的狂欢之中，真让人恶心。”

“我觉得你是在乱说，”科妮丽亚的脸红了，“我每年冬天都会去听希腊艺术和文艺复兴的课程，还听过几次关于历史上著名女性的讲座。”

弗格森先生痛苦地咕哝道："希腊艺术！文艺复兴！历史上的著名女性！听你这么说我真是恶心。重要的是将来，女人，而不是过去。船上死了三个女人，可这有什么大不了的？她们没损失！琳内特·多伊尔和她的钱！那个法国女仆——一条家养寄生虫。奥特本夫人——毫无用处的蠢女人。你以为谁会在乎她们的死活？我就不在乎。我认为这是一件大好事！"

"那你就错了！"科妮丽亚冲他发火了，"听你说来说去的，好像除了你以外，其他人都不重要。我不喜欢奥特本夫人，可她女儿很爱她，对于母亲的死，她难过得要命。我不怎么了解那个法国女仆，但是我觉得在世界上某个地方，肯定也有人喜欢她。至于琳内特·多伊尔——哦，撇开别的不说，她本身就很可爱。她太美了，一走进房间就会让人心头为之一震。我自己不漂亮，所以就更加向往美。她——作为一个女人——就可以跟任何一件希腊艺术品相媲美。而且，任何美好东西的逝去，都是全世界的损失。就是这样！"

弗格森先生向后退了一步。他使劲揪着自己的头发，拼命地拉着。

"我放弃了，"他说，"你太让人难以置信了，完全没有女人天生的那种嫉妒心。"他转向波洛，说，"你知不知道，先生，其实科妮丽亚的父亲是被琳内特·里奇卫的父亲给弄破产的？可是看到女继承人穿金戴银地来旅行，这女孩会恨得咬牙吗？不，她只是像一只温顺的小羊那样咩咩地叫着说：'她好美啊！'我认为她甚至从来没生过她的气。"

科妮丽亚的脸红了。"我生过气——只是一会儿。你要知道，我父亲很可能是因为挫折而死去的，因为他没能做好自己的事业。"

"只是一会儿！我的天啊！"

科妮丽亚忽然转过身盯着他。

“好，你刚刚不是说重要的是将来，而非过去吗？这一切难道不都过去了吗？现在已经都结束了。”

“你难住我了，”弗格森说，“科妮丽亚·罗布森，我从未见过像你这么好的女人。你愿意嫁给我吗？”

“别闹了。”

“我是真的在向你求婚——尽管当着老侦探的面。波洛先生，你就是见证人。我是经过了深思熟虑才向这位女士求婚的——这违背了我所有的原则，因为我不同意两性之间在法律上订立正式的婚约，但是我觉得她肯定不会接受其他形式的，所以只能是结婚。说吧，科妮丽亚，说你同意。”

“我觉得你太荒谬了。”科妮丽亚说。

“你为什么不愿意嫁给我？”

“你不严肃。”科妮丽亚说道。

“你是说我的求婚，还是我本人不严肃？”

“两方面都有，不过我说的是你的为人。你嘲笑所有严肃的事情——教育和文明，还有……还有死亡。你不可靠。”

她忽然不再说话，脸又红了，赶紧回到自己房间里去了。

弗格森瞪着她的背影。“该死的女孩！我觉得她是说真的。她想要一个可靠的男人。可靠——见鬼了！”

他顿了顿，又好奇地问：“你怎么了，波洛先生？你好像陷入了沉思。”

波洛回过神来。

“我喜欢沉思，就是这样，喜欢沉思。”

“思考死亡。《死亡是个循环小数》，波洛著。这是他著名的专题论文之一。”

“弗格森先生，”波洛说，“你是个很无礼的年轻人。”

“你一定要原谅我，我喜欢攻击既定的制度。”

“那么我是既定的制度吗？”

“没错。你觉得那个女孩如何？”

“罗布森小姐？”

“是的。”

“我认为她很有个性。”

“你说得对，她很有思想。她表面上温顺懦弱，实则不然。她很有勇气，她——哦，我一定要娶这个女孩。我去跟那个老太太处一处，这个主意不错。就算她根本不同意，但也可能会对科妮丽亚有点作用。”

他拐了一个弯，走进观景舱。范·斯凯勒小姐像平时那样坐在角落里的位子上，显得更为傲慢。她在织毛衣。弗格森几步走到她跟前。赫尔克里·波洛悄悄走了进来，在稍远一点的地方小心地坐下，好像是在专心看杂志。

“你好，范·斯凯勒小姐。”

范·斯凯勒小姐抬了抬眉毛，马上又耷拉下来，冷冷地低声说道：“哦，你好。”

“请听我说，范·斯凯勒小姐，我有件非常重要的事情要跟你谈一谈，就是，我要娶你的表妹。”

范·斯凯勒小姐手里的毛线团掉在了地上，从这头一直滚到另一头。

她语气恶毒地说道：“年轻人，你疯了吧。”

“绝对不是。我下定决心要娶她。我已经向她求过婚了！”

范·斯凯勒小姐冷冷地打量着他，那副思索的样子就像在看着一只奇怪的甲壳虫。

“真的吗？我猜是她让你来谈这个的。”

“她拒绝了我。”

“那是当然。”

“一点都不‘当然’。我还会向她求婚，直到她同意。”

“我可以向你保证，先生，我会采取行动避免我表妹受到这种迫害。”范·斯凯勒小姐嘲弄地说道。

“你对我有什么意见？”

范·斯凯勒小姐只是抬了抬眉毛，然后用力拉扯着她的毛线团，想捡回来并且结束谈话。

“说吧，”弗格森先生坚持问道，“你对我有什么意见吗？”

“我认为这非常明显，先生，呃——我不知道你的名字。”

“弗格森。”

“弗格森先生，” 范·斯凯勒小姐说出这个姓的时候表现出一副厌恶的样子，“任何这一类想法都是不可能的。”

“你是说，”弗格森说，“我配不上她。”

“我认为你应该很清楚这一点。”

“我哪里配不上她了？”

范·斯凯勒小姐没有回答。

“我有两条腿、两条胳膊、健全的身体，还有非常明白道理的大脑。我有什么不好？”

“社会地位这个东西是存在的，先生。”

“社会地位就是个骗局！”

门开了，科妮丽亚走了进来。看到自己那可畏的表姐正跟那个自称是求婚者的人谈话，她立刻愣住了。

蛮横的弗格森转过头，龇牙咧嘴地说："过来，科妮丽亚，我正在用最得体的方式向你求婚呢。"

"科妮丽亚，"范·斯凯勒小姐的声音很可怕，"你有没有怂恿这个年轻人？"

"我——当然没有——没有，真的——我是说——"

"你什么意思？"

"她没有怂恿我，"弗格森帮着她说话，"这都是我自己的想法。她确实没当面告诉我让我这么做，因为她心地太好了。科妮丽亚，你表姐说我配不上你。这当然是真的，但不是她说的那个意思。我在道德上的确不如你，但她的意思是我在社会地位上根本就比不过你。"

"这一点，我想，科妮丽亚同样很清楚。"范·斯凯勒小姐说。

"是吗？"弗格森追根究底地看着她，"你就是因为这个而不愿意嫁给我？"

"不，不是。"科妮丽亚的脸红了，"如果——如果我喜欢你，我会嫁给你的，无论你是谁。"

"可你不喜欢我？"

"我——我认为你很蛮横。你说话的方式……你说的那些事……我从来没见过有谁像你这样，哪怕是一点点像。我——"

她几乎要哭出来了，于是赶紧打住话头，跑出了观景舱。

"总的来说，"弗格森先生说，"这个开头还不算太糟。"

他仰靠在椅子上，双眼盯着天花板，不怎么体面地跷着腿，说，"我早晚会叫你表姐的。"

范·斯凯勒小姐气得直打哆嗦。"立刻离开这个房间，先生，不然我就按铃叫侍者过来。"

"我花了钱买了票，"弗格森先生说，"他们不能把我从公共房间赶走。不过我愿意迁就一下你。”

他小声地唱着：“哟——嗬，一瓶朗姆酒。”

他站起身来，若无其事地溜达到门口，走了出去。

范·斯凯勒小姐气得快要窒息了，她挣扎着站起来。

波洛小心地把脸从杂志后面露出来，跳起来收回了毛线团。

“谢谢你，波洛先生。麻烦你去叫鲍尔斯小姐过来——我觉得不太舒服——那个蛮横无理的年轻人。”

“这人很怪，”波洛说，“他们家族的大部分人都是这样。当然，是被惯坏了。他们喜欢跟风车搏斗。”他又随意地补充了一句，“我猜你认出他来了吧？”

“认出来？”

“称自己为弗格森先生。由于思想先进，他没有用自己的头衔。”

“头衔？”范·斯凯勒小姐的语调很尖锐。

“没错，他就是年轻的道利什爵士。当然他很有钱，可他在牛津大学上学的时候变成了一个左派。”

范·斯凯勒小姐的脸简直变成了相互矛盾的情绪作战的战场。她说：“这件事你知道多久了，波洛先生？”

波洛耸耸肩。“这里的一份报纸上有他的照片——我注意到了相似之处。后来，我发现他有一枚刻着盾形纹的图章戒指。哦，这毫无疑问，我可以保证。”

波洛很乐于观察那些相互矛盾的表情在范·斯凯勒小姐的脸上交战。最后，她礼貌地点点头。“非常感谢，波洛先生。”

波洛微笑着看着她走出观景舱。然后他坐了下来，表情重新变得严肃。他在自己的脑海中罗列出了一系列想法，还时不时地点点头。

“当然喽，”终于，他说道，“全部都符合了。”

第二十五章

瑞斯发现他还在那儿坐着。

“嘿，波洛，怎么办？再过五分钟彭宁顿就来了，你来处理这件事吧。”

波洛迅速站起身。“先让范索普这个年轻人过来。”

“范索普？”瑞斯一脸惊讶。

“是的，带他去我的房间。”

瑞斯点点头，走了。波洛则走回自己的房间。没过多久，瑞斯和范索普就到了。

波洛指着椅子示意他们坐下来，并拿出了香烟招呼他们。

“那么，范索普先生，”他说，“说说我们的事吧。我注意到你的领带和我朋友黑斯廷斯的一模一样。”

吉姆·范索普低头看了看自己的领带，有些困惑。

“这是 O.E. 的校友领带[①]。”他回答道。

---

①指 Old Etonian Club Tie，是一种特殊的黑底浅蓝细条纹领带，亦称校友领带，是伊顿公学毕业生俱乐部成员的标准饰品。

“没错。你应该知道，虽然我是一个外国人，但我还算了解英国人的一些观点。比如，我知道‘能做的事’和‘不能做的事’。”

吉姆·范索普咧嘴笑了。“先生，现在我们一般不这么说了。”

“也许吧，不过习惯还是延续下来了。校友领带仍然是校友领带，而且，有些特定的事情（就我的经验来说），是系这种领带的人不会去做的。范索普先生，其中一件事就是，你不认识的人在进行私人谈话的时候，如果人家没有要求你，那你就不应该干涉进来。”

范索普愣住了。

波洛继续说道：“但是前不久的一天，范索普先生，你就这么做了。几个人在观景舱内安静地处理一些私人事务，而你慢慢走近，显然是想偷听他们在说些什么。而且没过多久你就转身祝贺一位女士——琳内特·多伊尔夫人——说她的办事方式很稳健。”

吉姆·范索普的脸红了。波洛一刻不停地跟着说道：“范索普先生，这根本不是一个跟我朋友黑斯廷斯系同样领带的人能做出来的事！黑斯廷斯非常谨慎，死也不会这么做的。因此，把你的这一行为跟下面的事实联系起来，就是：你很年轻，但可以支付一次昂贵的旅行费用；你是一家乡村律师事务所的职员，因此也不可能特别富有；你身上也没有迹象表明生了大病需要去国外度假疗养。于是我就问自己——现在也问你——你登上这条船的原因是什么？”

吉姆·范索普猛地把头往后一靠。“我拒绝向你透露任何信息，波洛先生，我觉得你肯定是疯了。”

“我没疯，我非常非常清醒。你的事务所在哪儿？在北安普顿，离沃德庄园不远。你想偷听的是什么谈话？是关于法律文件的谈话。你发表评论——显然，你说话时非常尴尬和不自在——目的是什么呢？目的就是阻止多伊尔夫人在没有读文件的情况下签字。”他停了停，

"在这条船上发生了一起凶杀案，紧接着又发生了两起。如果我进一步告诉你，打死奥特本夫人的枪是安德鲁·彭宁顿先生的，也许你就能明白，你有责任向我们提供你知道的情况。"

吉姆·范索普沉默了片刻，终于，他开口了。"你处理问题的方式非常奇怪，波洛先生，但我很欣赏你提出的那几点。不过，我提供不了什么确切的信息。"

"你是说，这只不过是个有疑点的案子而已。"

"是的。"

"所以你认为说出来是不公平的？从法律上来看，你有可能是对的。不过这里不是法庭，瑞斯上校和我正在尽力追查凶手。任何对我们有帮助的信息都很有价值。"

吉姆·范索普又陷入了沉思。然后他说："那好吧，你想知道什么？"

"你为什么要来这儿旅行？"

"我叔叔卡迈克尔先生是多伊尔夫人的英国律师。是他派我来的。他经手了很多夫人的事务，因此，他会经常跟安德鲁·彭宁顿先生通信。彭宁顿是多伊尔夫人的美国托管人。有几件小事（我不能逐一都列出来）让我叔叔怀疑，并非一切正常。"

"简单说，"瑞斯说，"你叔叔怀疑彭宁顿是个骗子？"

吉姆·范索普点点头，微微一笑。

"你说得比我更加直接，不过基本上是正确的。彭宁顿编造了各种各样的借口，还有在基金的处理上，他所提出的某些表面上说得通的解释，都让我叔叔起了疑心。

"然而这只是他的一些初步怀疑，而且里奇卫小姐出人意料地突然结婚了，还去了埃及度蜜月。她结婚的消息让我叔叔松了一大口气，因为他知道，她回到英国之后，我们就会正式处理遗产并且移交给她了。

“可是，她在开罗写给我叔叔的一封信里，偶然提起了跟安德鲁·彭宁顿不期而遇的事。这加重了我叔叔的怀疑。他肯定彭宁顿目前也许走投无路了，想从她那儿获得签字，用来掩盖他侵吞财产的行为。因为我叔叔无法向多伊尔夫人提出确凿的证据，所以非常为难。他唯一能想到的，就是派我坐飞机直接来这儿，弄清楚情况。我必须时刻保持警惕，如有需要便当机立断——我向你保证，这是一个非常不愉快的任务。实际上，你刚才说的我偷听的那次谈话，我被迫表现得像个粗人！这很令人窘迫，但总的来说，我对结果还是挺满意的。”

“你是说你让多伊尔夫人提高了警惕吗？”瑞斯问道。

“还不至于，但是我觉得自己吓了彭宁顿一跳。我相信，在此期间他不敢企图要什么花招了，而且我希望能在这段时间里跟多伊尔夫妇混熟，这样就可以向他们传达某种警告。实际上，我希望能通过多伊尔先生达到这一目的。因为多伊尔夫人很依赖彭宁顿先生，如果贸然向她说明后者有问题，这将是十分尴尬的事情。但我跟她丈夫相处就比较容易了。”

瑞斯点点头。

波洛问：“范索普先生，你能否坦白地回答我一个问题？如果你要设置一个骗局，那你的目标是多伊尔先生还是多伊尔夫人？”

范索普淡淡一笑。“绝对是多伊尔先生。琳内特·多伊尔是个精明的生意人。而我认为她丈夫很容易相信别人，完全不懂得做生意，随时都会在虚线上签名，正如他自己所说。”

“我同意。”波洛说，他看了看瑞斯，“这就是你要的动机。”

吉姆·范索普说：“这只是纯粹的猜测，而不是证据。”

波洛很轻松地回答道：“啊，我们会找到证据的。”

“怎么找？”

“可能是从彭宁顿先生那儿。”

范索普一脸怀疑。

瑞斯看看手表。“现在，他就要来了。”

吉姆 · 范索普心领神会，马上离开了。

两分钟之后，安德鲁 · 彭宁顿来了。他文雅地微笑着，只是双颊紧绷，而且他眼中的谨慎小心，泄露了他是一个经验丰富的人，随时保持着警惕。

“嘿，先生们，”他说，“我来了。”

他坐下来，询问地看着他们。

“我们请你来这儿，彭宁顿先生，”波洛说道，“是因为很明显，你跟这个案子有一种特殊的直接利益关系。”

彭宁顿的眉头微微一皱。“是吗？”

波洛温和地说道：“当然了，就我所知，在琳内特 · 里奇卫还是个很小的小孩时，你就认识她了。”

“哦，这个，”他的脸色缓和了一些，“抱歉，我刚才没弄明白。没错，今天上午我说过了，在琳内特还是个可爱的小婴儿时我就认识她了。”

“你和她父亲是挚友吧？”

“是的，梅尔休伊什 · 里奇卫和我非常亲密——非常。”

“因为你们的关系如此亲密，所以他去世之前就指定你作为他女儿的业务监护人，和她所继承的巨额财产的托管人，对吗？”

“当然，大致地说是这样的，”他又警惕起来，声音也更加小心谨慎了，“自然了，我并不是唯一的托管人，还有别人跟我一起。”

“从那个时候算起，有谁已经去世了？”

“他们中间有两个人已经去世了，还有一个，斯坦戴尔·克罗福德健在。”

“你的合伙人吗？”

“是的。”

“就我所知，里奇卫小姐结婚的时候尚未成年，对吗？”

“明年七月她才满二十一岁。”

“按照通常的进展，到了那时她会自己来管理财产，对吗？”

“是的。”

“可是她的结婚让事情忽然间发生变化了？”

彭宁顿的下巴绷得紧紧的，他咄咄逼人地冲他们抬着下巴。“抱歉，先生们，可这些跟你们又有什么关系呢？”

“要是你不愿意回答——”

“没有什么不愿意的。我并不在乎你们问我什么，但是我看不出这里面有什么关系。”

“哦，当然有了，彭宁顿先生！”波洛探身向前，一双绿色的眼睛像猫一样，“动机的问题。考虑到这一点，经济问题必须得算进去。”

彭宁顿阴森森地说：“按照里奇卫的遗嘱，在琳内特满二十一岁或者结婚以后，就要自行管理财产了。”

“有什么条件吗？”

“没有。”

“我得到可靠的消息，这笔财产差不多有几百万。”

“是有这么多。”

波洛轻声说道：“你的责任，彭宁顿先生，还有你的合伙人的，都很重大啊。”

彭宁顿简略地说道：“我们习惯了承担责任。这件事没什么可担心的。”

“我怀疑。”

波洛语调中的某些东西刺痛了另一个人。他气愤地问道：“你这话究竟是什么意思？”

波洛的回答坦率得可爱。“我怀疑，彭宁顿先生，琳内特·里奇卫闪电般迅速地结婚，这在你的办公室里引起了——惊慌失措。”

“惊慌失措？”

“我是这么说的。”

“见鬼，你究竟想怎样？”

“事情很简单。琳内特·多伊尔的业务是不是一切如常呢？”

彭宁顿站了起来。“够了，我说完了。”他走向门口。

“但是，请你先回答我的问题。”

彭宁顿厉声说道：“毫无差池。”

“听到琳内特·里奇卫结婚的消息，你震惊不已，立刻搭乘第一艘轮船飞奔到欧洲，然后又设计了一次表面看来是偶遇的埃及相会，不是吗？”

彭宁顿又折了回来，再次抑制住自己的情绪。

“你绝对是在胡言乱语！我在开罗遇见琳内特的时候都不知道她已经结婚了。我很惊讶，她寄到纽约的信肯定是晚了一天，所以我没收到。之后这封信又转递给我，一星期之后我才收到。”

“我记得你说过，你是搭乘卡玛尼克号来这儿的。”

“没错。”

“这封信是在卡玛尼克起程后才到达纽约的吗？”

“我还要重复几遍啊？”

“奇怪了。”波洛说。

“有什么奇怪的？”

“你的行李箱上没有卡玛尼克号的标签。最近的跨大西洋航行的标签是诺曼底号的。我记得，诺曼底号比卡玛尼克号晚两天起航。”

有那么一会儿，对面这位有些不知所措。他的眼神犹豫不决。

瑞斯上校也加入到对话中来，他的话很有说服力。

“算了吧，彭宁顿先生，”他说，“我们有很多理由相信你是乘坐诺曼底号来的，而不是像你之前所说的是乘坐卡玛尼克号。既然是这样，那就说明你离开纽约之前就收到了多伊尔夫人的信。否认这一点可没什么好处，因为去轮船公司核对是世界上再简单不过的事了。”

彭宁顿心不在焉地拖过一把椅子坐了下来。他脸上没有任何表情——那是一张戴着面具的脸。在面具之下，他灵活的脑袋里正盘算着下一步的行动。

“我只能告诉你们了，先生们。你们的聪明令我望尘莫及，但我这么做是有道理的。”

“毫无疑问。”瑞斯说得很简略。

“如果要我说出来，你们得为我保密。”

“我认为你可以相信我们会处理得当的。当然，我们不会盲目地作保证。”

“好吧——”彭宁顿叹了口气，“我愿意都说出来。在英国发生了一些不法行为，这让我非常担心。我不能用写信的办法来处理，唯一能做的就是亲自调查。”

“你说的不法行为是什么？”

“我有充分的理由相信有人正在欺骗琳内特。”

“被谁？”

“她的英国律师。可是这一类指控是不能到处乱说的，所以我决定马上过来处理这件事。”

“我肯定你的警惕性是值得称赞的，可你为什么撒这个小谎，说没有收到信呢？”

“唉，我问你们，”彭宁顿双手一摊，“没有什么实质性的问题要商谈，或者说不出什么理由，我总不能过来打扰一对正在度蜜月的新婚夫妇吧。我想，让这次相遇看起来是偶遇是最好的办法。此外，我完全不了解她丈夫，也许他也卷入了这场骗局，这我就不知道了。”

“这么说，事实上，你的行为纯粹是无私的。”瑞斯上校冷冷地说道。

“你说得对，上校。”

大家都沉默了。瑞斯看看波洛，这个小个子探身向前。

“彭宁顿先生，你说的话我们一个字都不信。”

“该死，随便你们！可是见鬼了，你们到底相信什么？”

“我们相信琳内特·里奇卫的婚姻让你在经济上陷入困境。你匆忙赶来是想找到解决困难的办法——也就是说，想办法争取时间。为了达到这一目的，你设法让多伊尔夫人在某些文件上签字——结果失败了。在尼罗河顺流而上的旅行中，你在阿布辛拜勒的峭壁顶上推下一块大圆石，差一点就砸中了目标——”

“你疯了吧？”

“我们相信在回程中也发生了类似事件。也就是说，有这么一个机会，既可以除掉多伊尔夫人，还可以把她的死因明确地归罪于另一个人。我们相信，而且知道，是你的手枪打死了一个女人，而她正要告诉我们一个人的姓名，她有理由相信这个人不但杀了琳内特·多伊尔，还杀了她的女仆路易丝——”

“该死！”这声激烈的大喊打断了波洛滔滔不绝的话语，“你们想得到什么？你们疯了吗？我有什么动机要杀死琳内特？我又拿不到她的钱，钱是归她丈夫的。你们干吗不去盯着他？他才是获益人——不是我。”

瑞斯冷冷地说：“案发当晚，多伊尔被枪打中，腿部受伤，之后就在休息室没出去过。之后他一步也走不动，一位医生和一位护士已经证明了这一点，两个人都是公正可靠的证人。西蒙·多伊尔不可能杀死他的妻子，也不可能杀死路易丝。而且可以肯定的是，他也没有杀死奥特本夫人。你心里跟我们一样明白。”

“我知道他没有杀死她，”彭宁顿的声音稍稍镇定些了，“我只是想说，你们为什么老盯着我不放，她的死并不会让我得到什么好处。”

“但是，亲爱的先生，”波洛的声音像猫一样轻柔，“换一种思路就不一样了。多伊尔夫人是个敏锐的生意人，十分熟悉自己的业务，能很快地看出任何一个小差错。她一回英国就会接管自己的财产，一旦接手，她必定会在某些事情上起疑心。但是，如果她死了，而她丈夫像你说的那样继承了财产，情况就大不相同了。西蒙·多伊尔先生只知道自己的妻子很有钱，对其他事情一无所知。他头脑简单，又容易轻信别人。把一堆复杂的文件放到他面前，用一大堆数字掩盖真正的问题，然后借口由于法律程序的要求和最近经济的不景气，账目问题要延迟解决。你会发现这很容易办到。我想对你而言，对付丈夫和对付妻子有着天大的差别。”

彭宁顿耸耸肩。“你们可真是——异想天开。”

“时间会证明的。”

“你说什么？”

“我说，时间会证明的！这件事涉及三条人命——三起谋杀案。法律会要求对多伊尔夫人的全部财产进行最为严格的审查。”

看到对方的肩膀忽然垮下来，波洛知道自己赢了。吉姆·范索普的怀疑是很有根据的。

波洛继续说道："你要了花招——可惜输了。继续唬人是没用的。"

"你们不知道，"彭宁顿喃喃地说道，"本来一切都很好，可就是这该死的暴跌——华尔街就像疯了似的。我已经准备卷土重来了，只要运气好，六月中旬就能挽回败局。"

他哆嗦着拿起一支烟，想点却没点着。

"我想，"波洛沉思地说，"推下那块大圆石头可能是一时冲动，你以为没有人看见你。"

"那是个意外，我发誓那是个意外！"彭宁顿前倾着身子，面部扭曲，眼神惊恐，"我绊了一下，撞到了石头上，我发誓那个是意外……"

两个人都没说什么。

忽然，彭宁顿站直了身子，虽然仍旧是个萎靡的男人，可他的战斗力在某种程度上又恢复了。他走向门口。

"你们不能把那件事推到我头上，先生们。那是个意外。我也没有开枪打死她。听见没有？这个你们也推不到我头上的——永远别想这么干。"

他离开了。

第二十六章

彭宁顿关上门走了。瑞斯深深地叹了口气。

“我们的收获比预想的要多。承认了欺诈，承认了蓄意谋杀，不可能再深入一步了。一个人愿意或多或少地承认企图谋杀，可你无法让他招供实质性的问题。”

“有时候可以做到。”波洛说，他的眼睛很梦幻——像猫一样。瑞斯好奇地看着他。

“有计划吗？”

波洛点点头，然后扳着手指头一个一个列了出来。“阿斯旺的花园、阿勒顿先生的陈述、两瓶指甲油、我喝的那瓶酒、天鹅绒披肩、沾着血迹的手帕、留在案发现场的手枪、路易丝被杀、奥特本夫人被杀。对了，全都在这儿。彭宁顿没干，瑞斯！”

“什么？”瑞斯大吃一惊。

“彭宁顿没干这件事。他是想做来着，没错。他甚至都试着去做了。可仅此而已。在这个案子中，有些条件是彭宁顿先生所不具备的。

它需要大胆、迅速、手脚麻利、勇气、把危险置之度外，以及一个足智多谋、精打细算的大脑。彭宁顿没有这些特征。除非他知道自己可以全身而退，不然不会犯案。可这个案子不是没有风险的，而且风险很大！这就需要胆量。彭宁顿没有这个胆量，他只是很狡诈。”

瑞斯看着他，有种英雄之间惺惺相惜的感觉。

“你把每种情况都想过了吧？”他说。

“我觉得是，没错。还有一两件事，比如那份琳内特·多伊尔看过的电报，我想查清楚。”

“天哪，我们忘了问多伊尔先生了，可怜的奥特本老妈过来的时候，他正跟我们说这个呢。我们还得再问问他。”

“现在，首先，我想找另一个人谈一谈。”

“谁？”

“蒂姆·阿勒顿。”

瑞斯扬了扬眉毛。“阿勒顿？好吧，我们请他过来。”

他按了按铃，然后请侍者去传口信。

蒂姆·阿勒顿一脸困惑地走了进来。

“侍者说你想见我，是吗？”

“是的，阿勒顿先生，请坐。”

蒂姆坐了下来。他很专心，但仍带些厌烦之色。

“有什么我可以帮忙的？”他的语气礼貌有余但热情不足。

波洛说道：“在某种意义上来说，也许你能帮上忙。但我真正的要求是请你仔细听着。”

蒂姆的眉毛扬了扬，礼貌地表示自己很惊讶。“当然可以，我是世界上最好的倾听者。你完全可以相信我会在适当的时候发出‘哦’‘啊’的赞扬声。”

“这会让人很高兴的，‘哦’‘啊’都是一些有感染力的词。好啦，我们开始了。在阿斯旺遇见你们母子的时候，阿勒顿先生，我就被强烈地吸引住了。首先，我认为你母亲是我见过的最有魅力的人之一——”

疲倦的脸上闪过一丝光，浮现出一点表情来。

“她是——独一无二的。”他说。

“但是让我感兴趣的第二件事，是你提起的一位女士。”

“是吗？”

“是的，一位叫乔安娜·索思伍德的小姐。你知道，我最近总是听到这个名字。”他顿了顿，继续说道，“最近三年来，有几件珠宝盗窃案让伦敦警察厅伤透了脑筋。这些案子可以称之为集团盗窃，其方法都是一样的，就是用一件仿品换掉真品。我的朋友，杰普警探得出了结论，这些盗窃案不是一个人干的，而是由两个人巧妙地合作而成。根据作案人熟悉内部情况这一点，他深信窃贼具备较高的社会地位，最终他的注意力集中在了乔安娜·索思伍德小姐身上。

“受害人不是她的朋友，就是她认识的人，并且在每一个案子里，她要么把玩过珠宝，要么就是借戴过。而且，她的生活方式所带来的消费远远超过她的收入。从另一方面来看，真正的盗窃——也就是说替换活动——并不是由她来完成的。这一点很清楚。案发的时候她都不在英国。

“于是，杰普警探的脑海中逐渐形成了一个观点：索思伍德小姐曾经跟一家现代首饰行业协会有过接触。他怀疑她拿到珠宝之后，绘制了精细的图样，然后交给某些要价不高但不诚实的珠宝匠进行仿制。第三个步骤就是由另一个人成功掉包——这个人可以证明自己从来没有碰过这些珠宝，也跟任何珠宝仿品都没有关系。杰普对这个人的身份一无所知。

“你谈话中透露的某些信息让我很感兴趣。你在马略卡岛的时候，一枚戒指不见了。事实上，你也出现在招待客人过夜的家庭聚会里，那里发生了一起用仿品替换真品的事件。你和索思伍德小姐的关系密切。还有，很明显，你讨厌我的出现，试图让你母亲疏远我。当然，这可能仅仅是因为个人喜恶，但我不这么认为。你急于用和蔼可亲的外表来隐藏你的厌恶之情。

“好吧，琳内特·多伊尔被杀之后，大家发现她的珍珠项链不见了。你能理解，我马上就想到了你！不过我不太明白，假如就像我猜测的那样，你跟索思伍德小姐（她是多伊尔夫人的好朋友）合作的话，那么盗窃手法就是掉包而不是赤裸裸的偷走。可是，忽然间，珍珠项链又还了回来。我发现还回来的是仿品。

“于是我知道了谁才是真正的窃贼。被偷走又被送回来的是项链的仿品——就是你之前用来换走真正珍珠的那件仿品。”

他盯着面前这个年轻人。蒂姆深色的脸变得苍白。他不像彭宁顿那么富有斗争经验，他耐力不足。他极力维持着自己那种嘲弄的态度，说道：“真的吗？如果是这样的话，我是怎么处理项链的？”

“这一点我也知道。”

年轻人立刻变了脸色——被打败了。

波洛慢条斯理地继续说道：“那件东西只能藏在一个地方。我仔细想过了，而我的理智告诉我就是这样。阿勒顿先生，珍珠项链就藏在你房间里的那串木念珠之中。这串念珠的珠子是精雕细刻而成，我认为这是你特别制作的。这些念珠都可以打开，虽然别人看到时绝不会想到这一点。每颗念珠里都有一颗珍珠，用强力胶粘住。大部分警方搜查人员都很尊重象征宗教的东西，除非是有什么地方明显不对劲。

你想到了这一点。我试图弄明白索思伍德小姐是如何给你仿品的。她必须这么做，因为你一听到多伊尔夫人会来这里度蜜月，就从马卡略岛赶过来了。我的推测是放在一本书里寄过来——在书的中间挖一个洞，书的两端是完好的，而邮局从来不打开书做检查。”

沉默——长久的沉默。然后，蒂姆平静地说：“你赢了。这原本是个好机会，但我还是输了。现在，我只能自食其果了。”

波洛微微点了点头。“你知不知道那天晚上有人看见你了？”

“看见我了？”蒂姆一惊。

“是的，就在琳内特被杀的那天晚上，有人在凌晨一点钟看到你从她房间里出来。”

蒂姆说：“听着——你该不会是认为……我没杀她！我发誓！我的处境太尴尬了，正好在她被杀的那个晚上……天哪，太可怕了！”

波洛说：“没错，你肯定忧虑过那么一阵子。但是，既然真相大白了，现在你可以帮帮我们。你偷项链的时候，多伊尔夫人是活着，还是已经死了？”

“我不知道，”蒂姆嗓音沙哑，“真的，波洛先生，我不知道！我设法弄清了她晚上放项链的地方——就在床边的小桌子上。我偷溜进去，在桌上轻轻地摸索到项链，放下假的，又溜了出来。我理所当然地认为她是睡着了。”

“你有没有听见她的呼吸声？你肯定要仔细听一下吧？”

蒂姆认真地想了想。

“当时非常安静——真的很静。不，我不记得有没有听见她的呼吸声。”

“空气中有没有一种烟火的气味，就像刚开过枪后散发出来的那样？”

“我觉得没有。我不记得了。”

波洛叹口气。“那我们没什么进展。”

蒂姆好奇地问道：“看见我的那个人是谁？”

“罗莎莉·奥特本。她从船的另一边走过来，刚好看见你从琳内特的房间出来，回了自己房间。”

“那么这些都是她告诉你的吧。”

波洛温和地说：“抱歉，她并没有告诉我。”

“那你怎么知道的？”

“因为我是赫尔克里·波洛，不需要别人来告诉我。当我问她这个问题的时候，你知道她说了什么吗？她说什么人也没看见。她撒谎了。”

“可是为什么？”

波洛用一种超然的语气说道：“也许，她以为自己看到的是凶手。看上去就是这样的，不是吗？”

“那么，我认为她就更有理由告诉你了。”

波洛耸耸肩。“看起来，她不是这么想的。”

蒂姆的语气很古怪：“她是个不寻常的女孩。肯定跟她妈妈相处得不好。”

“是的，她过得不开心。”

“可怜的女孩。”蒂姆嘀咕着，转而看着瑞斯。

“好了，先生，接下来做什么？我承认我从琳内特房间拿了珍珠，而且你们可以从你们推测的地方找到它。我是有罪。至于索思伍德小姐，我可没有承认任何事。你没有对她不利的证据。怎么拿到假项链是我自己的事。”

波洛咕哝道：“态度正确。”

蒂姆有些幽默地说："永远都绅士！"

他又补充道："也许你能想象得到，当我母亲对你产生好感的时候，我是多么烦恼。我并不是那种心肠狠毒的罪犯，当然不会在冒险作案之前，舒舒服服地坐在那儿跟著名侦探亲密地聊天。也许有人觉得这样很惬意，可我不是。坦白说，我都快要打退堂鼓了。"

"但不足以让你放弃作案吧。"

蒂姆耸耸肩。"还没到那个程度。早晚都得做这件事。我在这条船上找到了一个最佳机会——她和我的房间中间只隔了两间，而且琳内特正忙于处理自己那些麻烦事，不太可能注意到珍珠已经被换掉了。"

"我对此表示怀疑——"

蒂姆警觉地抬头看着波洛。"你是什么意思？"

波洛按了电铃。"请奥特本小姐到这儿来一下吧。"

蒂姆皱了皱眉，没说话。一个侍者走进来，接到口信便走了。

几分钟之后罗莎莉来了。一双因为刚刚哭过而通红的眼睛，看到蒂姆之后变得更大了。原来她身上的那种怀疑和蔑视已经消失了。她坐了下来，温和地看着瑞斯和波洛。

"请原谅打扰你，奥特本小姐。"瑞斯很礼貌地说道。他有点生波洛的气。

"没关系。"女孩低声说道。

波洛说："还有一两个问题需要弄清楚。我问过你，今天凌晨一点十分在右舷甲板上有没有看见什么人，你说没有。虽然你没能帮助我，但幸好我已经找出真相了。阿勒顿先生已经承认自己昨天晚上去过琳内特·多伊尔的房间了。"

她瞥了一眼蒂姆。蒂姆一脸冷峻，简单点了点头。

"我说的时间对吗，阿勒顿先生？"

阿勒顿回答道："很对。"

罗莎莉瞪着他——嘴唇哆嗦着——终于张开了……

"可是你没有——你没——"

他飞快地说道："是的，我没杀她。我是个小偷，但不是杀人凶手。一切都会真相大白的，所以你还是知道为好。是我偷了她的珍珠项链。"

波洛说："阿勒顿先生的说辞是，昨天晚上他进了她的房间，用仿品换走了真的珍珠。"

"是吗？"罗莎莉问道。她的眼神流露出严肃、悲伤和稚气，还带着一种质问。

"是的。"蒂姆说。

一阵沉默。瑞斯上校心神不宁地扭动着身子。

波洛的语气很奇怪。"就像我说的，阿勒顿先生的话部分地被你证实了。也就是说，有证据能证明他昨天晚上溜进了琳内特·多伊尔的房间，不过没有证据能证明他这么做的原因。"

蒂姆瞪着他。"可你知道！"

"我知道什么？"

"呃——你知道我拿了珍珠。"

"当然，我知道你拿了珍珠，可我不知道你是什么时候拿的。也许是在昨天晚上之前……刚才你说过，琳内特没有注意到那是个仿品。我就不会这么肯定。万一她注意到了呢？万一她连是谁干的都知道了呢？万一她昨天晚上威胁你要揭发这件事，而你又知道她确实打算这么做……万一你听见了杰奎琳·德·贝尔福特和西蒙·多伊尔在大厅里的吵闹，等到里面没人了，你偷偷进去拿了手枪，等了一个小时，等全船都安静下来之后，悄然走进琳内特·多伊尔的房间，想要确保将来不会再有什么风险……”

“天哪！”蒂姆大喊。铁青色的脸上，一双因备受折磨而痛苦的眼睛呆呆地看着波洛。

波洛继续说道：“可是有个人看见你了，就是路易丝这个女孩。第二天，她找到你，勒索你。你必须给她一大笔钱，不然她就会说出去。你意识到，勒索意味着一切都要毁了。你装作同意了，说好在午饭之前拿着钱去她房间。然后，就在她数钱的时候，你刺死了她。

“可这次你的运气仍然很差。有个人看见你走进她的房间了，”他半转过身对着罗莎莉，“就是你母亲。你不得不又采取行动——危险而愚蠢的行动——可这是唯一的机会了。你听彭宁顿谈论过自己的手枪，于是闯进他房间，拿了手枪，在贝斯纳医生房门口听着，不等奥特本夫人说出你的名字就打死了她。”

“不！”罗莎莉大喊，“他没做，他没做！”

“接着，你做了唯一能做的事——跑到船尾那儿绕过去。我从你后面跑过来的时候，你转过身，假装是从另一个方向过来的。你是戴着手套去拿手枪的，所以我问你要手套的时候，你从口袋里掏了出来……”

蒂姆说：“我对上帝发誓，你说的全都是假的，没一句是真的。”可他说话的声音又颤抖又不自信，根本没有说服力。

就在这时，罗莎莉·奥特本让大家吃了一惊。

“这当然不是真的！而且波洛先生知道这不是真的。他这么说是出于某个目的。”

波洛看着她，嘴边泛起一丝笑意。他摊开双手，表示认输。

“小姐你很聪明……但你同意——这是个好想法吧？”

“到底……”蒂姆开了口，怒火中烧。但是波洛抬起了一只手。

“这个案子对你很不利，阿勒顿先生。我想让你知道这一点。现在，我告诉你一些开心的事。我还没去你房间检查念珠。如果现在就去，可能查不到什么。而且，既然奥特本小姐坚称自己昨天晚上并没有在甲板上看见过任何人，啊，那就没有证据可以指控你了。珍珠是被一个有盗窃癖的人拿走又送回来的，就在门口桌上的小盒子里，如果你愿意跟小姐一起去查看一下的话。”

蒂姆站起来，立在那儿，一时之间不知说什么好。终于开口时，虽然话不多，或许他的听众还是满意的。

“谢谢，”他说，“你不需要再给我第二次机会了。”

他为女孩拉开门，她走了出去。蒂姆拿起小纸盒也跟着出去了。

他们肩并肩走着。蒂姆打开小纸盒，拿出假珍珠，用力远远地扔进了尼罗河里。

“这下好了，”他说，“假的没了。我把盒子还给波洛的时候，真的就会在里面。我可真是蠢透了！”

罗莎莉小声地问：“你怎么会做这种事？”

“你是说，我是怎么开始的，对吗？哦，我也不知道。无聊——懒惰——觉得好玩。这种谋生之道远比那种一辈子忙活一份工作有吸引力得多。也许你会觉得很卑鄙，但这种事情很有诱惑力——主要是冒险性，我觉得。”

“我想我明白一点了。”

“没错，可你永远也不会干这种事！”

年轻的罗莎莉严肃地低下头想了一会儿。“不，”她简单地说，“我会。”

他说：“哦，亲爱的——你太可爱了……可爱得不得了。你为什么不承认你昨晚看见我了？”

“我想——也许他们怀疑你。”罗莎莉说。

“那你怀疑我吗？”

“不，我不相信你会杀人。”

“对，我生来就不是杀人的那块料。我只是一个可悲的小偷而已。”

她害羞地伸出一只手碰了碰他的手臂。“别那么说……”

他抓住她的手。“罗莎莉，你会不会——你懂我的意思吗？或者你会永远蔑视我、责备我？”

她微微一笑。“你也可以责备我……”

“罗莎莉——亲爱的。”

但是她踌躇了一小会儿。“那个——乔安娜？”

蒂姆突然大喊起来：“乔安娜？你跟我妈妈一样坏。我根本不在乎乔安娜，她长了一张马脸和一双带着掠夺性的眼睛。一个极其丑陋的女人。”

接着，罗莎莉说道：“你母亲永远都不需要了解这件事。”

“我不确定，”蒂姆若有所思地说，“我觉得我得告诉她。你知道，我妈妈很宽容，她能应付各种变故。是的，我要打破她对我的猜测。要是她知道我和乔安娜之间只不过是一种合作关系，她肯定会松一口气的，然后就会原谅我其他的错误。”

他们来到阿勒顿夫人的门前，蒂姆使劲敲了敲门。门开了，阿勒顿夫人站在门槛上。

“罗莎莉和我——”蒂姆欲言又止。

“啊，亲爱的孩子们。”她把罗莎莉拥进怀里，“我亲爱的亲爱的孩子……我一直希望——可蒂姆总是很讨厌……假装自己不喜欢你。但是我当然能看出来！”

罗莎莉断断续续地说：“你对我真是太好了——一直都是。我曾希望……希望……”

她说不下去了，幸福地靠在阿勒顿夫人的肩上抽泣起来。

第二十七章

等蒂姆和罗莎莉带上门走出去之后，波洛略带歉意地看着瑞斯上校，上校则一脸不快。

“你赞成我这个小小的安排吧？”波洛语气恳切，“这不正规——我知道不正规，是的——可我对于人类的幸福是非常关心的。”

“却不关心我的。”瑞斯说。

“那个姑娘，我很爱惜她。她爱那个年轻人。他们很般配。她有他所不具备的坚强，他母亲也喜欢她。一切都非常合适。”

“实际上，这桩婚事是上帝和赫尔克里·波洛安排的。我所能做的事不过是接受原物归还，因而不再起诉。”

“但是，我的朋友，我可以告诉你，所有这些只不过是我个人的猜想。”

瑞斯忽然咧开嘴，乐了。

“我没问题。”他说，“我可不是一个死板的警察，感谢上帝！我敢说这个傻小子会立刻改过自新的。那个女孩是好女孩。可我抱怨的是你对我的态度！我是个有耐心的人，可耐心也是有限度的！你到底知不知道究竟是谁在船上犯下了三件凶杀案？”

“我知道。”

“那你为什么兜这么大一个圈子？”

“你以为我只是把这些微不足道的小问题当做消遣吗？你是不是很气恼？可这不是消遣。曾经有一次，我参加了一个专业的考古探险队——并从中学到了很多东西。挖掘的时候，在从地下面挖出古物之前，必须先小心地清理掉那些附在它上面的东西。刮除松软的泥土，用刀子这儿刮刮那儿刮刮，直到你的目标显现出来，然后进行绘图或拍照，这样才不会受到其他东西的干扰。这就是我一直努力去做的：清除外表的杂质，以便发现真相——赤裸而闪亮的真相。”

“那好，”瑞斯说，“让我们找一找这赤裸而闪亮的真相。不是彭宁顿，不是年轻的阿勒顿，我猜也不是弗利特伍德。换换花样吧，说一说是谁干的。”

“我的朋友，我正打算告诉你呢。”

有人在敲门。瑞斯低沉地咒骂了一句。来的是贝斯纳医生和科妮丽亚。后者显得很心烦。

“啊，瑞斯上校，”她大声说道，“鲍尔斯小姐刚刚告诉了我玛丽表姐的事。这是最可怕的打击。她说自己再也无法承担这个责任了，还说我最好知道这些，因为我也是家庭成员。一开始我简直无法相信，可是这位贝斯纳医生真的很厉害。”

“不，不。”这位医生谦虚地反对着。

“他很好心，详细地对我解释说人们是多么身不由己。在他诊所里就有盗窃癖的病人。他告诉我这多半是根深蒂固的神经性官能症造成的。”

提及这些词的时候，科妮丽亚的语气很是敬畏。

“这种病扎根于人的意识之中，有的是因为儿时的一件小事引发的。他帮助病人回忆起这件小事，从而治好了他们。”

科妮丽亚顿了顿，深吸一口气，又继续说道：“可是我非常担心这件事会传扬出去。在纽约，这是非常可怕、非常恐怖的一件事。唉，所有的小报都会争前恐后地报道。玛丽表姐、妈妈和其他人——就再也抬不起头了。”

瑞斯叹了口气。“别担心，”他说，“这里是‘沉默房间’。”

“抱歉，我没听清，上校。”

“我是说，只要不是凶杀案，其他的事情都不会传扬出去的。”

“啊！”科妮丽亚十指紧扣，“这我就大大地放心了。我刚才都担心死了。”

“你的心肠太软了，”贝斯纳医生慈爱地轻拍她的肩膀。他又对其他两个人说道：“她天生敏感、善良。”

“哦，我没那么好。你过奖了。”

波洛小声问道：“后来你又看到弗格森先生没？”

科妮丽亚脸红了。“没有——可是玛丽表姐老说起他。”

“看样子，这个年轻人出身高贵。”贝斯纳医生说，“我必须承认，表面上一点都看不出来。他的衣服都很糟糕，完全看不出来是个有教养的人。”

“你怎么看，小姐？”

“我觉得他肯定是有些妄想。”科妮丽亚说道。

波洛转向医生。“你的病人怎么样了？”

“哦，他还算好。我刚刚还让德·贝尔福特小姐别担心呢。我发现她陷入了绝望之中，这简直令人难以相信。那家伙只是在今天下午体温有些高而已，可这没什么。太厉害了，他居然退烧了。他让我想起我们那儿的村民，身体强壮得像头牛，虽然受了重伤，自己却完全不在乎。多伊尔先生也是这样。他脉搏正常，体温只是稍微有些偏高。我认为那位女士的担心是多此一举。不管怎样，这事儿有些荒谬、不真实：前一分钟你开枪打中了这个男人，下一分钟就为了他的伤势而歇斯底里了。"

科妮丽亚说道："她很爱他，你要知道。"

"啊，可这也太不理智了。如果你爱一个人，你会开枪打死他吗？不会的，因为你是有理智的。"

"无论如何，我可不喜欢开枪杀人这种事。"科妮丽亚说道。

"你当然不喜欢，你是个柔弱的姑娘。"

瑞斯打断了医生的高度赞扬。"既然多伊尔先生的身体没什么大碍，那我就可以继续今天下午没有完成的谈话了。他正要告诉我一封电报的事。"

贝斯纳医生庞大的身躯来回晃动着。

"哦，呵呵，太有趣了。多伊尔先生也跟我说过。这是一封关于蔬菜的电报——土豆、洋蓟、大葱——啊，你说什么？"

瑞斯控制住自己的惊讶，在椅子里坐直了身体。

"天哪，"他说，"就是这个！理查蒂！"

他看了看三个大惑不解的人。

"一种新密码——曾经在南非叛乱中使用过。土豆指的是机关枪，洋蓟是烈性炸药，等等。理查蒂就跟我一样根本不是什么考古学家！他是一个危险的煽动者，杀过很多人，我发誓他这次肯定又杀人了。你知道，多伊尔夫人误打误撞拆了那封电报，要是她把内容告诉了我，理查蒂的计划就玩儿完了！"

他转向波洛。“我说得对吗？”他问，“是理查蒂吗？”

“他是你要找的人，”波洛说，“我一直觉得他有问题。他的台词说得太顺溜了，虽然很有考古学家的气场，可他没有人性。”

他顿了顿，又说：“但杀死琳内特·多伊尔的并不是理查蒂。在这段时间里我已经知道了这件杀人案的前半部分，现在则知道了后半部分。画面完整了。不过，虽然我知道事情发生的过程，可我并没有证据。理论上令人满意，实际上则不尽然。唯一的希望就是凶手自己坦白。”

贝斯纳医生怀疑地耸耸肩。“啊，可那……那就是个奇迹了。”

“我不这么认为，在这种情形下不是。”

科妮丽亚大声说：“那又是谁呢？你不打算告诉我们吗？”

波洛平静地看了三个人一圈。瑞斯带着讽刺意味地笑着；贝斯纳仍旧是一脸怀疑；科妮丽亚嘴巴微张，眼神急切地盯着他。

“好吧，”他说，“我承认自己喜欢有观众在场。我很虚荣，你们知道，我自负，自高自大。我想听到的是：‘看赫尔克里·波洛多聪明啊！’”

瑞斯在椅子里动了动。

“那好，”他礼貌地问道，“赫尔克里·波洛到底有多聪明？”

波洛有些难过地左右晃着脑袋。“一开始，我很傻——简直难以置信。我的绊脚石是手枪——杰奎琳·德·贝尔福特的手枪。为什么手枪没有留在案发现场？凶手的意图是嫁祸给她，可为什么又把手枪拿走了呢？我很蠢，设想了很多种理由，可真正的理由非常简单：凶手拿走手枪是因为他不得不这么做——因为他没有选择的余地了。”

第二十八章

“你和我，我的朋友，”波洛的身体微微向瑞斯倾斜着，“我们是带着一种先入为主的想法开始调查的。这个想法就是：作案是出于一时冲动，而非预谋。有人想杀死琳内特·多伊尔，当他看到所有不利因素都指向杰奎琳·德·贝尔福特的时候，就借机行凶了。因此，接下来，凶手听到了杰奎琳·德·贝尔福特和西蒙·多伊尔的吵闹，在所有人都离开大厅之后拿走了那把手枪。

“我的朋友，如果这个先入为主的想法是错的，那这个案子就面目全非了。可是，这种想法确实是错误的！这并非一时冲动而实施的犯罪，恰恰相反，是精心策划的，时间掐得非常精确，所有的细节都是精心考虑过的，甚至包括案发当晚在赫尔克里·波洛酒瓶里面下药！

“事实就是这样。我被弄得昏睡过去，所以就不可能干涉那天晚上的事情了。我是刚刚才想到这种可能性的。我喝葡萄酒——跟我在一张桌子上的其他两个人一个人喝威士忌，另一个喝矿泉水。偷偷在我的酒瓶里放一点无害的安眠药是再容易不过的了——这些酒瓶天天放在桌子上。不过我以前排除了这个想法。那天出奇的热；我一反常态地觉得很累，睡得很沉，完全不像平时那样容易被惊醒。这倒也没什么不同寻常之处。

“你们知道，我那时候还被那个先入为主的想法所影响。但如果我被下药了，就说明了这是有预谋的。也就是说，七点半开始吃晚饭之前，已经有人打算作案了。可是（按照那个先入为主的想法），这是不可能的。

“这个先入为主的想法所遭受的第一个打击，是我们从尼罗河里把手枪捞了出来。首先，如果我们的推测是正确的，那手枪就绝对不应该被扔进河里……而且还有更进一步的一点。”

波洛转向贝斯纳医生。

“贝斯纳医生，你检查过琳内特·多伊尔的尸体，应该记得伤口周围有烧焦的痕迹。也就是说，开枪之前手枪是紧贴着头部的。”

贝斯纳点点头。“没错，就是这样。”

“不过，手枪被发现的时候，被一块天鹅绒披肩包着，而披肩上有明显的子弹穿透的痕迹。这么做可能是想减弱枪声，但是，如果子弹是经过了披肩射出去的，那死者的皮肤上就不应该留下烧焦的痕迹。所以，透过披肩射出的那一枪不可能是打死琳内特·多伊尔的那一枪。会不会是另外一枪呢——杰奎琳·德·贝尔福特朝西蒙·多伊尔开的那枪？不是，因为当时有两位目睹了枪击的证人，这一点我们都知道。于是，从表面上看，好像有第三枪——不过我们对此一无所知。但是，这把手枪只发射过两枪，根本没有第三枪的迹象或线索。

“这样，我们就面对着一个非常奇怪，并且无法解释的现象。下一个有趣的事实是，在琳内特·多伊尔房间里我找到了两瓶指甲油。如今的女士们会经常更换她们指甲的颜色，可是到目前为止，琳内特·多伊尔的指甲一直都是深红色。另一瓶指甲油上的标签是玫瑰色，可里面剩下的几滴液体却不是玫瑰色，而是鲜红色的。我很好奇，于是打开闻了闻，发现并不是那种强烈的梨汁气味，而是闻着像醋的味道！也就是说，这表明瓶底的这一两滴液体是红墨水。当然，没有道理说多伊尔夫人不应该有红墨水，可是，红墨水难道不是应该放在墨水瓶里的吗？这表明它跟包着枪的那块手帕上的淡红色血迹有一定的关系。红墨水很容易清洗，不过会留下淡淡的红色痕迹。

“也许我应该能从这些细枝末节中发现真相，但这时发生了一件事，使得所有的怀疑都显得多余了。路易丝·布尔热的被害表明她曾经勒索过凶手。不仅仅因为她手里拿着的那张一千法郎的一角，而且我还想起了今天早上她那几句颇有深意的话。

“仔细听好，因为这是整件事的关键。我问她前一天晚上有没有看到什么，她的回答很奇怪：‘当然，如果我当时睡不着觉，或者爬上了楼梯，那么也许会看见这个恶魔进出夫人的房间……’那么，这话到底向我们传达了些什么？”

贝斯纳苦苦思索着，连鼻子都皱起来了。他马上回答道：“她是在说她确实上过楼梯。”

“不，你并没有理解其中的含义。她为什么要这么说？”

“是在暗示什么？”

“可是，为什么要暗示我们呢？如果她知道谁是凶手，那她可以有两种途径，一是直接告诉我们真相，二是完全不做声，只透露给相关的那个人，以便勒索一笔钱财，作为封口费。可她没这么做。她既没有马上说‘我什么人也没看见，我睡着了’，也没说‘是的，我看见某个人了，然后怎样怎样’。为什么要说那些意味深长、模糊不清、冗长无聊的话呢？当然，理由只有一个！她正在对着凶手暗示什么，因此凶手必定在场。可是，除了我和瑞斯上校，只有两个人在那儿——西蒙·多伊尔和贝斯纳医生。”

医生咆哮着跳起来。

“哎呀！你在说什么呢？是在控告我吗？又来了？可这很荒谬——卑鄙至极。”

波洛语气尖锐地说道：“安静。我正在告诉你我那时是怎么想的。让我们保持客观。”

“他的意思是，现在他认为不是你。”科妮丽亚安慰他说。

波洛继续飞快地说道：“所以，明摆着——凶手就在西蒙·多伊尔和贝斯纳医生中间。可是，贝斯纳杀琳内特·多伊尔的理由是什么？就我所知，没有理由。那么西蒙·多伊尔呢？根本不可能！很多证人都发誓说那天晚上发生吵闹之前，多伊尔没离开过大厅。之后他受了伤，身体状况不允许他去作案。关于这两点，我有没有足够的证据呢？是的，关于第一点，我有罗布森小姐、吉姆·范索普和杰奎琳·德·贝尔福特的证词；关于第二点，我则有贝斯纳医生和鲍尔斯小姐作证。没有什么可怀疑的。

“所以，贝斯纳肯定是凶手了。支持这种推论的事实是，女仆是被人用手术刀刺死的。但另一方面，贝斯纳曾有意让大家注意到这个事实。

“接下来，朋友们，我想明白了第二个绝对不容置疑的事实。路易丝·布尔热的暗示不可能是针对贝斯纳医生的，因为她完全可以选择任何方便的时间私下里告诉他这件事。有一个人，而且只有一个人，使得她不能不这么做——西蒙·多伊尔！西蒙·多伊尔受了伤，身边总是有一个医生在照顾着，而且还留在医生的房间里。她正是因为这个，才冒着风险说了那些话，以防万一自己再也没有机会了。我还记得她转向他，继续说道：‘先生，我求你——你知道是怎么回事吗？我该怎么说？’他回答道：‘我的好姑娘，别犯傻了，没人认为你听见或看见了什么。你不会有什么事的，我会照顾你，没人会向你问罪。’这就是她想要的保证，并且她也得到了！”

贝斯纳狠狠地哼了一声。

“啊！这太蠢了！你觉得一个人骨折了，腿上夹着夹板，他还能在船上走来走去，并且用刀子杀死人吗？我跟你说，西蒙·多伊尔不可能离开我的房间。”

波洛温和地说：“我知道，是这样的。这是不可能的。可这又是真的！在路易丝·布尔热的话的背后，只有一个符合逻辑的含义。

“所以我又回到开始，根据这一新发现回顾了作案经过。有没有可能在吵架之前西蒙离开过大厅，可是其他人忘了，或者没有注意到？我觉得没有这个可能。那么，贝斯纳医生和鲍尔斯小姐的证词可以忽略不计吗？我觉得也不可能。但是，我记得，在这两者中间有一个缺口。西蒙一个人在大厅待了差不多有五分钟，而贝斯纳医生的证词只能证明在那段时间之后的事。在这五分钟里，我们只有一些视觉现象提供的信息，虽然这看起来也很有说服力，但不再那么确定了。先不说假设，我们究竟看到了些什么呢？

“罗布森小姐看到的是德·贝尔福特小姐开了枪，西蒙倒在椅子里，用手帕捂着自己的腿，手帕慢慢洇红了。范索普先生听到和看到的是什么？他听见一声枪响，看到多伊尔先生用一块染红了的手帕捂着自己的腿。那时又发生了什么事？多伊尔先生非常坚持德·贝尔福特小姐应该被带离此处，而且不应该独自待着。之后，他建议范索普应该去找医生来。

“于是，罗布森小姐和范索普先生扶着德·贝尔福特小姐走出大厅，接下来的五分钟人人都忙作一团，而且都在甲板的左舷——因为鲍尔斯小姐、贝斯纳医生和德·贝尔福特小姐的房间都在左舷。西蒙需要的只是两分钟而已。他从长椅下面拿起手枪，脱了皮鞋，像只野兔一样悄无声息地飞快沿着右边甲板跑去，进入妻子的房间，趁她熟睡之际悄悄靠近，对着头部开了一枪，把装有红墨水的瓶子放回她的盥洗台上（这个不应该在他身上被发现），再跑回去，拿起他事先悄悄塞进椅子下面做准备的、范·斯凯勒小姐的天鹅绒披肩，包住手枪，对着自己的腿开了一枪。他倒进靠窗的椅子里（这次是真疼了），打开窗户，把手枪（被那块泄露秘密的手帕包着，外面再包上披肩）扔进了尼罗河中。”

“不可能！”瑞斯说。

“不，朋友，不是没有可能。别忘了蒂姆·阿勒顿的证词。他听见砰的一声，然后是溅水声。他还听见了别的声音——一个人的跑步声——一个人跑着经过他的房间。可这个时候没人会沿着甲板跑步。他听到的是只穿了袜子跑过他房间的西蒙的脚步声。”①

瑞斯说：“我还是觉得不可能。没人能在转眼之间就完成这一连串的动作，特别像多伊尔这样的人，他反应迟缓。”

“可他的身体十分敏捷灵巧！”

“是的，可他不可能设计好这整件事。”

“但这并不是他想出来的，我的朋友。这就是我们弄错的地方。看上去这是一时冲动而犯下的罪行，可这不是。就像我说的，这案子经

①根据前文，范索普与贝斯纳医生将西蒙抬到贝斯纳的房间后，手术进行了十分钟，之后范索普才回去找枪。但在回答波洛的询问时，范索普认为从杰奎琳被带走，到自己最后回房一共只有十分钟，而手术进行了五分钟。由此波洛推断西蒙行凶的时间只有五分钟。后续推理均在五分钟的基础上进行。原文即如此，或为作者笔误，或为范索普的时间感不准确，而西蒙实际作案的时间长度未知。为避免过早泄漏剧情，将本段说明文字移到了真相揭露后。——编者注

过了巧妙的计划和深思熟虑。西蒙的口袋里有一瓶红墨水并非偶然。不，这是事先计划好的；他随身带着一块单色的、无标记的手帕并非偶然；杰奎琳·德·贝尔福特用脚把手枪踢进长椅下面也并非偶然，因为放在那儿就不会有人看见，而且只有事后才能想起来。”

“杰奎琳？”

“是的，这是由两个人合作的谋杀案。是什么给西蒙的不在场证明提供了证据？杰奎琳开的那一枪。又是谁给杰奎琳的不在场证明提供了证据呢？是西蒙坚持必须有一个护士整夜陪在她身边。因此，把二者综合起来，你就能得到想要的特征了——冷静、足智多谋、有计划的头脑，也就是杰奎琳·德·贝尔福特的大脑，再加上一个可以凭借惊人的速度，把握正确的时间去执行计划的人。

“如果用正确的方法看待这件事，那一切疑问都有了答案。西蒙·多伊尔和杰奎琳·德·贝尔福特原本是一对恋人。如果意识到他们现在仍旧是恋人，那一切都清楚了。西蒙杀死有钱的妻子之后，就可以继承她的财产，过一阵子再娶他的旧情人。所有这些都很巧妙。杰奎琳对多伊尔夫人的不断骚扰也是计划的一部分，西蒙要假装很愤怒……然而，也会有漏洞。有一次他跟我说起过有占有欲的女人，我本来应该想到，他说的是自己的妻子，而不是杰奎琳。还有他在公开场合对自己妻子的态度。像西蒙·多伊尔这样一个普通的、笨嘴拙舌的英国人，如果要表达自己的感情，那会很窘迫的。西蒙不是一个真正的好演员，他那表达深爱的方式有些过头了。我跟杰奎琳小姐的那场谈话也是，那时她就假装有人在偷听。可我什么人也没看见，并且根本就没有人！但是后来这变成了一件非常有用的事情，可以转移注意力。再后来，一天晚上，在这条船上，我原本以为听见的是西蒙和琳内特在我房间外面说话，他说：‘现在必须做个了断。’没错，说这番话的正是西蒙·多伊尔，可对方却是杰奎琳。

“最后一幕是精心策划好的，并且算准了时间。有为我准备的安眠药，以防我插手此事。罗布森小姐被选来作为证人。德·贝尔福特小姐那夸张的悔恨和歇斯底里制造出了足够多的噪声，免得人们听到枪声。天哪，这个主意真是妙。杰奎琳说她开了枪打中了多伊尔，罗布森小姐也这么说，范索普也这么说——而且在检查西蒙的腿时，他的确受伤了。一切都很符合！两个人都有完美的不在场证明——当然，这是以西蒙承受一定的痛苦和冒着生命危险为代价的。他的伤口必须让他无法行动。

“后来，计划出了问题。路易丝·布尔热醒了，她上了楼梯，还看见西蒙跑进妻子房间又跑了出来。第二天，她很容易就能把发生的几件小事拼凑起来。于是，在贪婪的驱动下，她勒索了封口费，并且因此送掉了自己的性命。”

“但是多伊尔先生不可能杀了她啊？”科妮丽亚表示反对。

“没错，这是另外一个同伙动的手。西蒙要求尽快见到杰奎琳，甚至示意我出去，好单独跟她说话。就在那时，他告诉了她新的危险。他们必须采取行动。他知道贝斯纳医生的手术刀放在哪儿。行凶完毕之后，擦干净再放回原处就好了。因此那天很晚的时候，杰奎琳才上气不接下气地匆匆赶来吃午饭。

“可还是有问题，因为奥特本夫人看见杰奎琳跑进了路易丝的房间。她急急忙忙跑去告诉西蒙这件事：杰奎琳就是凶手。你们还记得西蒙是如何冲这个可怜的女人大喊大叫的吗？因为他神经紧张——我们是这样想的。可门是开着的，他其实是在想办法向他的同伙传达危险的信号。她听到了，也行动了——电光火石一般。她记得彭宁顿说过左轮手枪的事，于是拿了过来，悄悄来到门外听着，在紧要关头开了枪。她曾经夸耀自己枪法好，而现在看来，她的枪法确实不错。

“在第三次凶杀案发生之后，我说过，凶手有三条路可以逃跑。我的意思是，他可以跑去船尾（这样的话，蒂姆·阿勒顿就是凶手），可以越过船舷（不过这没有可能），还可以走进一个房间。杰奎琳的房间距离贝斯纳医生的只隔了两道门，她只需扔了手枪，冲进房间，弄乱头发，倒在床上。这有风险，但也是唯一的机会。”

一片沉默，然后，瑞斯说道：“杰奎琳打向多伊尔的那颗子弹呢？”

“我认为射进桌子里去了。那儿有一个新出现的洞口。多伊尔有时间用铅笔刀把它给挖出来，然后扔出窗外。当然，他还有一颗备用的子弹，这样看起来就只发射了两颗。”

科妮丽亚叹口气。“他们什么都想到了，”她说，“真是太恐怖了。”

波洛陷入了沉默，但这并不是谦虚的沉默，他的眼神好像是在说：“你错了，他们没想到赫尔克里·波洛。”

他大声说道：“现在，医生，我们去跟你的病人谈一谈吧。”

第二十九章

那天晚上很晚的时候，赫尔克里·波洛敲了敲某个舱房的门。

一个声音说“进来”，于是他走了进去。

杰奎琳·德·贝尔福特坐在一张椅子里，靠墙的另一张椅子里坐着一个高大的女侍者。

杰奎琳若有所思打量着波洛，她指了指女侍者。“她能走了吗？”

波洛对女侍者点点头，后者便走了出去。波洛拽过椅子，靠近杰奎琳坐了下来。两人都没有说话。波洛的脸色不太高兴。最后还是女孩开口说话了。

“那么，”她说，“这一切都结束了。你比我们聪明多了，波洛先生。”

波洛叹口气，摊开双手，仍然奇怪地沉默着。

“无论如何，”杰奎琳一脸沉思，“我真不明白你有什么证据。当然，你是对的，可如果我们成功地骗过你——”

“小姐，这件事只能有这么一个可能性。”

“对一个有逻辑性的头脑而言，这已经是足够的证据了。可我不相信这能说服陪审团。唉——这是没办法的。你把罪名全推到西蒙身上，而他一推就倒了。他惊慌失措，可怜的老实人，什么都招了。”她摇摇头，“他是一个可悲的失败者。”

“可你，小姐，是一个聪明的失败者。”

她忽然笑了——怪异的、开心的、目中无人的微笑。

“没错，我是一个聪明的失败者，一点儿没错。”她盯着波洛。

忽然，她冲动地说：“别太在意，波洛先生！我是说对我。你很在意，对吗？”

“是的，小姐。”

“可你没打算放过我吧？”

波洛静静地说：“没有。”

她点点头，表示默认。

“不，感情用事是不行的。我可能会再犯……我再也不是一个安分守己的人了，我自己也感觉到了……”

她继续满怀忧思地说着：“这太容易了——杀人。而且你开始感觉到其实这并没什么！这一点——太危险了。”

她喘口气，然后微微一笑，说：“你为我尽了最大的努力，对吗？在阿斯旺的那一晚，你告诉我，别让邪恶进入我的内心……那时，你知道我心里想的是什么吗？”

他摇摇头。“我只知道我说的是真的。”

“是真的。你知道，我原本可以收手的。我差点就不干了……本来我可以告诉西蒙别再进行下去了……但是之后，也许——”

她没再说下去，而是问道：“你想听吗，从头说起？”

“要是你愿意的话，小姐。”

“我觉得我需要告诉你。其实很简单，你知道，西蒙和我彼此相爱……”

这是一句真话，然而，在她轻松的语气下面，还有弦外之音……

波洛简单地说：“对你而言，有爱情就足够了，但是对他来说仍然不够。”

“也许你可以这么说，但你并不完全了解西蒙。你知道，他一直渴望得到金钱。他喜欢花钱买各种各样的东西——马匹，游艇，还有各种娱乐——都是好东西，男人们喜欢的东西，可他一样也没有。西蒙的头脑很简单，他像个孩子一样执着地想要得到某件东西。

“可就算是这样，他也没打算娶一个有钱却让人讨厌的女人。他不是那种人。后来我们相遇了，订婚了，只是不知道什么时候能结婚。原本他有一份还算过得去的工作，可是后来失业了。从某种意义上来说，这是他自己的错。他想在钱上要个花招，但马上就被发现了。我不相信他是真心打算去搞欺诈，他只是觉得城里的人都这么做。”

听到这句话的人的脸上掠过些许异样，但他忍着没说。

“我们只能接受这种现状。后来我想到了琳内特和她的庄园，然后跑去找她。你知道我是爱琳内特的，波洛先生，真的。她是我最好的朋友，我做梦都没想到我们之间会发生什么事。我只是认为她这么有钱可真是太幸运了。要是她可以给西蒙一份工作，情况就完全不同了。她很爽快，而且让我带西蒙去见她。你大概就是在那段时间看到我们在‘姑妈们’餐厅的吧？当时我们正在饮酒狂欢，虽然真的消费不起。”

她停下来，叹口气，又接着说：“现在我要说的都是真话，波洛先生。虽然琳内特已经死了，但这改变不了真相。这也是我现在并不真的为她难过的原因。她用尽浑身解数把西蒙从我身边抢走了。这绝对是真的。我认为她甚至都不曾有过片刻的犹豫。我是她的朋友，可她不在乎，只是一心想得到西蒙……

“可西蒙根本不喜欢她！我曾经对你说过很多关于魔力的话，但这当然都不是真的。他并不想要琳内特。他觉得她虽然很漂亮，但是太专断了，而他讨厌专断的女人！这件事让他进退两难，可他确实想要琳内特的钱。

“我当然看出来了……于是，最后我说，他抛弃我跟琳内特结婚，也许不是一件坏事。但是他鄙视这种想法，他说，不管有没有钱，跟她结婚就是进了地狱。他说他想自己掌握钱财，而不是让一个富有的妻子来掌控钱包。‘我就像一个女王的可怜的丈夫。’他对我说。他还说，他不想要别人，只想跟我在一起……

“我觉得我知道他是什么时候产生这个念头的。一天，他对我说：‘如果走运的话，我们结婚一年之内她就会死掉，把所有财产都留给我。’然后，他的眼睛中流露出一种古怪的、被吓到的神色。那是他第一次产生了这个想法……

“这件事他说起过很多次，只是方式不同——要是琳内特死了，就万事大吉了。我说这是一个很可怕的想法，于是他就没再说了。然后有一天，我发现他在看一本关于砒霜的书。我当时就责备他，而他笑着说：‘不入虎穴，焉得虎子！我这一生中，只有这一次跟财富靠得这么近……’

“自那以后，我看出他已经下定了决心。我吓坏了——的确吓坏了。因为……因为我知道他永远也别想脱身。他太单纯幼稚了。他不知道怎么才能做得巧妙，也没有想象力。也许他会把砒霜强塞进她嘴里，然后让医生说她是死于胃病。他总认为这没什么大不了的。

“所以，我必须参与进去，为了照顾他……”

她说得很简单，但是很真诚。波洛丝毫不怀疑她真实的动机是否跟她所说的一样。她并不贪恋琳内特的钱财，可她爱西蒙，爱得丧失了理智，爱得不辨是非，所以才走上了绝路。

“我想了又想——终于想出一个计划。在我看来，这个计划似乎得建立在我们两个人都有不在场证明的基础上。你知道，最好是我和西蒙可以指证对方，而这恰恰又能洗脱我们的嫌疑。最简单的就是我假装恨西蒙，在这种情况下，这是顺理成章的事。然后，如果琳内特被杀，我也许会受到怀疑，所以我最好还是早点受到怀疑。我们一步一步商量细节。我希望结果是，万一出了事，人们抓住的是我，而不是西蒙。可他很担心我。

“唯一让我高兴的是，我不需要亲自动手。我做不到！我做不到趁她睡着的时候凶残地杀死她！你知道，我没有原谅她。我想我可以面对面地杀死她，而不是用这种方法……

“我们仔细地计划好了每件事。可西蒙还是愚蠢而夸张地蘸着血写了一个 J。只有他才能想出来这种事！但也还好。”

波洛点点头。

“是的，路易丝那天晚上睡不着，不是你的错……后来呢，小姐？”

她正视着他的眼睛。

“没错，”她说，“有点可怕，对吗？我简直不敢相信自己能做出这种事来！现在我明白你说的‘不要让邪恶住进心里’的意思了……你很清楚事情的经过。路易丝告诉西蒙她看见他了。西蒙让你把我叫到他那儿，只剩下我们俩的时候，他立刻就把这件事告诉我了。他还告诉我应该怎么做。我甚至都没觉得吃惊。我太害怕了——怕得要死……这就是谋杀在你身上产生的影响。西蒙和我是安全的——非常安全——只是半路杀出了这个可怜的勒索我们的法国女孩。我们把能弄到的钱全都给了她。我装出一副卑躬屈膝的样子。然后，就在她数钱的时候，我——我杀了她！这非常容易，这就是可怕之处，非常非常可怕……这简直太容易了……

“可就算是这样，我们还是不安全。奥特本夫人看见我了。她得意扬扬地沿着甲板来找你和瑞斯上校。我顾不上考虑，只能闪电般地采取了行动。这简直太刺激了。我知道情势危急，刻不容缓。但这样一来事情反而容易多了……”

她又停下了。

“你记不记得后来你到了我房间，说你不知道为什么来这儿。我很痛苦——很惊慌。我以为西蒙就要死了……”

“而我——正希望如此。”波洛说。

杰奎琳点点头。

“是的，那样的话对他反而更好。”

“我不是这个意思。”

杰奎琳看着他严肃的面孔。

她温和地说：“别这么关心我，波洛先生。毕竟，我一向生活得很艰辛，你也是知道的。如果我们成功了，就会过上幸福快乐的生活，也许永远都不后悔。唉，现在——只要接受现实就是了。”

她又补充道：“我猜那个女侍者待在这儿是防止我上吊或者服毒，就像书里写的那样。你无须担心，我不会那么做的。如果有我在身边，西蒙会好受一点。”

波洛站起来，杰奎琳也站了起来。忽然，她微笑着说：“你还记得我曾经说要追随自己的星星吗？你说过那是一颗迷路的星星，我说：‘那是一颗坏星星，先生，那颗星星会掉下来。’”

他走出门，来到甲板上，耳边回荡着她的笑声。

第三十章

天色微明，游轮驶入了谢拉尔，悬崖峭壁直逼水面。

波洛低声说了句法语：“真是个蛮夷之地！”

站在他身旁的瑞斯说：“好了，我们的任务完成了。我已经安排好把理查蒂先弄上岸。能抓到他真是开心！他是一个老滑头，跟你说吧，好多次都从我们眼皮底下溜走了。”瑞斯接着说，“我们得用担架抬多伊尔，他这样失魂落魄，真是意想不到啊。”

“不能看表面现象，”波洛说，“这种孩子气的罪犯一般都很爱虚荣，一旦把他们自尊心戳破，他们就玩儿完了，像小孩子那般失落。”

“应当绞死他，”瑞斯说，“他是一个心狠手辣的恶魔！我有点同情那个姑娘，但这无济于事啊。”

波洛摇摇头。

“人们常说可以为爱赴汤蹈火，这是不对的。像杰奎琳爱西蒙那样是很危险的。我第一次见到杰奎琳，就说过这姑娘爱得有点过头了，事实证明，的确如此。”

科妮丽亚·罗布森走过来。

“啊，”她说，“我们就要到了。”停了一两分钟又说，“我陪着她呢。”

“陪着谁？德·贝尔福特小姐？”

“是啊，我觉得把她和那个女侍者关在一起有点恐怖。我想，玛丽表姐很生气。”

范·斯凯勒小姐缓缓走下甲板，经过他们身旁时，目露凶光。

“科妮丽亚，”她非常愤怒地说，“我真受不了你了，我要把你送回家去。”

科妮丽亚深吸一口气，说：“对不起，表姐，我不回家，我要结婚了！”

“你终于想明白了！”老太太打断她的话。

弗格森快步走到甲板转角，说：“科妮丽亚，你说什么？这不是真的！”

“这完全是真的，”科妮丽亚说，“我准备和贝斯纳医生结婚，他昨晚向我求婚了。”

“你为什么要嫁给他？”弗格森愤怒地质问，“就因为他有钱，是吗？”

“不，我才不是为了钱！”科妮丽亚愤怒地反驳，“我喜欢他，他善良、博学。我本来就对医院和病人感兴趣，跟他在一起我会过得很幸福！”

“也就是说，”弗格森不敢相信地问道，“你宁愿和那个令人生厌的老家伙结婚，也不要我？”

“对，就是这样。你这种人靠不住！和你在一起不会好过的。何况他并不老，还不到五十岁呢！”

“他可是个大腹便便的人！”弗格森不怀好意地说。

“我还有点驼背呢。”科妮丽亚驳斥道，“相貌并不是问题。他说我的确可以在工作上帮助他，还打算把神经医学的知识全教给我。”

说完，她就走开了。

弗格森问波洛：“你觉得她是认真的吗？”

“显然！”

“他宁愿要那个傲慢的老东西而不要我？”

“毫无疑问。”

“这女人疯了吧！”弗格森脱口而出。

波洛眨了眨眼，说：“她是一个很有主见的女人，也许你是第一次遇见这种人。”

游轮靠拢码头准备停泊，周围拉起了警戒线，并要求旅客们等一下再下船。

理查蒂黑着脸，怒气冲冲，被两个轮机技师押送上岸。

又过了一会儿，西蒙 · 多伊尔躺在担架上从甲板被抬到舷梯口。

他看上去与之前判若两人，怯懦、惊恐，原来有些稚气的随随便便的样子已经无影无踪了。

杰奎琳 · 德 · 贝尔福特在后面跟着，一个女侍者陪着她，不过她看上去只是脸色比以前更苍白一点。她走近担架。

“嗨，西蒙！”她打了个招呼。

他立刻仰起头来看着她，原来那股稚气又闪现在脸上了。

“我搞砸了，”他说，“我吓得不轻，全部招了。杰姬，真对不起，我辜负了你。”

她对他微笑着说：“没关系，西蒙，我们干了件傻事，就是失败了而已。”

她退后了一步，抬担架的人拿起了把手。杰奎琳弯腰去系鞋带，接着她的手从长袜上方掏出一样东西，然后又站直了身子。

突然，砰的一声。

西蒙·多伊尔的身体抽搐了一下，就不动了。

杰奎琳·德·贝尔福特点了点头。她拿着手枪静立了一会儿，然后对波洛微微一笑。

接着，她用那把闪闪发亮的、玩具般的小手枪对准自己的心脏，扣动了扳机。

当瑞斯跳过去时，为时已晚。她身体蜷缩起来，颓然倒下。

瑞斯大喊："真见鬼！她从哪儿弄来的手枪？"

波洛觉得有一双手拍了拍他的肩膀，阿勒顿夫人轻声问："你知道答案吧？"

波洛点点头。"这款手枪她有一对。那天搜查时听说在罗莎莉·奥特伯恩的手袋里找到一把手枪，我才知道。杰奎琳和她们坐一桌，当她知道要搜查时，就把手枪偷偷塞到这姑娘的手袋里。后来，她又走到罗莎莉的房间，假装比较几支口红，引开罗莎莉的视线，把枪拿了回来。由于当天搜过她和她的房间了，所以大家都认为没必要再搜一遍。"

阿勒顿夫人说："你想让她以这种方式结束吧？"

"是的。但她不会一个人走上不归路，因此西蒙的死是便宜了他。"

阿勒顿夫人有点发抖。"爱情真是个很可怕的东西！"

"所以，很多伟大的爱情都是悲剧。"

阿勒顿夫人转头看着蒂姆和罗莎莉，他们俩并肩站在阳光中。她突然激动地说："但是要感谢上帝，世间仍有快乐和幸福。"

"夫人，诚如您所说，感谢上帝吧。"

所有的乘客都上了岸。路易丝·布尔热和奥特本夫人的尸体也被人从卡纳克号上抬了下来。

琳内特·多伊尔的尸体是最后被抬上岸的。无线电发报机在滴答作响，向全世界宣布：琳内特·多伊尔，也就是那位闻名全英国、美丽富有的琳内特·里奇卫，已经离世。

乔治·沃德爵士在他伦敦的俱乐部获知这个消息，斯坦戴尔·克罗福德在纽约获悉，乔安娜·索思伍德在瑞士获悉。在莫尔顿－下沃德三皇冠旅馆的酒吧里，人们也议论纷纷。

伯纳比先生刻薄地说：“嗯，看来她没捞到好处，可怜的姑娘！”

但片刻之后，他们将话题转向谁会在英国一年一度的赛马中获胜。也许，这就像弗格森先生在卢克索说的那样，重要的不是过去，而是未来。

图书在版编目（CIP）数据

尼罗河上的惨案 /（英）阿加莎·克里斯蒂著；张乐敏译．--3 版．—北京：新星出版社，2020.11（2025.11 重印）

ISBN 978-7-5133-4180-6

Ⅰ．①尼… Ⅱ．①阿… ②张… Ⅲ．①侦探小说－英国－现代 Ⅳ．① I561.45

中国版本图书馆 CIP 数据核字 (2020) 第 192240 号

午夜文库
谢刚 主持

尼罗河上的惨案

[英] 阿加莎·克里斯蒂 著；张乐敏 译

责任编辑：王　欢
责任印制：李珊珊
封面插图：宣　和
封面设计：周伟伟

出版发行：新星出版社
出 版 人：马汝军
社　　址：北京市西城区车公庄大街丙3号楼　100044
网　　址：www.newstarpress.com
电　　话：010-88310888
传　　真：010-65270449
法律顾问：北京市岳成律师事务所

读者服务：010-88310811　service@newstarpress.com
邮购地址：北京市西城区车公庄大街丙 3 号楼　100044

印　　刷：三河市兴达印务有限公司
开　　本：910mm × 1230mm　1/32
印　　张：9.75
字　　数：144千字
版　　次：2020年11月第三版　2025年11月第十二次印刷
书　　号：ISBN 978-7-5133-4180-6
定　　价：42.00元